講談社文庫

空白を満たしなさい(上)

平野啓一郎

講談社

岩波文庫

昭和を生きた人びと（中）

上巻・目次

第六章　決定的な証拠

空白を満たしなさい（上）

どこにも痕《あと》のない咬《か》み傷。
それらとも
お前は戦わなければならない、
ここから。
——パウル・ツェラン

第一章　生き返った男

1

《Save Me》

病院の受付で、空白だらけの問診票を提出しながら、徹生《てつお》は、「電話で先生に、事情は説明してありますので。」と言い添えた。

看護師は、「土屋《つちや》徹生」という氏名を確認すると、改めて彼の顔を一瞥《いちべつ》した。そして、「そちらのソファに掛けてお待ちください。」と言った。予《あらかじ》め、医師から話を聞いている様子だった。

言われた通りに黒いソファに腰を下ろしながら、彼は、『――大丈夫、きっと助けてもらえる。』と、不安を押し殺すように自分に言い聞かせた。

それから、名前を呼ばれるまでの間、彼は広い待合室で、自分が一歳半の時に急逝した父親のことを考えていた。

彼の父、土屋保《たもつ》が死んだのは、三十六歳の時だった。そのために、彼は昔からこの三十六歳という年齢を、自分の未来を照らす暗い星のように仰ぎ見ていた。

いつかは自分も、その歳を迎えることになる。それがまさしく、今年だということに、彼は先ほど、問診票の年齢欄を前にして初めて気がつき、愕然としていた。

今この隣に、死んだ時の父が並んで座っていたならば、その父は、自分と同い年なのだった。

彼は、鏡を振り返るように、ゆっくりと、誰もいない傍《かたわ》らに目をやった。

父の存在が、突然、肌身に近く感じられた。写真で見知っている姿が、曖昧《あいまい》に脳裡《のうり》に浮かぶのではなく、一瞬、肩同士が触れ合い、押し合うような、重たく生温かい感触があった。

そんなふうに父の存在を意識したことは、これまで一度もなかった。

どんな言葉を交わすのだろう？　普通に同い年の男と話すように喋って、会話は弾むのだろうか？……

徹生は、幽霊や死後の世界といったものを一切信じない人間だった。彼はそのことで、中学生の時には、級友と殴り合いのケンカまでしたことがある。

中学三年の時のクラスには、昼休みになると、いつも教室の片隅に集まって〝こっくりさん〟に興じる、妙なオカルト好きの生徒らがいた。その場所が丁度、徹生の席のすぐ後ろだった。彼はしばらく、それを無視していたが、ある日到頭《とうとう》、我慢ならなくなって、唐突に机を叩いて振り返ると、お前たちのやってることはみんなインチキだと、真剣そのものの表情で言った。

十円玉が、聞き返すように、「は」という文字の上で止まった。参加者たちは頰を引き攣《つ》らせて、口々に、それは霊感の鈍いヤツの僻《ひが》みだとか、科学にもまだ証明できないことがあるといった、お決まりの反論をした。徹生は、押し返すように声に力を込めて言った。

「いいか？　俺の親父《オヤジ》は、俺が一歳の時に死んどる。けど、俺は親父の幽霊なんか、いっぺんも見たことないぞ！　もしあの世だとか、幽霊だとかが存在するなら、親父は絶対に、この俺の前に出て来とる。母親に会いに来とるわ！　けど、いっぺんだって、俺は親父の幽霊なんか見たことないぞ！　天国とか幽霊とか、そんなもんみんな、戯言《たわごと》だ。あってたまるか！」

徹生の言葉に、そもそもこっくりさんを教室に持ち込んだ、青白いオカルト・マニアの級友は、それはオマエの父親の家族に対する思いが薄かったからだと理屈をつけた。

徹生が思わず手を出してしまったのは、その瞬間だった。

徹生は決して、ケンカっ早い男ではなかった。人を本気で殴ったのは、後にも先にもその一度きりで、スッとするどころか、心底嫌な気分だった。すぐに後悔したし、思い返す度《たび》に、いつも歯を食い縛って、その光景が頭の中から消えるのを待たなければならなかった。

子供の頃は、彼も人並みに、オバケを恐がっていたはずだった。しかし、死んだ父親が出て来ると思ったことは一度もなかった。

母の恵子《けいこ》は、「おとうさん、しんでどこにいったん？」と訊かれると、空の上だとか、お墓の中だとか、或《あ》るいは、遺《のこ》された人の心の内だとか、色々なことを言った。徹生はその度に、なんとなくうれしくなって納得したが、天国だとか来世だとかの話を耳にするようになると、父親はきっと、そういう世界にいるのだろうと考えるようになった。

彼は毎日、布団に入ると、「おとうさん、おやすみなさい。」と、誰にも聞こえないように小声で言ってから目を瞑《つむ》った。しかし、父からは何の音沙汰《おとさた》もなかった。

ある時彼は、試しに、考えつく限りの悪口を言って、しばらく反応を待ってみた。もしその翌日に、例えば道を歩いていて、小さな石ころにでも躓《つまず》いていたならば、彼はそれを一つの〝しるし〟として、一生信じ続けたに違いない。しかし、そんなこともないままに月日を経るうちに、いつとも知れず、父への就寝の挨拶《あいさつ》も止《や》めてしまった。それがつまりは、彼の結論だった。

徹生は、死んだ父が、遺された母と自分のことをどんなに深く思っていたか、それを知っていたからこそ相手を殴った、というのではなかった。そうではなく、知ろうにも知りようがなく、ただ信じているしかないことを否定されて、カッとなったのだった。

殴ったのは相手の顔だったが、本当は、言葉そのものを殴りつけたかった。

以後、徹生は金輪際《こんりんざい》、人と死についての話はしないと心に決めていた。そういう話題になっても、聴かないフリをしてやり過ごしたが、考えそのものは変わらなかった。

死後の世界は存在しない。幽霊も存在しない。人間は死ねば終わりで、あとには骨しか残らない。それは、よく角が取れた川原の小石のように固い彼の信念だった。

四年前に、徹生は図らずも、もう一度だけ、死後の世界について、人と語り合う機会を持った。

高校時代の同級生で、互いの結婚式にも出席し合った友人の妻が、全身にガンが転移して、余命宣告をされた時だった。彼女はその時、まだ二十八歳だった。

見舞いに行った病室には、生きるために必要な一切を乱暴に搾《しぼ》り取られてしまったかのような、痩《や》せ細った彼女の姿があった。

友人の話では、余命は四ヵ月で、残すところあと一月ほどしかなかったが、彼女はそもそもの余命を、実際より三ヵ月長く医師に告げられていた。そういう配慮《い》が患者のためになるのかどうか、彼にはよくわからなかった。

辛うじて起き上がって、ベッドの背に凭《もた》れていた彼女は、徹生に向かって言った。

「ねえ、てっちゃん、……人間って死んだらどうなるの？　死後の世界ってあると思う？」

徹生は、彼女の表情を見つめた。その一瞬の、ほんの微《かす》かな笑顔のために、彼女に残された本当に貴重な命が、音を立てて燃えてゆくのを感じた。

「てっちゃんのお父さんも、早くに亡くなってるでしょう？　天国から見守ってもらってるとか、……そういうの、感じたことある？」

徹生は、彼女から目を逸《そ》らさないまま、

「うん、あるよ、やっぱり。いつも空の上から見守られてる感じがしてた。」と言った。

「本当？　天国なの、それは？」

「天国なのか、何なのかはわからないけど、そういう世界だよ、きっと。」

「そっかぁ。この人と違って、てっちゃんは、本当のことしか言わないから、わたし、信頼してるの。天国に行ったら、この人に内緒で、てっちゃんにだけこっそり信号送るね。」

「ヤキモチ焼かれて大変だよ。」

「いいの、いいの。いつもわたしがヤキモチ焼かされてたから。――子供には、わかるのかな？　それだけが心配。あの子、小さいから、まだ。」

「わかるよ、きっと。純粋だから、子供の方が。」

病院から帰る時、徹生は、玄関まで見送りに来てくれた友人に、泣いて感謝された。彼が涙を流すのを見たのは、結婚披露宴の最後の挨拶の時と、この時と、そして、丁度一月後の葬式の時の三度だけだった。

徹生は、あの時の嘘のことを後悔していなかった。目の前で、懸命に死の恐怖に耐えようとしている一人の人間が、ただ天国を信じることだけを心の支えとしている。そんな時に、どうしてそれを「戯言」などと言えるだろうか？

それでも、「てっちゃんは、本当のことしか言わない」という彼女の言葉は、彼の中に重たく残った。

そしてやはり、彼の本心は変わらなかった。

父だけではなかった。現に彼女も、死後、彼に「信号」を送ってくれたことは、まだ一度もなかった。そして、それを待ち続けようという気持ちに、彼はどうしてもなれなかった。

「……いいえ！　あの人にはもう、梅干しはあげません。去年、せっかく分けてやったのに、あとで道で会っても、知らんぷりで、挨拶一つしないんですから。……」

平日の午後の待合室は閑散としていたが、一つ前に診察室に入った老婆が、ここ最近の生活を残らずすべて医師に語って聞かせていたので、徹生の名前はなかなか呼ばれなかった。医師は、少し面倒臭そうにその長話につきあっていたが、中断しないのは、自分に会うのを先延ばしにするためではないだろうかと訝《いぶか》られた。

老婆の話から耳を遠ざけると、彼は、向かいのソファに置かれたスポーツ新聞に手を伸ばしかけた。そして、その広告欄の週刊誌の見出しに、息を呑んだ。

〈奇跡!?　死んだ人間が生き返った！　全国各地で続々と！
驚天動地の衝撃レポート　第一弾!!〉

落ちつきかけていた不安が、また昂《こう》じてきた。耳まで火照《ほて》って、背中の一面から汗が吹き出した。

今ここで、自分が身を置いているこの平穏。孤独な老婆が、かかりつけの医師に、近所の主婦の礼儀知らずを、憤懣《ふんまん》やる方ない調子で訴えている、この静かな日常。――やがてここにも、こんな世間の喧騒が、押し寄せて来るのだろうか？　自分は、好奇心いっぱいの見知らぬ人間にいきなり腕を引っ摑《つか》まれて、こんなふうに尋ねられるのだろうか？

「――ねえ、今どんな気持ちですか？」

徹生は、その顔の見えない相手に対して、反射的に拳《こぶし》を握り締めた。昼休みの教室で、あの同級生を殴った時と同じように。気分を鎮めようと深呼吸をして、彼はポケットからiPodを取り出した。再生されたのはクイーンの《Save Me》だった。フレディ・マーキュリーの歌声。目を閉じると、彼の脳裡には、あの日、病室で友人の妻の顔に認めた、命がチリチリと音を立てて燃えてゆく様が蘇ってきた。

大音量のコーラスで、「Save me!……Save me!……」と繰り返され、三度目にそれが叫ばれた時、彼は腹にグッと固い物を押し込まれたかのように目頭に涙を溜めた。

自分の中の一切が、崩れ出しかけていた。その最初の取り返しのつかない振動のように、目頭が痙攣《けいれん》し続けている。肩で必死に堪えると、彼は、毟《むし》り取るようにイヤフォンを外して、二回激しく咳き込んだ。そして、目を拭《ぬぐ》って、もう一度、拳を額に強く押し当てた。その一点に意識を繋《つな》ぎ止めようとした。

『……俺はこんな人間じゃない。こんなにうろたえて、……何も悪いことなんかしてないだろ？　恥じることなく、ただ、堂々としてればいいんだ。……』

落ちつくまで、しばらく待合室の窓から青空を見ていた。あまりに澄んでいて、むしろ見られているのは、こちらであるかのようだった。そしてまた、気がつけば死んだ父親のことを考えていた。

彼の父、土屋保は、病院とはまったく無縁の、健康を絵に描いたような男だった。子供の頃から柔道をしていたので、がたいが良く、勤め先の町工場では、よく昼休みに工員仲間にせがまれて、ラムネの栓を指で押し込んで開ける特技を披露したりしていた。

勤労感謝の日の祝日、保は、昼食に妻の作ったうどんを食べて、畳に寝転がっているうちに、そのまま心臓が止まって死んでいた。

妻の恵子は、台所で皿を洗っていたが、異変に気がついたのは、水を止めた時に、これまで一度も耳にしたことがないような、夫のいびきを聞いたからだった。

不審に思って見に行くと、保は仰向けで動かなくなっていた。居眠りでないとすぐにわかったのは、額が上の方から、刻々と真紫に染まってゆきつつあったからだった。

大慌てで救急車を呼び、保は病院に搬送されたが、そのまま到頭、一度も息を吹き返さなかった。死亡診断書には、ただ素っ気なく「心停止」とだけ記されていた。所謂《いわゆる》ぽっくり病だった。

父の心臓が止まった時、一歳半だった徹生は、その周りを、よちよち歩き回っていた。彼は母から、何度となく、その時の話を聞かされていたが、どうがんばってみても、頭の中には何一つとして浮かんで来なかった。

徹生の中には、いつも、まっさらな昼下がりの光があった。ほんの些細《ささい》なことでもいい。何か少しでも父について覚えていることはないかと、彼はよく、その何もない光に目を凝《こ》らした。その空白の奥には、居間があり、畳があり、ちゃぶ台があって、満腹で昼寝をする三十六歳の男が一人、自分の身に起きたことが、何かさえもわからないまま横たわっている。

徹生はその瞬間を、いつも追うように、また待つように求めていたが、得られるものと言えば、どこからともなく染み出してきた、想像された死の光景ばかりだった。

台所で洗い物をする音。窓から差し込む十一月の陽射し。呼吸を止めた肺から抜ける空気の音。不吉な紫色に染まってゆく額。――何もかもが、あまりに母の言葉通りで、決してそれ以上でも、それ以下でもなかった。その紫色が、どんな色だったのか、そのいびきが、どんな響きだったのか、幾ら想像してみても、彼にはわからなかった。

そうして、彼の記憶以前のまっさらな場所には、自分で拵《こしら》え上げたニセモノの父の死体が、そこかしこに打ち捨てられて、虚しく転がっている。

徹生にとって、父とはそんなふうに、ただ、母から聞かされた話だけが頼りの存在だった。

生きている人間は、日々活動して新しい。変化し、豊富になる。昨日とは違うことを感じて、考え、行動する。それが今日、生きているということである。

しかし、死んだ人間は、ささやかな幾つかの逸話の主人公として、何度でも同じ行為を繰り返すしかなかった。

父の話で一番印象に残っているのは、徹生の産まれた年のことで、筆無精で、普段は十枚も書かなかった年賀状を、この時ばかりは五十枚も買ってきて、「男児誕生！」と、知っている限りの人に書き送ったのだという。それは結果的に、父がこの世で書いた最後の年賀状となった。

徹生はそれで、自分の誕生が、父を喜ばせた、ということだけは知っている。父の質朴な人柄を想像している。それが、直接の記憶はない父に対する、彼の愛情の拠《よ》り所《どころ》となっている。

徹生にとって父とは、そうして、想起される度に、三十六年前の「男児誕生！」を喜んで、今もせっせと年賀状を書き続けている人間だった。たとえ、今の徹生の身に何が起ころうとも、父はそれを知ることも出来ないまま、一人息子の誕生に、ただ頬を緩めているだけの存在である。

そういう父を、徹生は儚《はかな》く感じた。

父という人間に、何かこれだけは疑う余地のない〝生きた証〟と呼べるものがあるとするならば、それは結局、徹生自身だった。

子供の頃から、徹生と会う父の昔馴染《なじ》みたちは、皆が口を揃えて、似ている、と言った。

濃い両眉が、翼を広げてまっすぐ前に飛んでくる、一羽の鷹のようなかたちをしている。工場の誰かが言い出したことらしいが、それが生き写しだと笑った。どんなに柔和な表情を浮かべていても、常に一所を見据《みす》えているような強い印象があった、と。そして、保のことは、みんなが「やさしかった」と懐《なつ》かしがった。徹生自身が人からそう言われる時には、その父の評判を思い出した。

自分のついに知ることのなかった父の存在が、他でもなく、自分自身の中に紛れ込んでいる。徹生は、そのことを、窓にうっすらと映った影を見つめながら考えた。

『俺にとっては、息子の璃久《りく》こそが、〝生きた証〟だったんだろうか？　そして、その家族との絆さえ、今は断たれようとしている。……』

「――土屋さん、土屋徹生さん。」

受付の看護師に呼ばれて、徹生は鞄とジャケットを手に取り、立ち上がった。

診察室から出てきた老婆は、思いつめた面持ちの若い彼と擦《す》れ違うと、どこか疚《やま》しそうな素振りで、そそくさと脇を通り抜けていった。

「どうぞ、そちらに。」

中には院長だけがいて、四角い銀縁眼鏡の奥から、徹生を注視していた。

一礼して椅子に腰掛けると、院長は、「私が、寺田です。」と、診察らしくなく最初に名乗った。徹生は、仕事のクセで咄嗟《とっさ》に名刺を取り出しかけたが、思い直して同じように名前だけを言った。

色白で、鼻っ柱が磨いたように光っている寺田の顔は、どことなく、ラベルの貼られた、透明の薬瓶を思わせた。丸い椅子が軋む音がした。

「電話でもお話ししましたが、確かに三年前に、私は〝土屋徹生さん〟という方の遺体の検視をしています。ビルからの転落死でした。」

「僕が、その土屋徹生なんです。間違いありません。」

徹生は、きっぱりと言い切った。寺田は、神経質そうな瞬《まばた》きをした。

「どうしてそう言えるんです？」

「え？」

「証明できますか？」

徹生は、険のあるその尋ね方に、

「証明って、……僕は僕ですよ、そんなの。」と眉を顰《ひそ》めた。

寺田は、首を傾《かし》げた。そして、初めて徹生から目を逸らすと、ズボンについた白い糸くずを見つけて手で払おうとした。それが何度やっても取れないので、最後は指で摘《つま》んで、床ではなく、足許《あしもと》のゴミ箱に捨てた。その一連の動作に、徹生は妙な息苦しさを感じた。

「あなたは三年前に死んでる。――で、数日前に生き返った、と言うんですね？」

寺田は、顔を上げて改めて確認した。

「そう言っていいのか、僕にも正直、わからないんです。混乱してて、……だからここに来たんです。僕はもちろん、生きてます！　この通り、……」

寺田は徹生を凝視していた。そして、小さく嘆息すると、

「とにかく、もう一度、整理して話してもらえますか？　最初から、つまり、どうい

うことなのかを。」と言った。

徹生は、寺田の顔を正面に見据えた。そして、仕切り直すように「ええ、」と言うと、記憶に意識を集中させた。

あの夜の闇と静寂が次第に深まってゆく。一呼吸置いてから、彼はゆっくりと口を開いた。

2　傷痕

「……落ちる！」

真っ暗闇の中で恐怖に駆られた瞬間、徹生は、パイプ椅子の上で、前に傾いた体を跳ね上がらせた。

あの日、彼が目を醒《さ》ましたのは、会社の5階の狭い会議室だった。

水の泡が弾けるように、パッと瞼《まぶた》が開いて、曖昧に霞《かす》んだ視界に光が灯った。

最初に目に入ったのは、自分の両手足だった。グレーのズボンを摑んで、拳が二つとも握り締められている。

心臓が、肋骨の檻にぶつかりながら、出してくれ！と、叫んでいるかのように暴れていた。

顔を上げた先のホワイト・ボードには、「新しさと懐かしさ」という製品コンセプトらしい言葉が走り書きされている。下線を引いて、トンと最後に点を打つのは、部長のクセだった。

『……寝てたのか。……いつから？』

腕時計に目を凝らすと、なぜかガラスに罅《ひび》が入っていて、針は3時14分で止まっている。どこでぶつけて壊したんだろう？　ブラインドの上がった窓には、室内にぽつんと一人残された彼の姿が映っていた。壁の時計は、10時を回っている。朝ではなく、夜だった。

しばらく考えてから、徹生は、頭を強く振った。何も思い出せなかった。額に手を当てて、何の会議だったんだろうと首を傾げて、「……アレ？」と、笑みを強張《こわば》らせた。

幾《いく》ら考えても、記憶は、今し方の目醒めの直前までしか遡《さかのぼ》れなかった。うたた寝の最後に訪れる、あの真っ逆さまに、奈落の底に落ちていくような恐怖感。

立ち上がると、頭の奥の方で、何かがぶっと破裂したように痛みが広がった。顔が歪んだ。眩暈《めまい》がして、目の前が、真っ暗なのか、真っ白なのか、見分けがつかないようにちかちかした。辛うじてかたちを留めていた記憶が、この時に崩れて、混ってしまったような気がする。

死因は、会社のビルからの転落だった。それを知って以来、徹生は、あの「……落ちる！」という意識のことが、ずっと気になっていた。

自分はあれを、いつ感じたのだろう？　何の疑いもなく、目を醒ます直前だと思っていた。しかし本当は、それよりもっと前だったのではあるまいか？　生き返る前の、むしろ死ぬ寸前の転落の最中だったのでは？……

徹生は、診察室で白衣の寺田と向かい合いながら、この会議室でのことをかなり詳細に語った。尋ねられたから、というだけでなく、寺田もきっと、この目醒め方に興味を示すだろうと信じ込んでいた。医師ならではの視点で、彼は、素人の自分が思いもかけなかったことを、指摘してくれるに違いなかった。

「……目が醒める直前は、真っ暗だったんです。けど、そのすぐ外側は、何かが眩《まぶ》しくちらついていて。多分、現実の光だと思うんですけど、……」

徹生は、沈黙に背中を押されて話し続けたが、そこまで辿《たど》り着くと、忽然《こつぜん》と行く手を失ってしまった。寺田は、明らかに関心のない様子で、相槌《あいづち》を打つことさえしなくなった。そして、もう結構というふうに、三色ボールペンを机の上でトン、トンと突いてから、

「要するに、うとうとしてて目が醒めたら、生き返ってた、という話なんでしょう？」と言った。

「え、……ああ、そうです。」

口籠《くちご》もる徹生に対して、寺田は、

「人間は、生き返ったりしませんよ。」と、冷淡に言った。「それは、あなたも理解できますよね？」

「それは、だから、……。」

「いや、だからじゃなくて、わかりますよね？」

徹生は、その言い方に腹が立った。

「じゃあ、この僕は何なんですか？　土屋徹生の遺体は、先生が検視したんでしょう？　僕はその土屋徹生なんですよ！　『わかりますよね？』じゃなくて、……じゃあ、僕が今、ここにこうしているのは何なんですか？　それを教えてもらいに来てるんじゃないですか。」

続けて更に何かを言おうとしたが、言葉にならず、もどかしく腕を動かすことしか出来なかった。

寺田の目は、異様なものを前にしたように、眼鏡の奥で微動した。

「あのねえ、――いいですか？　私は、この内科の病院の二代目の院長なんですよ。その上で、もう十五年も、検案医として、警察の変死体の検視に協力してるんです。まったくの善意ですよ。」

それでわかるだろうと、寺田は傲然と口を噤《つぐ》んだが、徹生には何が言いたいのか理解できなかった。寺田は、反応の鈍さに苛立った。

「あなたはここにいて、私に向かって喋ってる。つまり、あなたは生きてるんですよ。私も否定しませんよ、それは。だとしたら、考えられることは一つしかない。三年前に私が検視した遺体は、あなたじゃなかったということです。違いますか？」

「じゃ、誰なんです？」

「土屋徹生さんですよ。」

「だから、土屋徹生はこの僕なんですよ！　第一、顔は、……覚えてないんですか？」

「だから！　今言ったでしょう！　十五年もやってるんですよ、私は！」

三色ボールペンを乱暴に机に放り出すと、寺田は徹生を睨《にら》みつけた。そして、口を開こうとするのを制して、

「いや、待って！　あなた、変死体を見たことがありますか？　変死体！」と、広げたままの右の掌《てのひら》を突き出した。

「いえ、ないですけど、……」

「ないでしょう？　全然違いますよ、生きてる人間の顔と。」

「違うから、……何なんです？　その遺体の顔が、この顔だったかどうか、わからないってことですか？」

「違う！」と、寺田は、舌打ちした。「人の話を聴きなさい、あなた！　いいですか、私は、ですけどね、覚えてますよ、その遺体の顔を。十五年もやってるんですから！　似てます、確かに。けど、同じじゃない。当然ですね？　あっちは死んでて、あなたは生きてるんだから！　整形なのか、他人の空似なのか、何なのか、私は知らないけど。――っていうか、あなたの魂胆《こんたん》は、そもそも何なの？　それを言いなさい。」

「魂胆？」

徹生は、困惑して聞き返した。

「あなたみたいに、自分は死んで生き返っただとか言ってる人間が、全国に他にもいることは、ニュースで見て知ってますよ。ハッキリ言いますがね、非常に不愉快ですね、私は。人をからかって、面白がってるんですか？」

徹生は、興奮の熱で脈絡が溶けてしまったような寺田の言葉から、初めて彼の動揺を察した。単に胡散《うさん》臭いというだけではなく、自分は恐がられている。そうした忖度《そんたく》が、一瞬、差し水のように、徹生自身の苛立ちを鎮めた。そして、自らの無害さを証す必要を感じた。

「魂胆なんてないです。ただ、知りたいだけなんです。他の人のことはわかりません。とにかく僕は、会社で目を醒まして帰宅したら、妻に、あなたは三年前に死んでると言われたんです！　先生、自分の身に置き換えて、想像してみてください。……最初は、妻がおかしくなったんだと心配しました。それから新聞の日付を見て、手紙の消印を見て、雑誌をひっくり返したり、テレビをつけたり、……それでも信じられませんでした。けど、一歳だった息子が四歳になってたんです。何を疑っても、僕はこれだけは疑えません。あの子はニセモノなんかじゃない。親だから、それはわかります。」

「じゃあ、その三年間、あなたはどこにいたんですか？」

寺田はまた三色ボールペンを手に持つと、赤い芯を出したり引っこめたりしながら、不機嫌そうに言った。

「それは、……わかりません。記憶がないんです。」

「つまり、こうでしょう。あなたじゃない誰かが、三年前に土屋徹生として死んだ。私がその遺体の検視をしたことになってる。――いいでしょう。丁度そのタイミングで、あなたは失踪するか、拉致《らち》されるかして、どっかで生きてた。北朝鮮か、闇の組織か、そんなのですか？　まァ、いい。それで今、その間の記憶を失って、家族の許《もと》に戻ってきた、と、そういう話ですね？」

「北朝鮮とか、そんなのは知らないですけど、……もしそうなら、三年前に僕が死んだ時に、泣いて悲しんだ妻や母親はどうなるんです？　通夜にも葬儀にも、僕の遺体があったんです。それはみんなが見てます。」

寺田は、口を噤んで、こめかみを膨らませた。そして、ふと、何かを思いついたように顔を上げると、

「あなた、双子の兄弟はいますか？」と尋ねた。

「……は？」

「双子です。あなたとまったく同じ、一卵性双生児の。」

徹生は、ようやく質問の意図を理解して、

「いえ。一人っ子です。」と否定した。

診察室の潔癖な白さが、寺田の白衣に照り返されて目に滲《し》みた。

「先生を騙《だま》そうとか、そういうのじゃないんです、決して。それだけは信じてください。そんな馬鹿なことがって、僕だって思いますよ。思いますけど、……」

そう訴えている途中で、徹生は寺田が、頻《しき》りに自分の口許を凝視しているのに気がついた。食べ物でもついているのかと、手で拭いながら、その感触に目を瞠《みは》った。

「そうだ、この下唇の傷の痕《あと》、覚えてませんか？　高校の柔道の時間に、受け身を取らずにがんばり過ぎて、顔から畳に突っ込んで出来た傷です！　前歯が貫通して五針も縫って。これですよ！　こんな傷、僕以外にないですよ！」

徹生は下唇を指で摘んで、引っぱって見せた。寺田は、喰い入るようにそれを見ていた。その一点を頼りに、徹生の顔に、もう一度、記憶の中の顔を重ねようとしていた。

「覚えてるんじゃないですか？」

寺田の目は、急に虚ろになった。無意識らしく首を捻ると、聴診器が掛かっているうなじの辺りを掻《か》いて、何か独り言を呟いた。そして、徹生の問いには答えずに、

「――奥さんは、『泣いて悲しんだ』と言われましたか？」と探るように訊いた。

徹生は、「え？」と、今までとは違う戸惑いを見せた。

「そうは聞いてないんじゃないですか？」

「直接、そんな話をしたわけじゃないですけど、夫が急に死んだんだから、……いや、わかってます、先生の言わんとするところは。三年という時間は、……それは、短くはないです。何かが終わって、新しい何かが始まるには、多分、十分な長さです。」

思わず口を衝《つ》いて出た言葉だったが、徹生が、自分の不在の間の妻の生活について考えたのは、この時が初めてだった。そして、ここ数日の不安の一端を、ようやく正視した気分だった。

あれほど笑顔の絶えなかった彼の妻は、ここ数日間、まったく笑わなかった。それは恐らく、混乱のためだけではなかった。

自分が生き返ったことを、妻は喜んでいるはずだ。――どうしてそう無邪気に、信じられるだろうか？……

寺田はしかし、徹生のその言葉にやや意外そうな顔をした。

「そういう意味ではなくて、――いや、そういう意味もあるかもしれませんけど、それより、夫にあ、あ、い、う、死に方をされると、ということです。」

徹生は息を呑んで、背中を真っ直ぐにした。実際、彼の心を重たく占めていたのは、その問題だった。

「僕は転落死っていう死因が、どうしても信じられないんです。会社のビルの屋上からと聞いてますけど、あんなとこ、行く用事もないですし、……考えられない。会社のみんなだって、おかしいと思ったはずです。」

「奥さんは何と？」

「妻は転落死としか言いません。先生はさっき、『ああいう死に方』と言われましたけど、僕はその、ひょっとして、……誰かに殺、さ、れ、たんじゃないでしょうか？」

徹生は、身を乗り出して、真剣に尋ねた。寺田は何度も素速い瞬きをすると、また徹生の下唇の傷を見た。そして、やや間を置いてから、ただ、「転落死です。」とだけ言った。

「いや、おかしいですよ、それは。……実は、心当たりがないわけではないんです。」

徹生は、まだ妻にさえ言ってないことを思いきって口にした。

「あいつが犯人じゃないかって男が一人いるんです。」

寺田はしかし、その話には関わるつもりがないというふうに、急に拒絶の態度を露《あらわ》にした。

「それは私に話すことじゃないです。私からは何も言えません。そもそも私は、あなたが、あの遺体と同一人物だと思っていませんから。死因については、彼のプライヴァシーがあります。どうしても確認したいのであれば、警察に行ってください。」

そう言うと、面倒事を早く切り上げようとするように、聴診器を耳に掛けた。

「上衣を捲《まく》って、お腹を見せて。」

「え？」

「お腹。」

徹生は、言われた通りにした。前からと後ろからと、冷たい聴診器を当てられ、血圧を測られて、目の下と口の中とを見られた。

ステンレス製の舌圧子《ぜつあつし》をビーカーの中に入れると、寺田は、急に疲労に堪えられなくなったような面持で言った。

「私に言えることは、あなたがちゃんと生きている、ということだけです。逆行性健忘が見られますから、内科よりも精神科を受診した方がいいでしょう。」

寺田医院まで夫を迎えに行く車の中で、土屋千佳《ちか》は、どうしてこの子は、さっきあんなことを言ったんだろうと、後部座席のチャイルド・シートに座る璃久を、ミラー越しに見遣《みや》った。

「——はい、りっくん。きをつけて。」

璃久を拾いに立ち寄った保育園でのことだった。若い担当の保母は、背が高く、いつもスモックの袖《そで》を肘の辺りまで捲っていて、千佳は彼女というと、何よりもまず、その白い、ほっそりとした腕を思い出した。

璃久は、自分で靴を履いて、爪先で地面を蹴ると、

「りっくんね、これから、おとうさん、おむかえにいくんだよ。」と言った。

「——おとうさんを？」

「うん、そう。」

「そう。よかったねえ。」

千佳は、極《ごく》親しい友人夫妻にしか話していない徹生のことを、璃久が唐突に口にしたのに慌てた。しかし、若い保母は、微笑みを湛《たた》えたまま、璃久から視線を逸らさず、それに気づかないふりをした。訝る様子も見せなければ、尋ねようともしなかった。よくあることとして——恐らくは、新しいおとうさんのことと理解したのだっ

た。

「はい、じゃあ、またげつようびね、りっくん。おひるねのねまき、わすれないように。さようなら。」

「さようならー。」

千佳は、璃久の手を握ると、何事もなかったように挨拶する保母に、一礼した。そっとしておいてもらう。それこそは、千佳がこの三年間、何よりも人に求めてきた優しさだった。どれほど自分たち親子が、世間の通例からは外れているとしても、特別扱いされることは苦痛だった。憐れみに反発するというのではなく、彼女はただ、目立ちたくなかった。優しさと引き替えのあれやこれやの詮索《せんさく》に、彼女は幾度となく、不用意に傷ついてしまった。元々、友達も多くなかった彼女は、今では完全に孤独に慣れ親しんでいた。

――そしてある日、三年前に死んだ夫が帰ってきたのだった。

あの夜、千佳は、何が起きたのかも、目の前に立っているのが、本当に徹生なのかどうかもわからないまま、ただ首を横に振り続けていた。

平日の遅い時間だったが、徹生の死後も、何かと親切にしてくれていたディスカウント・ショップの秋吉《あきよし》夫妻を電話で呼び出し、そのまま朝まで付き添ってもらった。

徹生よりも六歳年上で、生前、兄のように慕っていた秋吉浩一《こういち》も、最初は言葉も出ないといった様子だった。それでも、一晩話し込んで帰宅する頃には、

「千佳ちゃん、何がどうなってるのか、わからないけど、とにかく、徹生君が帰ってきたんだよ。喜ばないと。」と靴を履く玄関先で、励ますように言った。

千佳は言葉を返すことが出来なかった。居間にいるのは、やはり夫なのだと思った。そして、「喜ばないと。」と言われて、初めて彼女は、自分が、その事実を喜んでいないと、気づかせられた。

千佳は、明るくなるまで一睡もしなかった。そして、目を醒ました璃久には、「おとうさんよ。」と言ってやれなかった。

「おとうさんをおぼえてない、りく？」

膝を突いて呼びかける徹生に、璃久は曖昧に首を捻って、助けを求めるように母親の足許に駆け寄った。徹生が三十二歳で急死した時、璃久はまだ一歳になったばかりだった。

「りっくんのおとうさん、てんごくにいるんじゃないのぉ？」

千佳は、息子の頭を撫でてやりながら、ただ、「――ね？」とだけ頷いた。それ以上は、何も言葉が出て来なかった。

徹生はそれから、毎日璃久に話しかけ、抱き上げようと手を差し伸べていたが、璃久は嫌がって逃げ回るだけだった。

その璃久が、どうしてさっきは、あんなに自然に、「おとうさん、おむかえにいくんだよ。」と言ったのだろう？　内心ではもう、生き返った徹生を、父として受け容れているのか？　それとも、他の子供たちが、いつもそう言っていたのを、ずっと羨《うらや》んでいて、一度、真似してみたかったのだろうか？……

病院の駐車場に車を止めながら、ここに来てもまだ、千佳は思い迷っていた。もし帰って来たのが本当に徹生なら、話さなければならないことがあった。しかし、それに触れたならば、二人の関係は、今度は生きたまま永遠に絶たれてしまうのかもしれない。それが恐かった。言わずにいる苦しみは、彼女の中で、もうとっくに限界に達していたが。

病院を出た徹生は、すぐに車に気がついた。千佳は、フロントガラス越しに彼を見ていた。微笑みを浮かべようとして、浮かべきれなかった彼女の正直さに、哀しさとうれしさとの両方を感じた。

三年という時間は、確かに彼女にとって、長かったはずだった。今、彼女の一番近くにいる人間は、自分ではないかもしれない。——その予感は、診察室にいた時とは違って、今は胸の内側に静かに切り傷をつけてゆくような痛みとなっていた。

千佳は、シートベルトを外すと、車から降りて、歩み寄ってくる徹生を待った。

「ありがとう。……ちゃんと生きてて、健康だって言われたよ。」

徹生がそう言うと、千佳は微かに頷いて、彼の顔を見上げた。

「……俺は俺だよ。土屋徹生だよ。」

千佳の目は赤く潤いかけた。しかし、涙は流れなかった。

ゆっくりと手を伸ばすと、千佳は、人差し指と中指の先で、徹生の下唇の傷痕に触れた。

あの日以来、二人はまだ一度も、互いの体に触れ合ってはいなかった。

その温もりと弾力の一点が、徹生に、ようやく生きているという実感を齎《もたら》した。

3　妻が明かす事実

マンションの4階で、エレベーターのドアが開くと、隣の家の〝カプチーノ〟というチワワが、尻尾を振りながら駆け寄ってきた。

「おお！　元気だったか!?」

徹生は、思わず声を弾ませた。彼にとっては数日ぶりの再会だが、実際には三年経っている。動物相手だからなのか、そのギャップの計算が、この時には自然と感情に結びついた。しゃがみ込むと、よしよしと顎《あご》の下を指でくすぐり、頭を撫でてやった。

璃久は、天敵を目にするなり、「うえっ、」と尻から後退《あとずさ》って千佳の足にぶつかった。

「ん？　りくはいぬがこわいの？　こんなちっちゃいのに。かわいいよ、ほら。」

淡い茶色い毛に覆われたカプチーノの白い顔は、その名の通り、コーヒーカップにきめ細やかに泡立つミルクに、ココアパウダーで描かれているかのようだった。

千佳は、いつものことという感じで、「だいじょうぶ。おとうさんがちゃんとおさえてくれてるから。」と促した。

璃久は、千佳の尻を楯のように自分の前に構えて、廊下の壁に貼りつきながら忍び足で歩いた。その間、一瞬たりともカプチーノから目を離さなかった。

徹生は、千佳のそのさりげない「おとうさん」という一言に、表情を明るくした。

そして、息子のあまりのへっぴり腰に苦笑した。

カプチーノは、徹生の太ももに爪を立てて前足を乗せていたが、いつものように吠え散らすわけではなく、どことなく生気のない目で、長い舌から澄んだよだれを滴らせていた。

徹生の手は、既にそのよだれ塗《まみ》れになっていた。そして、鼻を突いたその異臭に、吐き気を催しそうになった。

「お前、何食べたんだ？　ん？　モテないぞ、こんな口臭じゃ。」

徹生は、カプチーノの眉間を親指で撫でてやりながら顔を覗き込んだ。

やがて、「カプちゃん、……こっち。」という声がした。ドアから顔だけを覗かせている隣の奥さんに、徹生は軽く頭を下げた。初めて彼と再会した彼女は、よろよろしながら戻ってきた飼い犬を抱き上げると、逃げ隠れるようにドアを閉ざした。

「……またビックリさせちゃったよ。」

自宅の鍵を探す千佳は、歩み寄ってきた徹生に、

「手、洗わないとね。」と言った。

「すごい悪臭だよ。どうしたのかな？」

「歯槽膿漏だって。言おうと思ったんだけど。」

「歯槽膿漏？　犬にもあるの、そんなの？」

「あるんだって。カプチーノも、もうかなりのおじいちゃんだから。」

「ああ、……そっか。犬の三年だからね。」

洗面所で手を洗ったが、石鹼の香りの奥には、まだ先ほどの臭いが染みついていた。徹生は、顔を歪めつつも、人間とは違って、あんなに無邪気に喜びを露にしたカプチーノに愛着を感じた。まるで、何事もなかったかのようであり、多分、あの犬にとっては、何も起きてはいないのだった。

『それにしても、犬の記憶ってのは、どうなってるんだろう？　俺が俺だと、ちゃんとわかってて、しかも、人間みたいに、三年前の俺と、そっくり同じ別人なんじゃないかなんてややこしいことは考えないんだな。……』

居間に戻ると、テーブルの上には、千佳が昔からよく作っていた豆腐のサラダと地元の梅を使ったドレッシングが置かれていた。

適当にちぎられた黄緑色のみずみずしいレタスの上に、濃い緑のワカメが広げられ、更にその上に、絹ごしの、ババロアのように艶々した豆腐が盛られている。鰹節とちりめんじゃこ、刻み海苔がトッピングされ、丸いガラスの器に沿うようにして、櫛《くし》切《ぎ》りにされた真っ赤なトマトが、炎を上げるように元気良く並んでいる。

何でこんなにおいしそうに盛りつけるんだろうと、腹を空《す》かせた徹生は改めて感動した。何を作ってもそうだった。結婚する前から、時々料理を作ってもらっていたが、彼は千佳が、きっと無理をしているんだろうと気遣って、一度、「どうせ崩して食べるんだから、いいよ、適当な盛りつけで。」と言ったことがあった。千佳はそれに、信じられないというふうに目を丸くして言った。

「この一手間が、楽しいのに！」

いつも座っていた席について、徹生は、唐揚げを揚げる千佳の背中を見つめた。俯《うつむ》き加減の華奢《きやしや》なうなじが、台所の明かりを一点に集めたように白く浮き立っている。背中でキュッと紐を結んだエプロンは手作りで、溜まっていた色々な予備のボタンが飾りとして縫いつけてあって、遊びに来た秋吉さんの奥さんから、「かわいー！」と、甚《いた》く感心されていた。

そうした彼女の変わらなさは、部屋の中の変わってしまったことを、却って強く意識させた。取り分け彼は、テレビ台の上の二人の新婚旅行の写真が無くなっていることを気にしていた。病院から戻ってきて、彼が一番に確認したのは、そのことだった。

トイレから走って戻ってきた璃久は、水色のタオルケットを、マントのように首に巻いて靡《なび》かせていた。千佳が妊娠してすぐの頃に、早々と、徹生がデパートで買ってきたもので、それにくるまって寝ている璃久を眺めることが、残業で夜中に帰宅する彼の何よりの心の安らぎとなっていた。

たった数日前までは、まん丸に膨んだおしめを、数時間置きに替えてやっていたあの璃久が、三年後のこの璃久なのだった。一歳の五月の節句の時には、兜《かぶと》と一緒に写真を撮ろうとして、何度カメラを構えても、笑ってこちらに歩み寄ってきてしまったあの璃久が、この璃久なのだった。不思議だったが、それでも徹生には、なぜか、その二つの璃久が同じであることが、カプチーノが自分と会った時のように、すぐに信じられていた。

璃久は、マントの裾を頭から被《かぶ》って、「わーっ!」と、唐揚げを揚げている千佳にぶつかって行った。

「こらこら、あぶない。おりょうりちゅうは、だめよ。」

「おかあさん、おなかすいた。」

「もうちょっとだから。なんなの、そのヘンなかっこうは?」

「おばけ!」

千佳の呆《あき》れ顔に、璃久は奇声を上げて徹生の脇を走り抜けて行き、焦げ茶のソファにダイヴした。そして、足をばたつかせながら一頻《ひとしき》り笑い転げると、急に飛び起きて、徹生の知らない最近のウルトラマンと、腕がハサミになっている怪獣とを手に取って、キックさせたり、パンチさせたりし始めた。

何もかも忘れて、今のこの生活をそのまま生きる。それはやはり無理なのだろうかと、徹生は考えた。忘れてしまっていることは、忘れたままそっとしておいて、ただ何事も無かったかのように、四歳になった璃久と、今年三十四歳になる千佳、そして、一飛びに三十六歳になる自分を受け容れるということは。……

璃久は、二体を空中で戦わせながらソファを乗り越え、食卓の自分用の高い椅子に座った。

「ぴしゅー、……あぶなーい、……ぐぐぐぐ、ばーん。」

「それは、なんてウルトラマン？　おとうさんもこどものころ、みてたんだよ。」

そう言って、徹生は、その二体のフィギュアに手を伸ばそうとした。璃久は、獲られまいとするように、さっと脇に隠した。

「おとうさんにもみせてよ。」

「やだよー。」

「ちょっとだけ。とらないから、……」

「やだ！」

璃久は頑《かたく》なだった。そして、椅子の手すりに怪獣を立たせて、またウルトラマンに攻撃させた。胸にキックが命中すると、ぴゅーっと怪獣は転落したが、すぐにまた生き返って、ウルトラマンに反撃した。

徹生の目からは笑みが消え、ただ笑顔の形だけが残った。

璃久は、生き返った怪獣をウルトラマンで執拗に痛めつけた。その乱暴さは、次第にエスカレートしていって、フィギュアを壊してしまいそうなほどだった。徹生はようやく、それは何か、子供なりの表現なのではないかと勘づいた。

「りく、……」

声を掛けると、先回りするように、揚げたての唐揚げを運んできた千佳が、「だめよ、りっくん。こわれるでしょう。」と窘《たしな》めた。

「ぴしゅー、……ばーん。」

「そんないじめっこみたいなウルトラマン、やだな。やさしくないと、いたい、いたいって、かいじゅうさん、かなしんでるよ。」

「……ばーん。」

璃久は、最後に一発、ウルトラマンに触れる程度のキックをさせてから、ポイと二体をテーブルに投げ捨てた。唐揚げの皿を置いた千佳は、よしよし、と人差し指で怪獣の方を撫でると、二体を握手するような格好で棚に立たせた。璃久は、母親を見つめ、自分ではまずしないようなその意外な二体の並べ方を、しばらく眺めていた。

なめこの味噌汁が注がれると、「いただきます。」と三人で手を合わせた。

徹生は、音を立てて唐揚げの衣を噛《か》み締めたが、照り輝くような肉の隙間から、勢い良く油が染み出してきて、舌を火傷しそうになった。「熱っ！」

豆腐サラダを皿に取り分けていた千佳は、「大丈夫？」と心配した。少し笑った小さな口からきれいに並んだ白い歯が覗いた。その明るい表情に消えてほしくなくて、徹生は、口に空気を送り込みながら、もっと熱がってみせた。

「大丈夫だけど、……熱っ、……なんか、ビールとか飲みたくなるね。」

「あるよ。飲む？」

「そうだね。千佳も飲むよね？」

「あ、うん。」

徹生は、弾むようにして立ち上がって、台所から缶ビールとグラスを取ってきた。

二人分を注ぎ分けて、泡が落ちつくのを待つと、特に深い考えもないまま乾杯しようとした。そして、何に、という名目を考えてしまった。

千佳は、徹生のその様子を察して、

「てっちゃんが、生きてたことに。」と言った。

「……乾杯。ありがとう。」

徹生は、璃久の方を振り返ると、

「りくもかんぱいしようか。」とグラスを差し出した。

璃久は、そっぽを向いて、泣き出しそうな顔で千佳を睨んだ。

「りっくん、じゃあ、おかあさんとかんぱいしよう。はい、コップもって。かんぱーい。はい、かんぱーい。……」

璃久は、しばらく指を咬んで迷っていたが、やがてオレンジジュースのコップを手に取ると、かちんと音を立てて応じた。

食後、千佳が璃久を風呂に入れて寝かしつけるまでの間、徹生は、金曜の夜の情報番組で、彼と同様に「生き返った」という仙台の少女が、家族と一緒にインタヴューを受けているのを眺めていた。

「事故に遭《あ》った時のことは、覚えてますか？」

「部活のみんなと信号を待ってて、そしたら、急に車が突っ込んできて、……」

「轢《ひ》かれた、というのは？」

「いえ。……ただ、アッて感じで、……」

「自分がその時に亡くなってたってことは、どうかな、信じられる？」

座布団に座って、首を振る少女の手を、傍らで母親が握り締めている。反対隣には、徹生より少し年上くらいの父親が、背中を丸めて、俯き加減で胡座《あぐら》をかいていた。

ビール缶に口をつけていた徹生は、その縁を軽く歯で噛んだ。

「お父様は、娘さんに再会された時は、どんなお気持ちでした？」

「それは、……言葉に出来ないです。こんな奇跡が起こるなんて、想像もしてませんでしたし。……ただただ、うれしい。その一言です。」

画面右上には、「交通事故死の少女、奇跡の生還!?」という文字が躍《おど》り、左上には、スタジオの芸能人らの顔が映し出されている。

「今、一番、何をしたいですか？」

最後に少女が、改めてアップで映された。二つ結びにした黒い髪。おでこのにきび。左右の揃わない一重まぶた。半開きの口。……

「うーん、……またブラスバンドに戻りたい。クラリネット吹きたいです。」

「新しいクラリネット、買わないとな。」

父親は、はにかむような娘の手を甲から握ると、約束を確認するように言った。

『――この子は、正直に喋ってる。』

徹生はそう感じた。この無垢な表情が嘘だというのなら、この世の一体、何を信じればいいのだろう？

「あの子をよく見てください！　本当にあの子が、嘘を吐《つ》いていると思うんですか？」

今日の病院でも、そう言えさえすれば、どんなに説得力があったことか。……もし仮に、この少女が、世界中から爪弾《つまはじ》きにされたとしても、彼女の両脇に座っている両親だけは、断固として、その言葉を信じるに違いなかった。彼らにとって、娘が生き返ったことは、「ただただ、うれしい」ことなのだから。

徹生は、握り締められた少女の手を見つめながら、無意識に鼻を掻いた。その指には、まだあの隣の犬の臭いが微かに残っていた。

千佳が、濡れた髪を撫でつけて居間に戻ってきた時には、9時を回っていた。

普段から薄化粧だったが、湯上がりの火照った白い頬には、それでもやっと素肌になれたという解放感があった。幾分張った左右の顎が、細い首に静かな影を落としている。以前は気にして、よく鏡の前で、髪で隠してみたり、手で覆ってみたりしていたが、その時の彼女の、さも残念そうな顔が、徹生には、何とも言えず愛らしく感じられていた。所謂「美人顔」ではなかったが、彼女が働く駅の土産物売場では、杖をついたような年配の客に、「べっぴんさん」と評判が良かった。

徹生は、水の入ったコップを持った千佳に、

「三年の間に、千佳がまた、すごく母親らしくなってて、ビックリしてる。」と言った。

千佳は、テーブルを挟んで、徹生と向かい合わせに腰を下ろすと、「そう?」と言った。

「うん。さっきの璃久への注意の仕方とか見てても。」

「いい子よ、りっくん。」

「それは、そうだよ。俺と千佳の子供なんだから。」

徹生は、曖昧な笑顔を見せた彼女に、しんみりと言った。

「俺は側《そば》にいてあげられなかったけど、すごくちゃんと璃久を育ててくれてて、……

本当に感謝してる。ありがとう。……自分のことで頭がいっぱいになってたけど、一番にそのことを言うべきだった。」

千佳は、つと顔を上げると、十秒間ほど、徹生の目を見ていた。そして、一言だけ、

「本心？」と尋ねた。

徹生は、虚を衝《つ》かれたように、

「もちろん、本心だよ。」と言った。

千佳は、その返答について考えている様子だったが、一旦話を逸らすように言った。

「女の子だったら、また違ってたと思う。母と娘は難しいから。自分の子供の時と、りっくんはやっぱり違うから、逆に良いのかなって思う。」

「かもしれないね。俺は、親父がいなかったから、男の子を育てるのは、不安でもあったし、すごく楽しみでもあったけど。……今はまだ、どう接すればいいかわからない。」

徹生がそう言うと、千佳は体を強張らせて、突然、吹き出すような顔で下瞼を膨ませた。それは実際、笑っているのか、泣こうとしているのか、わからないような顔だ

ったが、閉じ合わされた口唇は、ずっと小刻みに顫《ふる》え続けていた。徹生は、驚いて彼女を見つめた。

「ごめん、……やっぱり無理かも。……ご飯の時は、このまま、またてっちゃんと元の生活に戻れるかもしれないって、一瞬思えたけど、……無理そう。……」

千佳は首を横に振ると、苦しそうに嗚咽《おえつ》を我慢した。駐車場の時と同じで、涙は兆すばかりで、出口を塞《ふさ》がれてしまっているかのようだった。徹生は、その言わんとするところを察した。込み上げてきた哀しみに、なかなか決心がつかなかったが、その先は、こちらから言ってやるべきだと覚悟を決めた。そして、長い沈黙のあとで口を開いた。

「……わかってる。三年もあれば、……それは、誰だって色んなことがあるよ。」

「……。」

「俺の壊れた時計とは違って、千佳の時計は、その間もずっと動き続けてて、……だから、……その、もう始まってるんだよね、新しい人生が？」

「――どういう意味？」

「誰か、……つきあってる相手がいるんじゃない？」

千佳は、眸《ひとみ》の奥で怒りが弾けたような、哀れむような目で徹生を見た。そして、

「……いない、そんな人。」と首を振った。

「俺も今後のことを考えたいし、千佳の気持ちも大事にしたいから、……本心を聞かせてほしい。今つきあってなくても、好きな人がいるとか、……そうじゃなくても、もう俺からは、心が離れてしまってるとか。……」

彼女は、押し殺したように息を吐いてまた頭を振ったが、俯き加減の口許は、

「……違う、」と、苛立たしげに動いたように見えた。

二人とも、しばらく黙っていた。

「俺の思いは、もちろん、まったく変わってないよ。千佳のことも、璃久のことも、俺は本当に、この世の中で一番大事だと思ってる。出来ることなら、死ぬ前と同じように結婚生活を続けたい。それは、……」

「ごめん、……」と、千佳は遮《さえぎ》るように言うと、「ごめん、……わたし、てっちゃんを、どう信じていいのか、わからない。」と口唇を嚙み締めた。「自分の気持ちに正直になれって言われたら、……無理かも、やっぱり。自信がない。……三年間ずっと、苦しんできた。てっちゃんが側にいたら、わたし、また苦しくなりそう。」

千佳は、握った手の親指と人差し指とを擦り合わせながら、徹生を見つめた。

「千佳、わからないよ、何を言おうとしてるのか。」

「結婚する時、約束したよね？　一生、一緒にいようって。絶対に幸せになろうって。……違う？　辛いこと、何でも話し合って、助け合っていこうって。」

「約束したよ。今でも、そう思ってる。」

「ウソ！……やっぱりわたしのせい？」

「ウソって、……何？　はっきり言ってくれ。何を言おうとしてるんだよ？」

徹生は、当惑した。

「本当にわからないの？」

「わからない。」

「死んだ時のこと、何も覚えてないの？」

「覚えてない。……けど、」と、彼は、躊躇《ためら》った後に、「俺は事故じゃないと思ってる。病院でも考えてたんだけど、もしかしたら、――殺されたんじゃないかって、……」

「違う！」

千佳は鋭く首を横に振ると、到頭、堪えきれなくなったように叫んだ。

「違う？」

「違う。……いい、てっちゃん！」

「……何？」

「てっちゃん、自殺したの！」

徹生は、ピタリと体の動きを止めた。突然、目の焦点を断ち切られたかのように視界が曖昧になった。

「自殺したの！　自分で会社の屋上から飛び降りたの！　わたしと璃久を置いて！　どうして？　なんで自殺したの？　教えて、どうして！……」

4

俺はそんな人間じゃない！

「自殺するほど悩んでたことがあったんだったら、――そんなに苦しかったのなら、どうして話してくれなかったの？　わたしにも言えないようなこと？　それとも、……わたしだから言えなかったの？　わたしが原因？　お願いだから、大丈夫だから、正直に話して。てっちゃん、それを伝えに戻ってきたんじゃないの？」

「冗談じゃない！　なんで俺が自殺なんかしなきゃいけないんだよ！」徹生は、ようやく引き攣《つ》ったような顔で言った。「誰がそんな馬鹿なことを？」

「警察。」

「警察は転落死って言ってるんだろう?」

「転落死で、事件性はない。——だから、事故か、自殺かのどっちかだって。」

「で、何で自殺になるんだよ? 事故死も不自然だけど、自殺なんて、もっとヘンだよ。考えたこともない。大体、証拠は?」

千佳は黙って立ち上がると、食器棚の引き出しの一つを漁《あさ》った。

取り出してきたのは、徹生の黒い手帳だった。もう何度となく見返しているらしく、手の中で、誰かが手伝っているかのように、勝手にメモのページが開いた。

千佳の面《おもて》は、赤らんだ目だけを残して蒼白になった。徹生の顔を見て、もう一度、その箇所に目を落とすと、口を強く結んで彼の前に差し出した。

ページの真ん中には、罫線を何段も跨《また》いで、ただ一言、「いやだ」と記されていた。

一画一画から、歯軋《はぎし》りの音が聞こえてくるような字だった。何かに対して懸命に抵抗している。しかも発せられるや、すぐに否定されたらしく、その言葉は、激しく往復する線で、塗り潰されていた。

強い筆圧を留めた紙は、どこか人肌のようで、ページを捲《めく》ると、その下にも、更にその次のページにも、「いやだ」という叫び声の谺《こだま》が響いていた。

彼は、黒いボールペンで記されたその文字に指で触れてみた。三年経っても、押しつけられたペン先のあとは、まだ減《め》り込んだままである。

人間は嘘を、決してこれほどの力で書ききることは出来ないだろう。どの一画にも躊躇うところがなかった。本心《いしん》を試され、それを、あらん限りの力で証そうとしているかのように、緊迫していて、必死だった。

徹生は、体の深いところから、暗い戦慄が湧き起こってくるのを感じた。

「……何がいやだった？」

千佳は、手帳を見つめる徹生に尋ねた。

「三年間、わたし、ずっと考え続けてきた。──仕事のこと？」

「違う。」

「やっぱり、わたし？」

「違うよ！」

徹生は、強く否定した。

「何言ってるんだよ！　大体、これが遺書？　こんなの、……いや、違う、俺、書いてないよ！　俺の字じゃない！　こんな、……おかしいと思わなかった？　俺の字？」

「てっちゃんの字に見えた。」

「は？……こんなの、……」

徹生は捲れかけたページを乱雑に手で押さえて、もう一度、その三文字を見つめた。――誰かが自分になりすましている。自分に成り代わって、まるで自分のように言葉を発している。その不気味さに、彼は身を震わせた。

「絶対に違う！　これは俺じゃない。」

「じゃあ、誰なの？」

「俺を殺した奴だよ。」

「誰？」

「……。」

「殺したとか、殺されたとか、そんな、……心当たりがあるの？」

千佳は、訝るふうに尋ね返した。

徹生は、しばらく黙っていてから何度も瞬きをして、「――ないことはない。」と呟いた。

「誰？　わたし、そんな話、知らないよ。」

「会社の警備員だよ。」

千佳は、ピクッと眉を跳ねさせて、

「……佐伯っていう人？」と問い返した。

徹生は、彼女の口からその名前が出たことに驚いた。

「そう、会社の庭でハトを蹴り殺した、……千佳、なんで知ってるの？」

千佳は、何かを言いかけて、思い直したように、

「遺体の第一発見者だったから。」と答えた。

「あいつが？」

徹生は、目を瞠った。そして、千佳の直前の表情が気になって、続きを待ったが、
彼女はただ彼を見ているだけだった。

「警察は、あいつをちゃんと調べなかったの？」

「どうして？」

「どうしてって、あいつは俺を逆恨みしてたんだよ！　死ぬちょっと前だけど、あいつは、ラグビーボールみたいに、会社の庭でハトを蹴って殺したんだよ。それを俺が注意したら、つきまとわれるようになって。——会社にも報告してる。」

「そんな話、知らなかった。」

「気味の悪い奴なんだよ、とにかく。俺はこの家の中に、あんな男のことを持ち込みたくなかった。ほんのちょっとでも！　汚《けが》れるよ！　千佳の耳にも、璃久の耳にも触

れさせたくなかった。」

　徹生は、視線の落ちつく場所を探したが、見つけられなかった。そして、突然、恐ろしい想像に駆られて、

「あいつ、千佳に何か言った？」と訊いた。

　千佳は、微かに首を横に振った。

「本当に？」

「でも、……それだけで、人を殺したりする？」

　徹生は、千佳が曖昧に話を逸らしたのに気がついたが、訊かれたことに答えた。

「だから、気持ちが悪いんだよ！　もちろん、警察にも行って、ちゃんと調べてもらう。……第一発見者があいつだったなんて、話が出来すぎてるよ。絶対、おかしい！　警察は何やってたんだろう？」

「どこまで記憶があるの？」

　徹生は、大きな溜息を吐いて、テーブルに肘を突いた。そして、改めて考えようとしたが、すぐに頭を振った。

「その日のことは何にも。その前から、……新商品の地ビールの缶のことで走り回ってて、……あれだよ、あの缶の上が全開して、グビグビ飲めるっていう、……」

「すごく売れたのよ、あれ。」

徹生は、目を瞠った。

「てっちゃんが生きてたら、どんなに喜んだだろうって、秋吉さんもいつも言ってた。」

「マジで？　売れたんだ？……そっか、……いや、出足は好調だったけど、……」

徹生は、放心したように独《ひと》り言《ご》ちて、沸き上がってくる喜びに、頰を緩めた。

「良かった。あれに、すべてを注いでたから。会社は？　持ち直した？」

「会社のことまでは、わからない。」

「ああ、……そうだよね。」

徹生は頷いて、またその頃のことを思い出そうとした。

「ＧＷ《ゴールデンウイーク》のバリ旅行は？」

千佳の言葉に、彼は一瞬、眉を顰めたが、すぐに、

「ジンバランのホテル！」と声を上げた。

千佳は、黙って二回頷くと、「……あのすぐあとよ。」と言った。

徹生は手帳を捲った。年の後半は、カレンダーが真っ白だったが、前半は対照的に真っ黒だった。日々のマス目には収まりきれない文字が、押し合い圧《へ》し合いしながら

ページを埋め尽くしている。

一つ一つの予定に目の焦点が合う度に、記憶の断片がちらついた。

彼はまた、九月や十月のページを開いて、そのまっさらなマス目を見つめた。――時間が止まっている。自分の時間が、世の中の時間から切り離されて、そこで静かに動かなくなっている。五月から六月へとページを捲る、その親指と人差し指で摘んだ紙一枚の感触の中に、自分の命の有無が秘められている。そのことが、彼には酷《ひど》く、不思議に感じられた。

「五月十六日。」

千佳は、呟くように言った。徹生は、一旦顔を上げてから、その空白になっている日付のマス目に視線を落とした。そして、やはり人差し指で、その日に触ってみた。

それが、自分が死んだ日だった。自分がこの世界から消えてなくなってしまった日。――

彼の手がけた地ビールの発売はGW直後で、この頃にはもう、売上げの初動についての朗報が届いていた。前日は外回りをしていて、この日は、一日中会社にいたらしい。が、そのからっぽのマス目をどれほど凝視しても、何も思い出せなかった。

「……わからない。頭のどっかにまだその記憶が残ってるのかさえも。あったとして、どこにそれがあるのか。……どこを目がけて意識を集中させたらいいのか。完全に空白なんだよ。……」

千佳は、虚ろな目でテーブルを見ながら言った。

「わたしは、……覚えてる。その日のこと。いつもみたいに、駅のお土産物売場で、梅のお饅頭《まんじゅう》と羊羹《ようかん》売ってた。てっちゃんと初めて会った時みたいに。……急に携帯に電話がかかってきて、出たら警察の人で。とにかくすぐに水尾《みずお》署まで来て欲しいって。……即死だったからって、病院にも運ばれなくて、……わたしそのことで、すごく怒ったから。……」

徹生の脳裡には、救急隊員や警察に、無造作に扱われている自分の遺体が思い浮かんだ。映画やドラマの継《つ》ぎ接《は》ぎらしい、そのニセモノの光景の中で、彼は目を瞑って、血を流しながら横たわっている。そこには、訃報を聞いて立ち尽くす千佳の姿も見えた。帰宅した日のように呆然としていただけなのか、パニックに陥っていたのか。……

徹生は、胸を切り裂かれるような痛みに顔を歪めた。そして、とにかく、ただ信じて欲しい一心で、まっすぐに妻の目を見据えて言った。

「千佳、……俺は自殺はしてない。俺は、そんな人間じゃない。知ってるだろう?」

「……。」

「結婚して、家も買って、子供も出来て、俺にとっては、人生で一番幸せな時だった！　ウソじゃない。本当にそう感じてたんだ。本当に。そんな俺が、なんで自分で死ななきゃいけない？」

「それがわからなかったから、苦しかったんじゃない。……ずっと辛かった。わたし、もう涙、出ないの。」

「……どういうこと？」

「わからない。今だって泣いてる。でも、出ないの、涙。一滴も。」

徹生は、愕然として千佳の顔を見守った。

「わたしだって、てっちゃんが自殺するなんて夢にも思ってなかった。誰も想像してなかった。でも、現実として突きつけられれば、受け容れるしかないでしょう。他に何が出来る？　責める前に教えて。」

「責めてるんじゃないよ。──責めてるんじゃない。ただ、俺を信じてほしいんだよ。俺は、妻と子供を置き去りにして、自殺するような人間じゃない。絶対に違う！　千佳と璃久は、俺にとってこの世の中の何よりも大事なんだから。」

「そう信じてても、……自殺したって言われたら、考えるでしょう？　どうして気づいてあげられなかったのかって、……側にいた自分が情けなかった。わたしのせいかもしれないって自分でも責めたし、……自分だけじゃなくて、……」

千佳は、その先を続けることが出来なかった。

「酷いことを言われたのか、人から？」

千佳は、反射的に顔を背けて、静かに一度、目を瞑った。

「お母さんが酷いのは、今に始まったことじゃないから。でももう、いいの。てっちゃんのお葬式以来、会ってないし。」

「まったく？　この三年間？」

「いいの、もう。……いい。会いたくないから。」

徹生は、千佳のこんなに険しい表情を初めて目にした。何があっても、決して笑顔を絶やさなかったあの千佳が。……

確かに、三年経っているのだと、彼は痛感した。さもなくば、人がこんなに変われるはずがなかった。

「俺の母親は？」

千佳は、乾いたままの嗚咽で肩を震わせながら、何も答えなかった。

「責められたのか、俺のことで？」

「仕方ないよ。……お義母さんも、母子家庭で、一人息子だったんだから、……わたしも、申しわけなくて、合わせる顔がなかった。今はもう、お義母さんとも全然連絡取ってない。」

徹生は千佳を注視したまま、

「あんなに仲良かったのに。……」と悔しそうに言った。

単に生き返ったのではなかった。自分の死が壊してしまった世界に生き返ったのだと、彼は感じた。それを元に戻すことこそが、自分が生き返った意味なのではないだろうか？

徹生はまだ、実家に連絡していなかった。午後10時を少し回ったところである。受話器を手に取ると、彼は立ったまま、東三河の実家の番号を押した。五回呼び出し音が鳴って、声を発しようとした途端、留守電が応じた。

「あ、もしもし、徹生だけど、……あの、また掛け直すけど、……とにかく母さん！俺、生きてるから！　生き返ったんだよ！……また電話する。……俺、ちゃんと生きてるから。……」

電話を切ると、徹生は元の向かい合わせの椅子ではなく、千佳の隣に座った。そして、組み合わされた彼女の手の上に自分の手を重ねた。

「俺が死んだのは、千佳のせいなんかじゃない。違うよ！　何にも自分を責めることなんかない。俺が言ってるんだから、間違いないよ。」

「……。」

「俺はね、……俺は今日、病院で気がついたんだよ。今年俺は、死んだ親父と同い年になるんだ。」

俯いた千佳の目許には、髪の毛が疎《まば》らに掛かっていた。

「俺は、親父が早くに死んだせいで、経済的にも苦労したし、やっぱり寂しかった。そんな俺が、なんで璃久を同じ目に遭わせる？　あり得ないよ。俺の夢は、俺が知らなかった普通の、両親が二人揃った幸せな家庭を築くことだった。それは、千佳だってそうだっただろう？　それが俺たち二人の結婚だったんだから。——色々、難しいこともあると思うけど、もう一度、一緒に俺とやりなおしてほしい。辛い思いをさせてしまったけど、もう大丈夫だから。その分、がんばって努力する。俺はここにいるし、今度こそずっと千佳の側にいる。」

徹生は、彼女の手を握り締めて頭《こうべ》を垂れた。

千佳は、長い時間考えていた。そして、何度か声を発しようとしては嗚咽に妨げられて、ようやく、

「自殺じゃないなら、……良かった。生き返ってくれて、……良かった。」と言った。

徹生は、固く目を瞑ったまま、その言葉を聴いた。「……ありがとう。」

「でも、殺されたっていうのは、わからない。本当にそうなら、恐いことだけど、……」

徹生は、顔を上げた。

「突飛な話って思うかもしれないけど、事故か、自殺か、殺人かしかないんだったら、殺されたとしか俺には考えられない。自殺はない。事故もあり得ないよ。屋上なんか行く用事もないんだし、事故なら事故で、みんながそう言うはずだから。——佐伯はとにかく、異様な人間なんだよ。たったそんなことでっていう理由でも、……それは、……」

徹生は、そう言いかけたまま、自分でもどう続けていいのかわからなくなって、口を噤んだ。

千佳は、彼の手を離すと、顔にかかった髪を払いながら眉間を絞った。そして、彼の目を見て言った。

「本当にそうなら、……心配。生き返ったって知ったら、また殺しに来るかもしれない。」

徹生は、目を大きく見開いた。不意に、何か物音でもしたように、彼らはなぜか、同時に後ろを振り返った。立ち上がって、徹生は窓の外を見に行った。そして、カーテンを隙間なく閉じ合わせると、一呼吸置いてから言った。

「来るなら来るでいい。それで、俺が自殺なんかしてないことが証明されるんだから。千佳も璃久も、もう後ろ暗い思いを抱いて、生きていかなくてもいい。俺たち家族は、純粋な被害者なんだから。」

第二章　人殺しの影

5　開封された死

　堂島製缶がある工場町方面行きの市バスは、千光湖《せんこうこ》のバス停で、老婆を一人乗せたところだった。ドアが閉まりかけた時、突然、後方の死角から、汗だくの大男が、車体を揺らすような勢いで駆け込んで来た。

　乗車口近くに座っていた徹生は、その姿を目にするや、覚えず椅子から飛び上がった。

『――佐伯！』

男は、整理券を毟《むし》り取ると、緊迫した目つきの徹生を睨《にら》み返した。――佐伯じゃない。背格好こそよく似ているが、顔はまったくの別人である。徹生は、誤作動した警報のような心拍に煽《あお》られたまま、すとんと腰を下ろして、窓の外に目を遣《や》った。男は、不審らしく徹生を見下ろしながら、前方の席に移動した。

バスが動き出してからも、徹生の脳裡《のうり》には、金曜日の夜、千佳が怯えた表情で口にした、あの「また殺しに来るかもしれない。」という言葉が反響していた。

真相を明らかにするために、徹生は、週明けすぐにでも、会社に行くつもりだった。が、月曜日の朝になると、どうしても居間のソファから起きられなくなって、結局、水曜日の今日まで家に籠《こ》もっていた。

自分自身の重みに、押さえ込まれているかのようだった。風邪だろうかと疑ったが、熱もなく、午後になると楽になるので、ひょっとすると、死の後遺症なのではないかと考えていた。

しかし、今し方、あの汗だくの大男を目にした時の慌てようからして、それはむしろ、恐怖だったのかもしれない。佐伯が犯人なら、再会は実際、大きな危険だった。それを、頭よりも体の方が敏感に察して、必死で引き留めようとしていたのではないだろうか？

千佳は、自らを奮い立たせようとする徹生に、「まだゆっくりしてたら。無理しないで。」と、背中から宥《なだ》めるように声をかけた。

徹生が今日、家を出られたのは、そんなふうに心配する彼女を、却って安心させたかったからだった。少しずつでも、自分らしさを回復したかった。彼女に愛され、頼りにされる自分に、一日でも早く戻りたかった。

『佐伯にしたって、せっかく自殺に見せかけて殺したんだ。出会《でくわ》したとしても、いきなり人前で、襲いかかって来たりはしないだろう。逆に逃げられるだろうか？　みんなが見ている前で、こっちから問い詰めるべきだろうか？……』

車窓に顔を寄せた徹生は、晴れ亘《わた》った空の色に染まる千光湖を眺めた。

その名の通り、千々に光を灯《とも》す湖の面を、赤い嘴《くちばし》の黒鳥が、ゆっくりと分けて進む。あとには、左右に開いた波が、巨大なファスナーのように、末広がりにどこまでも伸びている。

何か神秘的な大きな力が、指先で摘《つま》んで、静かに引っぱっているファスナー。――たった一度の死で、永遠に命を失ってしまう。そんな理不尽な世界は、あそこから徐々に捲《めく》れていって、その下からは、今この瞬間にも、まったく新しい奇跡の世界が姿を現そうとしている。そんな想像が膨んだ。自分は、あの眩しさの中から生還したのではないだろうか？　対岸の桜並木の新緑のように、この新しく出現しつつある世界では、人間は何度死んでも、その都度瑞々《みずみず》しく再生するのではあるまいか。……

金曜日の夜の千佳との話し合いのあと、徹生は、自分の遺品が収められた段ボール箱を開封していた。何か自殺に見せかけた殺人の証拠が見つかるかもしれないと期待しながら。

箱は、クローゼットの奥深くに、隠すようにして仕舞い込まれていた。千佳らしく、ハサミで丁寧に切ったガムテープで封がされていて、端に爪を引っかけようとしては、頑なな抵抗に遭《あ》って、その都度弾き返されてしまった。

箱の中には、着古したスーツやジーパン、千佳に誕生日プレゼントで貰《もら》ったセーター、クイーンの全ＣＤ、何冊かの写真アルバム、パソコン、それに彼が手がけた缶製品などが、防虫剤と一緒に、きれいに収められていた。テレビ台の上から消えた、二人の新婚旅行の写真も見つかった。

徹生はとにかく、中のものを全部引っぱり出して、床の上に広げていった。

使う人間が死に、使われる場所を失って、この世界から締め出されていたそれらの遺品は、そうしてまた、唐突に生きた時間の流れの中に連れ戻されて、驚いたような表情を見せた。

徹生は、Tシャツの上からスーツに袖を通し、仰向けに寝転がって、それらの遺品に埋もれた。その濃厚なナフタリンの刺激臭は、あれからずっと干していたにも拘《かかわ》らず、今もまだ、バスに乗る徹生の体から発せられている。

その重たい臭いを嗅ぎながら、徹生は、自分の遺品を一つ一つ、独《ひと》りで箱詰めにしていった千佳の姿を思い浮かべた。仕事を続け、まだ一歳になったばかりの璃久が駆け回るのを追いかけては連れ戻しながら、彼女はきっと、夜の静かな時間に、ひっそりと、自殺した夫の後始末を続けていたのだろう。もう、自分の目には触れないように。それでも、無惨に虫に喰い荒されるのは忍びないと思ってくれていたのか。

恨んだだろうなと、徹生は初めて思った。殺されたとなれば、千佳の感情もまた違っただろうが、犯人を憎み、煩悶《はんもん》する姿も、それはそれでかわいそうだった。そして、たとえ殺されたにせよ、自分が生きて、側《そば》にいてやれなかったことを、申し訳なく感じた。

徹生を一番興奮させた遺品は、仕事で使っていたパソコンだった。寝転がったままそれを眺めていた彼は、遺品の山から急に飛び起きると、ジャケットを着たままの格好で、急いでLANケーブルを探しに立った。幾ら気が動転していたとは言え、どうして思いつかなかったのだろう？　パソコンの中にこそ、遺品とは違う、彼の生《せい》の痕跡が、豊富に残されているはずだった。

画面を開くと、一番にメールを確認した。

五月十六日午後3時14分が彼の死亡時刻だったが、周知されるには時差があったようで、その月いっぱいは、かなりの数のメールが届いている。それらがすべて開封済みだった。プロヴァイダーとの契約が終了したのは八月半ばらしく、その間、知人からのメールが絶えていく一方で、広告メールはお構いなしに送信され続けている。六月三十日の彼の誕生日には、ネット通販のサイトから、バースデー特典ポイントの案内が複数届いていた。

死亡して二日後の五月十八日の朝には、「大至急、ご返事をお願いします！」という取引先からの催促があった。その後、連絡がないところを見ると、会社の誰かが、事情を説明してあとを引き継いだのだろう。

メールの返事が来ないことに苛立って、急き立《せ》てていたら、当の相手が死んでいた。そういう時、人はどんな顔をするのだろうか？　もちろん、驚いただろう。しかし、どんなに想像してみても、意外にと言うのか、当然なのか、悲しんでいる表情にはならなかった。

別に死体を見たわけでもなく、ただ「死んだ」と言葉で伝えられただけで、この人の中で、自分は唐突に「死んだ」のだった。人の死は悲しいものだと、みんな当たり前のように考えている。しかし、「死《シ》」というそのたった一音が耳に触れただけで、スイッチでも入れたように、人はそんなに簡単に悲しめるものだろうか？

そういう知人は、他にもたくさんいたはずである。ずっと会ってなかった昔馴染《なじ》みにとって、「どこかにまだいる」ことと、「どこにももういない」こととは、一体、どう違うのだろう？　二度と会うことも、連絡することもない人は、死ぬ遥か以前から、実は死んでいるも同然なのではないだろうか？　ただその「死」という言葉を、聞くかどうかの違いだけで。……

六月の初めに届いていた〈お久しぶりです〉という一通のメールに、徹生はなんとなく、不穏なものを感じた。送信者の名前はなく、アドレスにも見覚えがない。

クリックすると、画面には色とりどりの絵文字が咲き乱れた。

〈ルビーのリナです。アドレス変更しましたので、ご登録をおねがいします。またお店に来て下さいね♪　土屋さんの石沢ビール、この前、買いましたよ～☆　ウマシ〉

徹生は、一瞬、眉を顰《ひそ》めて、「あぁ、……」と思い出したように口を開いた。かなり前に一度、取引先の担当者と行ったキャバクラのホステスだった。

徹生は、キャバクラに行くと、いつも話が続かず、気まずい思いをするだけなので、自分からはまったく足を運ばなかった。しかし、このメールの送り主は、「缶詰マニア」を自称する変わった子で──好きな番組は《タモリ倶楽部》だと言っていた──、入れ替わり立ち替わり隣に座るホステスの中でも、唯一、しんとならずに済んだ相手だった。名刺を交換したものの、メールのやりとりは直後の一度きりで、顔ももうすっかり忘れている。よりにもよって、なんでこんなタイミングなのだろう!?

このメールも、当然、開封済みだった。千佳はこれを読んで、どう思っただろうか？　キャバクラなんか興味ないと言っていたクセに。──そう思っただろうか？　一事が万事で、あれこれ妄想が膨らんで、浮気の一つも疑われたかもしれない。それこそ、まったくの事実無根だった。彼は、斜め上を向いてしばらく考え、首を落として溜息を吐いた。

自殺云々どころではなかった。死んでしまえば、こんな些細《ささい》なこと一つ弁解できない。

徹生は、恐る恐るブラウザを開いて〈お気に入り〉の一覧に目を向けた。この深刻な時に、エロサイトのタイトルが、あまりにも無神経に目立っている。……これも見ただろうか？　見ただろう、きっと。……

千佳は必ずしも、そういうことにうるさい方ではなかった。しかし、〈癒乳《ゆにゅう》の楽園〉にはさすがに引いたに違いない。こんな情けない言葉が、死後に、自分という人間の〝秘められた欲望〟を代弁するというのは、まったく以て悪夢だった。

千佳は胸が小さく、徹生はそんなことは全然気にしないと言っていた。それは本心で、それとこれとは、また別問題である。大体、〈巨乳の楽園〉ではなくて〈癒乳の楽園〉である。そっちの方がもっと気持ち悪いかもしれないが、とにかく、大きさの問題ではなかった。量より質というか。いやいや、そういうことでもなくて、……

徹生は気がつけば、目の前にいるわけでもない妻を相手に、そんなしどろもどろの言いわけをしていた。そして、キャバ嬢からのメールと併せて、それらのリンクもさっさと削除してしまおうとした。そして、慌ててキーボードの上で手を止めた。

これはしかし、自殺を否定する、情けなくも説得力に富んだ証拠ではあるまいか？　死ぬと決めていたのなら、こんなものは跡形もなく処分していたに違いない。千佳もむしろ、そう考えはしなかっただろうか？　自殺する人間が、自分の恥部に対して、こんなに無防備なはずがないと。

バスは先ほどから、パチンコ屋やガソリンスタンド、新築のマンションが建ち並ぶ駅の南側の大通りを直走《ひた》っていた。梅雨入り前の午後の陽射しが、窓枠を眩しく反射させて、乗客たちを、一人また一人と微睡《まどろ》みへと誘い込んでいる。佐伯と見間違えたあの大男の背中も、気がつけば、バスの動きと連動して前後左右に揺れていた。

会社の最寄りのバス停までは、あと十分ほどだった。徹生は、着く前にもう一度確認しておきたくて、鞄の中からクリアファイルを取り出した。病院での反省を生かして、彼は自分の状況を説明するために、関連情報を幾つかプリントアウトしていた。

ネットで「生き返った死者」という語を検索すると、210、000件ものヒットがあったが、大半は、今回の出来事とは――恐らく――無関係だった。ハイチで葬式中に生き返ったという老人の話、エルヴィス・プレスリーがシアトルでドーナツを食べているところを目撃された話、チベット《死者の書》の解説、小学生へのアンケートで「人間は一度死んでも生き返る」と回答した人数が全体の30％にも上《のぼ》ったというニュース、それを「いつでも簡単にリセットできるゲームの悪影響」とする分析、それへの批判、D・H・ロレンスの《死んだ男》という小説の紹介。……

徹生に直接関係のある人間たちの記事は、検索の最初の数ページに集中していた。確認できただけで、生き返った人間の数は全国で十数名に上っていたが、彼自身のように、まだ名乗り出ていない者を含めれば、何人いるのかわからなかった。情報番組で目にした中学生の少女は、中でも最も有名で、どのサイトでも必ず言及がある。年齢や性別、死んだ日付、生き返った日付などに共通点は見つかっていなかった。

記事の束を捲ると、彼は、そのうちの一枚を表に出した。見出しは、**〈7年前に急性心不全で死亡した男性、実は他殺だった!?〉**となっている。七年前に自宅で死亡し、検視の結果、「病死の疑い」と判断された千葉の不動産会社の社長が、先月十九日に突然、生き返り、警察に、自分は殺されたと訴え出ているのだという。酒を飲んでベッドに横になっていたところを、男女二人組に襲われたらしく、犯人として名前を挙げたのは、第一発見者である彼の妻だった。

記事には、その後の調べで、スナック経営者のこの妻が、夫の死亡により、約2億円の生命保険を手にしたことが書かれている。が、徹生が赤で印をつけているのは、むしろ、それに続く「法医学に詳しいジャーナリスト」のコメント部分だった。

〈変死体が発見されると、法律上は、検察官が検視を行うことになっていますが、実

際には、「検視官」と呼ばれる警察官がそれを代行しています。犯罪の有無を判定するのは、検視官の「五官」（＝五感）です。犯罪性が疑われる遺体は、司法解剖に回されますが、そうでなければ、警察から委嘱《いしょく》された検案医が呼ばれて、死体検案書を書いて終わりです。日本の検視・解剖のための予算は、国際的に見ても異常なほど少なく、誤認検視による犯罪の見落としが、以前から問題となっています。〉

『あの寺田という医者は、一体、どれくらい真面目に俺の遺体を見たんだろうか？解剖の必要はなかったと言うが、こんなお粗末な話だとは想像もしてなかった。みんなもきっと知らないに違いない。』

検索すると、同様の不審な事例が、他にも数例見つかった。

殺人ということになれば、徹生の周辺も、俄《にわ》かに騒がしくなるはずだった。家族も含めて、生き返ったという現実を、今のように静かに、ゆっくりと受け容れる余裕はなくなるだろう。

「――次は、工場町前、工場町前です。……」

それでも、引き返す道はなかった。会社に行けば、きっと自殺ではなかったことが明らかになる。そして、自分を殺した犯人が、あの男だったということが。……

見慣れた工場の風景が、フロントガラス越しに開けてきた。

徹生は、腹を括《くく》って頷くと、まだ誰も押していない降車ボタンに腕を伸ばした。

6　居場所はもうない

工場に隣接する六階建ての会社のビルは、グレーの御影石《みかげいし》調のタイルで覆われていて、社員からはよく「墓石っぽい」と冗談を言われていた。その壁面が、強い陽射しに照り耀《かがや》いている。

青空には、金属板を裁断し、加工するリズミカルな衝撃音が、絶え間なく響いている。窓は閉め切られているが、顔を上げていると、社員の何人かとは、すぐにでも目が遭いそうだった。中でみんな仕事をしている。徹生は、自分独りが置いてけぼりにされたような寂しさを感じた。

元の上司に面会を求めるつもりだったが、ビルの前に立つと、先に、自分の死体が一体、どこで発見されたのかを知りたくなった。

検案医の寺田の話によれば、正面ではなく、工場とは反対のビルの西側だという。人気《ひとけ》のない場所で、歩くと窓のない壁に革靴の跫音《あしおと》が反響した。

徹生は、視界の先に、自社製の工業用の塗料缶が一つ、ぽつんと置かれているのに気がついた。

煙草の吸い殻入れだろうか？　近づいて中を覗いた彼は、息を呑んだ。小さいひまわりの花束が、乾涸《ひか》らびて、缶の縁から首を垂れている。

徹生は、それが何なのかを、すぐに理解した。無意識に口に手を当てて、その枯れた献花の周囲に目を凝らした。――ここで、自分は死んだのだ。彼は、踏んでいる場所を気にするように脇に避《よ》けた。コンクリートの地面は黒ずんでいるが、血痕らしい染みは、残っていなかった。

ビルの屋上を見上げた。強い光が、彼を鋭く牽制した。目を強くしばたたいて、屹立するビルの屋上の縁に辛うじて視線を投げ掛けた。

『……あそこ、か。……』

距離は瞬時に、落下の恐怖となった。何もない空中に身を置かれた刹那《せつな》の戦慄が、鳩尾《みぞおち》の奥から走った。無抵抗に次々と下へと場所を譲られてゆく。止まらない！　風が早口で何かをしきりに囁《ささや》いている。耳を澄ます間もなく眼前に迫った地面。その瞬間、全身に轟《とどろ》いた凄《すさ》まじい破裂音！……

コンクリートの足許《あしもと》は、死そのもののように押し黙っている。しかし、息を凝らして見つめていると、そこにはまだ、三年前の衝撃で生じた時間の亀裂が、半透明の跡を留めているかのようだった。その罅《ひび》から、新鮮な時間が漏れ出して、過去を映し出す溜まりを作っている。

徹生は、膝を折られたように、その場にしゃがんで両掌で地面に触れた。3時14分に、ここで壊れた時計。――どんな格好で横たわっていたんだろう？　俯《うつぶ》せで、頬を地面に押しつけて？　それとも仰向けになって、空を見上げていたのか？　頭の中身を飛び出させて、溢れ出す血を止める術《すべ》もなく、……

徹生は、生き返った時と同様の頭痛に見舞われた。その膨らみの内側で、何かが閃《ひらめ》いている。……白い机。……5階の会議室。……窓からは、太陽の光が差し込んでいて、時計は、午後2時40分を回ろうとしている。死亡時刻の約三十分前だった。

「いやだ」という声が聞こえた。彼は卒然と立ち上がって、会社の入口へと駆け出した。

思い出し始めている！　過去の空白に、徐々に記憶が満ちてきて、幾つかの光景が、思いがけずよく伸びた波のように、その面を洗った。

屋上らしい物影が見え、白い大きな貯水タンクが、突然目の前に迫ってきた。激しく揺れる足許には、真っ黒な濃い影が落ち、青空が、巨大な証人のように彼を見下ろしている。最後に見えたのは何だった？　その瞬間は、もうほとんど見えているようで、しかも今にも失われそうだった。

革靴で足を滑らせながら、徹生はガラス戸を押し開いてビルに飛び込んだ。社員らが、何事かと、こちらを見ている。構わずエレベーターに向かった。中から出てきた開発部の顔見知りが、ギョッとして横に飛び退いた。徹生は6階を押して、〈閉〉のボタンを叩き続けた。会話に気を取られれば、その瞬間、記憶はすべて永遠に見失われるに違いなかった！

社長室のある6階でエレベーターから飛び出すと、廊下を歩いてきた元の上司の安西と鉢合わせになった。

「土屋！」

安西は、即座に名前を呼んだが、徹生はその声を振りきった。

「おい、……土屋！……」

突き当たりの階段を駆け上がった。——間に合うだろうか？——踊り場の角を曲がって更に上がる。その先に磨《す》りガラスが嵌《は》められたステンレス製のドアが見える。息を切らしながらノブに飛びついた。右に回そうとしたが鍵がかかっている。押したり引いたりしながら、肩からドアにぶつかったが、どうしても開かない。

「クソッ！」

ドアの向こうには、白い貯水タンクがあるはずだった。向かいには、熱風を吐き出す空調の室外機。……罅割れたコンクリートの地面、……誰かから逃げようとしていた。人影。それで、鉄柵に駆け寄って、……それから、……

見る見るうちに、記憶の潮《しお》が引いていった。ドア一枚隔てた向こう側の光景が、今にもまっ白な闇の中に呑み込まれてゆく。

徹生は、目一杯ドアを叩いた。クソッ！　そして、その場に崩れるように座り込んだ。磨りガラスからは、角を取られた穏やかな光が、汗ばんだ彼の頭上に垂れ落ちた。

拳を太腿に突くと、深呼吸をして顎《あご》を上げた。ネクタイを緩めながら、彼はふと、左手の天井に設置された黒い半球状の凸起《とつき》物に目を留めた。

ゆっくり立ち上がると、その真下に立って、カヴァーに映った自分自身の姿を見つめた。

『――防犯カメラか、……』

俄《にわ》かに希望が、息を吹き返し始めた。しかもそれは、新しい、より確実な希望だった。

自分が死んだ時にもこのカメラはあったんだろうか？　その映像さえあれば、あの人影が誰なのか、わかるはずだ！　残っているだろうか？　どこにあるんだろう？

……

歩き出そうとして、彼は自分が手ぶらであることに気がついた。鞄はどうやら、遺体の発見現場に放り出してきたらしい。

一先《ひとま》ず取りに戻ろうと、階段の踊り場を曲がったところで、彼はすぐ下にまで押し寄せていた社員たちと出会《でくわ》した。全員が、息を潜めてこちらを注視している。沈黙が続いた。やがて、一番前にいた部長の安西が口を開いた。

「5階の会議室で話そう。二人だけで。――いいな？」

鞄は下から事務員が持ってきてくれたが、その顔には好奇心が露骨に表れていた。

徹生は、安西が咄嗟《とっさ》に「土屋！」と声を掛けたことに、今になって感心していた。物怖じしない人だったが、そう伝えると、週末のテレビで生き返った人間の話題を見ていたのに加えて、実は先週、夜間通用口の防犯カメラに、徹生の「幽霊」が映っていると、社内で噂になっていたからだと言った。

「幽霊？」と徹生は訝《いぶか》ったが、生き返った夜のことらしいとわかって、「さっきの跫音、部長も聞いたでしょう？　ちゃんと足は生えてますよ。」と、ズボンの裾を引っぱってみせた。

中学生のような真ん中分けの髪と、固太りの自信家らしい安西の風貌は、一見、以前と変わらないようだったが、向かい合っているうちに、三年で急に白髪が増えたのに気がついた。

徹生は、通用口ではなく、屋上の防犯カメラのことを訊きたかったが、部屋に入ってからというもの、死んだ当日の記憶が頻《しき》りにちらついて、そちらの方が気になっていた。やはり、この部屋にいたらしい。誰かと一緒だった。佐伯だと思っていたが、ひょっとすると、部長だろうか？……

資料を持ち出して、生き返ったことを納得させるまでもなく、安西の考え方は明瞭だった。起きていることは不可解だが、たくさんの事例があるので「暫定的に」受け容れていると言った。柔軟であることに常に迷いのない、その部長らしさが頼もしかった。

徹生は、話が途切れたのを機に、

「あの〈石沢ビール〉、売れたって聞きました。」と尋ねた。

「売れたよ。お前ががんばってくれたおかげで。」

徹生の顔には、笑みが広がった。

「何度も山梨まで通った甲斐がありましたよ！　部長の大英断のお陰でしたけど。

――どのくらい、いったんですか？」

「前年比で三倍くらいかな。」

「そんなに⁉　すごい。……そっか、見届けたかったなあ、それは是非《ぜひ》。」

「まだ売ってるよ。」

「そうですけど、その時の興奮っていうか、……」

徹生は、鞄の中からクリアファイルを取り出すと、〈石沢ビール～成功の鍵は、とことん本物にこだわった味と独創的な缶のデザイン〉というインタヴュー記事を探した。

「これも、読みました。」

記事では、徹生が発案した飲み口が全開するビール缶が取り上げられていた。冒頭には〈缶のまま、白髭をつけながらゴクゴク、ビールを飲みたかった。〉という製品コンセプトが掲げられている。

〈本誌――94年の酒税法改正以後、全国各地で誕生した地ビールですが、近年では安い発泡酒のブームもあって、多くのメーカーが苦戦しています。そんな中、石沢ビールは好調な売れ行きを維持しています。成功の理由の一つとして挙げられるのが、この特徴的な缶のデザインです。そもそも、この缶を思いついたきっかけは何だったのでしょう？

堂島製缶　園田氏――元々、ビール好きなんですが、店でジョッキで飲むとあんなに美味《おい》しいのに、缶だと、どうしても物足りない感じがしてたんです。長らくその理由がわからなかったんですが、石沢ビールさんのピルスナーをブルワリーで飲んだ時に、飲み口に理由があるんじゃないかと、ピンと来たんです。ものすごく泡立ちがきれいで、薫り高いビールなのに、缶だとそれがまったく楽しめない。だったらいっそ、ワンカップみたいに、上が全部開いてしまった方がいいんじゃないかと考えたんです。開ける前に、缶を一振りすると、丁度良い泡が立ちます。うまくいくまで、何度も実験を重ねました。お陰で、立派なビール腹になりました（笑）。〉

まったくその通りだった。ただし、それはすべて徹生の話で、園田はこの企画に一切関与していなかった。

そもそも徹生が、好調なプラスチック部門から、将来性の乏しい製缶部門へと異動した原因が、この同期の園田という男だった。

前の部門にいた時、徹生は、新規の営業で、業務用洗剤のプラスチック・ボトルのかなり大きな仕事を取ってきたことがあった。それは、自分でもまったく意識してな

かった「周り」という言葉の三河訛りを、たまたま同郷だった相手の担当者に指摘さ
れ、話が盛り上がったのがきっかけで、そこから根気強く日参し、半年がかりでよう
やくまとめた契約だった。その会社とは、以後、別の製品でも取引が始まり、園田は
そちらの担当となったが、社内ではなぜか徹生ではなく、園田の方が評価されてい
た。
徹生はずっとそれに不審を抱いていた。が、ほどなく部門内で、とんでもないデマが広まっているのを知り、ようやく状況を理解した。徹生が今度の契約を取って来れたのは、相手の担当者との間で、キックバックを行っているからだ、というのである。

徹生は激怒した。すぐに上司に面談を乞《こ》うて、身の潔白を訴えた。その時に、噂を流した張本人として仄《ほの》めかされた名前が、園田だった。

疑惑は払拭されたものの、徹生はその時、一度、会社を辞めることを考えていた。園田は、口先だけの調子のいい男だと、前々から思っていた。本人に対する憤りは当然あった。しかし、そんな人間が吹聴して回る根も葉もない噂を、同僚たちが挙《こぞ》って信じ、誰も自分を庇《かば》ってくれなかったということの方が、彼にとっては遥かにショックだった。ほとほと嫌気が差して、上司に辞表を提出し、もう机の整理も始めてい

た。その時に、話を聞きつけて彼を宥め、製缶部門に引っぱってくれたのが、この安西だった。

「園田があとを引き継いだみたいで。」

徹生は、今更蒸し返すつもりもなかったが、さすがに笑顔はぎこちなかった。安西の顔つきは、急に険しくなった。

「三年の空白を埋めるつもりでやってるなら構わんが、園田に手柄を横取りされたと言いたいなら、見当違いだぞ。」

「いえ、そんなつもりじゃ、」

「ないならいい。あいつも苦労したんだ。売れはしたけど、フタのゴミが出るとか、苦情も色々あったしな。お前が放り出した仕事の尻拭いを、よくやってくれたよ。」

徹生よりも一回り歳が上の安西は、諭《さと》すように続けた。

「お前が企画して、お前が一番がんばったことは、俺もよく知ってる。けど、お前の名前は出せない。わかるよな、それは。」

徹生は一旦、下を向いてから、

「僕が自殺したから、ですか?」と尋ねた。

「表向きは事故死にしてある。けど、今はこういう時代だから、どこからどう話が漏れるかわからん。俺は人間としてお前に同情してる。けど、仕事でみんなに迷惑をかけたのは事実だ。責めてるんじゃない。ただ、フォローしてくれた園田を、逆恨みするなんてことは勘弁してくれよ。」

「そんなことは、……考えてません。ただ部長、僕は、自殺なんかしてないんです。本当です。これだけは信じてください。僕は、殺されたんです！」

「誰に？」

「確信はないんですが、……」

「園田とか言うなよ。」

徹生は、考えてもみなかったことに、「いえ、」と首を振った。

「あの佐伯っていう男です。」

「佐伯？」

「警備員の。あのハトを殺した、……」

「ああ、……いたな、そんなの。」

「今はいないんですか？」

「もう長いこと見てないな。なんであいつがお前を殺すんだ？」

「逆恨みされてましたし、待ち伏せされて、酷い口論をして、……」

「冷静になれ、土屋。」

安西は、憐れむような目つきで言った。「——冷静に。そういう思い込みの激しさが、お前を追い詰めたんだろう？」

徹生は、当惑を露《あらわ》にした。

「思い込みの激しさ、というのは、……そう見えてましたか、部長には？」

「そう見えなかったから、俺は責められたんだよ、あとでさんざっぱら！　なんでお前のそういうところを、見抜けなかったのか？　理解してやれなかったのか？　お前が自殺して、俺がどれだけ人から責められたか、……俺にこんなこと、言わせるな。」

「誤解です、それは。部長は何も悪くないです。自殺したなんてことになってるから、それで振り返って、僕がそういう人間に見えてるだけです！　違います。僕は自殺なんかしてません。」

「証拠は？」

「思い出せそうなんです！　さっき言いかけましたけど、屋上に出れさえすれば。……あの屋上の出入口の防犯カメラ、あれは、僕が死んだ時からあったんでしょうか？」

「あったよ。」

「警察は、映像をちゃんと見てくれたんでしょうか？」

「見て、自殺と判断したんだろ。」

「部長は見られたんですか？」

「俺は見ないよ。なんで俺が見る？」

「映像自体は、まだ残ってるんでしょうか？」

安西は、嘆息して、「警察に行けよ、それは。警察に。……」と言った。

徹生は、言葉を失いかけたが、すぐに語を継いだ。

「屋上は？　どうしても行きたいんです。あとで鍵を開けてもらえませんか？」

「ダメだ。」

「どうしてですか？」

「どうしてもだ。」

安西は、腕組みして、背もたれに体を預けると、神妙な顔で徹生を見つめた。

「なあ、土屋、――いいか？　人間一人死ねば、その一人分の穴が開く。大きい穴もあれば、小さい穴もある。けど、その穴をいつまでも放っておくわけにはいかんだろう。みんなで一生懸命埋める。じゃないと、一々その穴で躓《つま》くことになる。――な？」

「……。」

「仕事の穴、家族の穴、遺された人の心の中の穴。――お前は、それがちょうど、塞《ふさ》がったところに戻って来てる。無理に抉《こ》じ開けようとすると、破れてしまうぞ。」

徹生は、その言わんとするところを理解しようとした。そして、他に解釈のしようもなく、深い失望とともに、

「会社に、僕の居場所はもうない、ということですか？」と尋ねた。

言った瞬間、確かに、皮膚のどこかが、ピッと裂けるような痛みを感じた。

「それは、俺一人で判断することじゃない。けど、会社も三年前とは違う。多分、お前が想像しているより、遥かに悪い。お前の地ビール缶は売れたけど、業界全体の不況はどうにもならん。お前も、わざわざ沈みかかってる船に戻る意味もないだろう？」

「僕はこの仕事が好きなんです。やり甲斐も感じてます。前と同じ待遇は望みません。一からがんばります！　ですから、……」

「お前は、園田の部下の部下になるぞ。そういうことに、耐えられるか？」

安西は、困ったような顔をしていたが、段々腹が立ってきたように、また、「俺にこんなこと、言わせるな。」という目つきをした。

徹生は次第に、無力感に浸されていった。自分のいない間に、あることないこと、色々なことが言われている。「やっぱり言った通りのヤツだったでしょう？」とでも嘯《うそぶ》いていただろうか。園田は、前の部署での一件では、反論すべきことははっきりしていた。それは、「キックバック」という具体的な、身に覚えのない罪だった。それを否定することで、自分はそんな人間じゃないと主張することが出来た。しかし、今度は？――今度は「自殺」だった。同じく身に覚えのないことだったが、三年の間、それは事実と信じられてきた。しかも、あの時とは違って、今、その「自殺」を否定する根拠は、自分はそんな人間じゃない、ということだけだった。

「とにかく、ここでは結論は無理だから。例外中の例外だしな。社長とも話してみる。」

「……わかりました。よろしくお願いします。」

徹生は、しばらく呆然としていた。それから、机に広げた資料を片づけ始めたが、むしろその間の沈黙を早く片づけてしまいたかった。鞄を持って立ち上がると、座ったままで彼を見上げた安西は、彼の全身を眺め直してから、親身な調子で言った。

「身一つで、とよく言うけど、どこに行っても、結局お前の最後の居場所は、その立派な体なんだからな。今度こそ大事にしろよ。」

徹生は、安西の目を見ていた。そして、頷いたのか、挨拶をしたのかわからないような感じで、最後には言葉もなく頭を下げた。

7　佐伯という男

会議室を出て、独りで乗り込んだエレベーターの中で、徹生は、「エェッ、気持ち悪い。……」という女の声を聞き、背後の壁に支えを求めた。どこの階かはわからなかったが、それが自分についての噂話だということは察しがついた。

生き返って以来、今まで誰も、面と向かってそんなことを言ったりはしなかった。しかし、そう思うのも無理はなかった。就業時間中なのに、調子っぱずれな笑い声も聞こえてくる。まるで、人の本心が連なっている暗いトンネルの中を潜っているかのようだった。

『――あの日の落下も、こんなに孤独だったんだろうか？……』

徹生は今、それとほぼ同じ距離を、ゆっくりと辿《たど》り直している自分に気がついた。

ヒソヒソ話が急に止《や》んだ1階を抜けて外に出ると、もうここには戻って来ないのかと、また寂しさが込み上げてきた。この町に住み始めたのも、元はと言えば、この会社に就職したからだった。

手で庇《ひさし》を作って空を見上げた。この空は、三年前のあの日のすべてを見ているはずだった。あの人影が誰かも知っている。あの男じゃないのか？　あの佐伯という男。

――不意に、背後に人の気配を感じた。徹生はビクッとしてその場から飛び退いた。相手も、驚いて声を上げた。後ろを振り返ると、立っていたのは、工場長の権田《ごんだ》だった。

「権田さん、……」

「てっちゃん、あんた、生きてたのか。さっき噂聞いて、まさかと思ったけど。」

「生きてたっていうか、生き返ったっていうか。」

徹生は、笑って言った。気難しいと皆に敬遠されがちな工場長だったが、徹生とはなぜか気が合って、いつも自然とくつろいだ口調になった。

「あんた、うちの娘が不登校になった時、心配して、夫婦で食事に招いてくれたよな？　奥さんが、家で手料理作ってくれて。」

「え？……ああ、権田さん、すごく心配してたから。元気にしてますか、アイちゃん？」

「あの日は朝まで、たくさん音楽聴かせてくれて。」

「そうそう。ＣＤが並んでるの、熱心に見てたから。若いのに、シブい昔のロックとかに反応してたなあ。」

「今でも聴いてるよ、何だか知らないけど！　あんたのＣＤ、奥さんが形見にくれて、今、うちにあるんだよ。」

「え、そうですか？　なんだ、知らなかった。」

「生き返ったんなら、返さないとな。」

「いやいや、いいですよ。持っててもらって。」

「あんたが死んでからも、奥さん、うちの子に随分と親切にしてくれたんだよ。いい人だよ、あの人は。」

「そうですか。……妻もきっと、アイちゃんに慰められたんだと思います。」

徹生は、気楽に話していたが、感に堪えないような表情の権田を見て、ようやく、この突飛なやりとりの意味を理解した。

「あんた、やっぱり、てっちゃんだよ！」

権田は、徹生の腕を痛いほど強く叩きながら、本物と確信したように言った。

「そうですよ。他の誰なんですか。」

「こんな奇跡ってあるんだなあ。」

「俺にも何が何だか、わからないですけど。」

「この前こそ、あんたの命日に、あそこにお花を供えて、線香あげてたんだよ。」

「ああ、……権田さんだったんですか。さっき見ました。うれしいな、覚えててくれて。」

「忘れるもんか！　言っとくけど毎年だよ。去年も一昨年も。けど、もう今年で終わりだ。良かった、良かった。本当に。」

それから二人で、搬送口の横の喫煙所に移動して、しばらく立ち話をした。

部長の言った通り、製缶部門の業績は振るわないらしかった。工場の誰がリストラされたとか、ボーナスがどれだけ減ったとかいう話の合間合間に、権田は切《し》りに、

「あんたがいてくれた時はなあ。工員たちも、もっと意欲的だったけど。」と言った。

そして、園田のことは、「あれはダメ。」と一言吐き捨てただけだった。

権田は、プレス機の事故で指を三本失っていたが、残った親指と人差し指で摘んだ煙草を最後まで吸いきると、煙を吐いて言った。

「なあ、てっちゃん、俺はあんたが自殺したって思ってないよ。」

徹生は、笑顔をぽとりと落としてしまったかのような顔になった。

「あんた、殺されたんだよ。」

権田は煙草の吸い殻を水を張った缶に捨てた。徹生は、思わず権田の両腕を摑んだ。

「実は俺もそう思って、今日は会社に来たんです！」

「あんたが、自殺なんかするはずがない。そんな弱い人間じゃないよ、あんたは。それは、俺が一番よくわかってる。絶対に違う。」

「権田さん、……ありがとう。」

「殺されたんだよ。誰に殺《や》られたか、覚えてるか？」

「それが、……思い出せなくて。」

「佐伯だよ。」

徹生は、体の震えが止まらなかった。

「あいつは、てっちゃんが死んでじきに、警備会社を辞めて行方を晦《くら》ましてる。居場所はわからないけど、あんたが探すなら、俺は手伝うよ。」

「本当ですか？――佐伯のことはともかく、実は一つ、お願いがあるんです。」

「何？」

「ここの屋上に行きたいんです。行けば色々、思い出せそうなんですけど、鍵がかかってて。部長も許可してくれないんです。」

「屋上か。——よし、わかった。俺の方で鍵を手に入れておくよ。」

「助かります！　ここでは今、権田さんだけが頼りです。」

「いいんだよ。俺はあんたが好きだから。とにかく、佐伯を取っ捕まえないとな。逃げ得なんて赦《ゆる》せないよ。あんたは、このために生き返ったんだよ。」

そう言って二本の指で強く腕を摑み返した権田に、徹生は何度も頷いてみせた。

工場でみんなに〝生還〟を祝われた後、徹生は会社を出て、その足で警察署に向かった。

殺したのは佐伯だという権田の断言が、彼を勇気づけていた。やっぱりそうだった！　それは、権田自らが確信し、口にした言葉だった。決して徹生の思い込みに同調したわけではない。千佳や安西には、うまく説明できなかったが、佐伯のことをよく知っている人間なら、彼に殺されたという主張が、決して突飛でないことは納得できるはずだった。

徹生は警察署で、再捜査を願い出るつもりだった。取り分け、屋上入口の防犯カメラのことを知りたかったが、同時に、今後の自分と家族の身の安全も求めなければならなかった。佐伯を追っているはずが、いつの間にか、こちらが背後から追われていた。そうなることを権田も心配していて、とにかくすぐに警察に行けと、別れ際にはしつこいくらいに念を押された。

『――それで結局、俺は何を喋ってきたんだろう？……』

話を終えて、水尾署から出てきた徹生は、緊張から解放されて、自分でも持て余すような歪《いびつ》な高揚感に初めて気がついた。

警務課の受付では、最初、完全に頭のおかしな人間として接せられたが、立ち聞きしていた刑事が、女性署員に耳打ちすると、じきに3階の取調室に通された。

若い丁寧な刑事は、実は検案医の寺田から、数日前に徹生の来院を電話で告げられていたと言った。徹生はそれで、前置きを抜きにして、自分は自殺したことになっているが、他殺を疑っている、犯人は以前に会社で警備をしていた佐伯という男だと思うと訴えた。刑事は、神妙な面持ちで相槌を打っていたが、徹生は、それだけで十分なのだろうかと、自分から、「下の名前はわからないんですけど、……」と断った。刑事はそれで、迂闊《うかつ》だったというふうに、慌てて「佐伯」というメモの隣に「名前不明」と書き添えた。

防犯カメラの映像については、県警の担当者に確認して、連絡すると約束してくれた。

それから、雑談めいた口調で徹生の死後の千佳の生活を心配すると、生命保険の加入の有無について尋ねた。

「入ってましたから、受け取ってるはずです。そう言えば、聞いてなかったな。……生き返ったからには、あれって返さないといけないんですかね？」

徹生は、一時間ほども喋って、随分と打ち解けていたので、半ば冗談のように言った。刑事はその時、まったく笑わずに、上目遣いで、ただ彼を見ていただけだった。

水尾署前のバス停で時刻表を見たが、待つようだったので、家まで歩いて帰ることにした。

日が落ち始めた住宅街の細い道を歩きながら、徹生はふと、携行していた保険金詐欺についての記事を思い出した。ひょっとして、あの刑事は、それを疑っているんだろうか？　自殺自体が偽装で、ただ死んだように見せかけていたと？

『まさか、……』と、徹生は、足を止めた。『俺を疑ってるのか？　俺と千佳の両方？　けど、検視は向こうがやってるんだから、……あの医者もグルだという話か？』

後ろから自転車にベルを鳴らされて歩道の脇に避けた。彼にはそれが、馬鹿げた考えへと逸れてゆく自分への警告のように感じられた。買い物カゴをいっぱいにした、すぐそこの飲み屋街の店員らしい若い女は、徹生の横を走り抜けて、あとに香水の匂いをふわっと残していた。

聞いてもらえることが嬉しくて、尋ねられるがままに何もかもを話したが、振り返ってみると、刑事のあの親切そうな態度には、何か裏があるような気がした。防犯カメラの件は、自分で県警に掛け合うべきだろうか。その時には、佐伯のことも、改めて説明しなければなるまい。

徹生は歩きながら、もう一度、警察署で話した佐伯とのやりとりを思い返した。

……

死ぬ一週間ほど前のことだった。徹生はその日、深夜まで新しいビール缶のラインの不具合の調整に立ち会っていた。元々、工業用の塗料缶などを製造してきた会社だけに、初めての試みである飲料缶は、最初からトラブル続きだった。形状も特殊だった。1億円を投資した新規事業で、部長の安西も、失敗すれば首を括らなければならないと、本気とも冗談ともつかない調子で言っていた。

午前1時になって、ようやく工場をあとにした時、徹生は、疲労困憊して、しばらく車を動かすことが出来なかった。シートベルトをしたところまでは覚えている。しかし、仮眠を取ろうと決めた覚えもないままに、どうやらそのまま意識を失ったらしかった。

真っ白な轟音《ごうおん》の中に閉じ込められていた。外の世界からは完全に隔離されていたが、決して静かでなかったことを、徹生は目覚めた直後の残響で感じ取った。体中の血流の音を、耳を劈《つんざ》くほどの大きさで、ずっと聞かされていたような疲労があった。

そして、意識が戻った車内のあまりの静けさに驚いた。

ハンドルに手をかけて、まったく人気のない駐車場の闇を見つめた。そして、エンジンを掛けようとした瞬間、

「死んでるのかと思いましたよ、土屋さん。」

と、助手席から声が聞こえた。ゾッとして振り向くと、警備員の佐伯が座っていた。

「おい！　人の車に勝手に乗って、何やってるんだよ！　降りろ！」

佐伯は、どっさりと、脂肪そのものを山積みにしたようにシートに座っていた。制服からは、強い悪臭が発せられていて、顎の肉に埋もれた襟《えり》に、今にもまた新たに一筋の汗が染みようとしている。

細い潰れたような眼で前を向いたまま、佐伯は口を開いた。

「ハトを蹴り殺すのは、そんなに悪いことですかね？」

「何？」

会社の庭で、佐伯がハトをラグビーボールのように蹴り殺すのを見咎《みとが》めたのは、その前日のことだった。

「残酷だって、あなた、言いましたよね。——フン、勝手なもんですよ。あのハトはね、よりにもよって、会社の庭で交尾してたんですよ。おぞましい声を上げながら、朝から晩まで。オマケにそこに、汚らしい卵まで産みつけて。私にあのハトを何とかしろと言ったのは、ここの社長ですよ。それで私が始末した。——それだけじゃないですか。そのついでに、私の憂さ晴らしもさせてもらったんです。正直、あんなにクリーンヒットするとは思ってませんでしたけどね。あの感触。飛んで逃げなかったのは、卵を温めてたからでしょうね。もちろん、卵も踏み潰しておきましたけど。——どうしてそんな目で私を見るんです？　大体、世間の連中は非情ですよ。やれ、ボーガンで鴨を撃ったヤツがいる、野良猫の足をハサミで切り落としたヤツがいる、……別にいいじゃないですか。社会の底辺で、動物を虐待するくらいしか喜びのない惨めな人間が、フーフー言いながら、人生を堪え忍んでる。ええ？　フンを垂れて、病原菌を撒き散らすくらいしか能のない害鳥と、人間一人の命、一体、どっちが大事だと思ってるんですかね？　私みたいに、社会から完全に毛嫌いされている人間が、同じく毛嫌いされているハトを、せめて生きていく糧に蹴り殺した。――私は元気になって、また明日も生きていく気力が湧きましたよ。詩があるじゃないですか、そういうのには。」

徹生は、前日は完全に口を閉ざしていたこの男の気味の悪い饒舌《じょうぜつ》さに、声も出なかった。それでも、

「駆除を頼まれてたってのは知らなかったから、悪いこと言ったかもしれないけど、」と言いかけた。

「かもしれない？　かも？」

佐伯は、瞬《まばた》きをして、目に入った汗を涙のように絞り出した。

「気分を悪くさせたんだったら謝ります。けど、鬱憤《うっぷん》晴らしするなら、もっと他の方法でいいでしょう？」

「そんなこと、あなたに言われる筋合いはないですよ。私は、ハトを蹴り殺したかったんだから。――あなたこそ、なんでそんなにバカのように働くんです？　え？　私に言わせれば、そっちの方がよほど異様ですよ。」

「みんな働いてるよ、せっせと。」

「みんなって、誰のことです？　私も含まれてますか？　あなた、みんなが働くから働くんですか？」

「みんながどうだろうと、俺は働いて家族を幸せにする責任がある。」

「はあ。――で、『幸せ』って、一体、何なんですか？」

徹生は、耳の中にコソ泥が忍び込んだような不快を感じた。しかし、追い出すための反論の言葉は、うまくまとまらなかった。

「今はあんたとそんな議論をする気分じゃない。ずっと寝てなくて、疲れてるんだよ、俺は。降りないんだったら、そこにいろ。警察を呼ぶから。」

徹生は、そう言って、シートベルトを外そうとした。その瞬間、佐伯の手が素速く伸びて、バックルを上から握り締めた。徹生は凝然として、

「何すんだよ！　手を離せよ！」と言った。

佐伯は無表情のまま、詰まったような鼻を鳴らして息をしているだけだった。

8　遺伝子が泣いている

「夜になると、私の遺伝子たちが、しくしく、しくしく、体中で泣き始めるんです

よ。今だって、ほら、聞こえませんか？　誰でもいいから、早くどっかの女の遺伝子と合体させてくれ、こんなところで滅んでしまいたくない、とね。私はそれを虚しく宥めるだけなんですよ。かわいそうに、それは無理なんだよと。まず金がない。金は重要ですよ、何と言っても。それに、こんなに醜くて、性格も陰気です。歳はもう四十を過ぎてる。まあ、見込みゼロですよ。あなたもそう思うでしょう？　もっとも、こんな私にしたのは、遺伝子自身だと思いますけどね。」

徹生は、胸の前でシートベルトを握ったまま、佐伯のその言葉に眉を顰めた。この男は一体、何の話をしようとしているんだろう？　遺伝子が泣いている？

佐伯は相変わらず、呼吸の度に、聞いている方が息苦しくなるような鼻の音を立てている。花粉症を放置して、手の施しようがなくなっているような感じだった。

「あれこれ、キレイごとを並べてみたところで、人間の好き嫌いだけは、どうしようもない。違いますか？　私は、世間の人間が、私を嫌う権利を尊重します！――絶対に。好きになれだなんて、誰が強要できます？　中には、こんな私にも、同情や憐憫《れんびん》を恵んでくれる人もいますよ。けど、好きになるかどうかは、まったく別問題です。当然です！　私にだって、好き嫌いはある。絶対に、人からとやかく言われたくないです。」

そう言うと、佐伯は一旦口を噤んで、やはり目を合わせないまま言った。

「——例えば、私はあなたが嫌いなんです。いなくなってくれれば、どんなに清々することかと思いますよ。」

佐伯は、決して逃がすまいとするように、シートベルトのバックルを握り締めていた。口調は静かだったが、言葉が途切れる度に、車内が緊迫した。

今、この状態で襲いかかられれば、一溜まりもなかった。誰か来てくれないかと外を見たが、駐車場は、水を打ったように静まり返っている。

「あなたのことを考えるだけで、ムカムカします。——私は多分、あなたが羨《うらや》ましいんでしょう。嫉《ねた》んでるんですかね。……家族を養うことが幸せだって！　違います。そう思い込めること自体が幸せなんです。」

徹生は、聞き流そうとした。が、先ほど躊躇していた言葉は、今度は今にも飛び出さんばかりに喉元に殺到していた。彼は怒りよりも、なぜか羞恥心に駆り立てられていた。

「あんたにとっての幸せって、じゃあ、一体、何なんだよ？」

佐伯は呆れたように、目を吊り上げた。

「は？　私が幸せに見えますか？　バカですか、土屋さん？　え？　強いて言うなら、……まァ、その辺で中学生くらいの女の子を誘拐して、何でも自分の言うことを聞かせられるなら、幸せかもしれませんね。あとは、……桜田門外の変みたいに、腐ったジジイの政治家を暗殺するだとか。私がもし、幕末に生まれてたら、きっと、歴史に名を残す人間になってたと思うんですよ。みんな私みたいな人間に期待するんです。ハトを駆除するみたいに。」

徹生は、聞いていて反吐《へど》が出そうになった。

「わざと言ってるのか、そういうことを？　病んでるよ、あんた。」

「何様なんですか、土屋さん？　病んでる？　それで自分はまともなつもりなんですか？」

「俺じゃなくても、誰でもそう思うよ。」

「これは私の心の中の話ですよ。私を否定しないでください。絶対に、私は人から、私を否定されたくないんです。私は決してブレない人間です。自分を貫き通します！——もちろん、実行するだなんて、一言も言ってませんよ。妄想ですよ。私はその手のバカじゃないんです。みんな私を蔑んでますけど、ハッキリ言って、こんな三流会社で働いてるあんたらなんかより、私は遥かに優秀な人間なんです。これだけは言っておきます。じゃあ、なんでこんなところで働いているか？　人間の好き嫌いのせいですよ。あいつはどうしても生理的にダメだと、みんな私を毛嫌いします。それはもう、どうしたってムリなんです。そういう人間の気持ちは、なってみないと、わからないでしょうね。だから、私の方でも、好き嫌いに正直に生きさせてもらうんですよ。」

徹生は、何かものを言おうとする先から、言葉が次々と、舌の上で躓いてしまうのを感じた。そして、そのもどかしさに苛立った。

ふと彼は、腰の辺りにひっそりと膨らんでゆく熱に気がついた。見ると、バックルを握る佐伯の手の甲が触れている。覚えずドアの方に躙《にじ》り寄った。車内は暗かったが、半袖から出た佐伯の腕には、自分でつけたらしい、無数の切り傷のあとが見える。その痛みが、虫のように、いつの間にか徹生の体を這《は》い回っていた。

「何かその、……俺に出来ることがあるんですか？……苦しんでるなら、……」

徹生は、そう言った先から後悔した。こんな薄気味悪いヤツに、何を言い出すんだろう？

佐伯もまた、その徹生の一言に驚いた様子だった。が、やはり前を向いたままで、目を合わせようともせずに、

「土屋さん、あなた、親切な人ですね。……だから人に好かれるんですか？」と言っ

た。

「俺が嫌いな人間だって、それは、……いますよ。あんただってそうだって言ったでしょう？」

「でも、家族には愛されてる。家族も愛してる。」

「家族は、俺の生き甲斐だから。」

佐伯は、積み上げられた脂肪の山が、また少し嵩《かさ》を増したように、重たい溜息を吐いた。

「私はまったく無気力な人間なんです。そして、孤独です。けど、こんな私でも、時々ふと考えるんですよ。私は一体、何のために生きてるのか？　幸せじゃない私は、何で自殺もせずに、ノウノウと生きてるのか？――それで、私は思うんですけどね、人間が生きてる意味なんて、結局は、〝繁殖〟のためだけなんですよ。ハエやゴキブリと何にも変わらない。違いますか？　人類が絶滅しなければ、個々の人間がどうなろうと、本当のところ、どうでもいいんです。産めよ、増やせよ。数だけの話でしょう？」

「人間はハエじゃない。ゴキブリでもない。そんなもんに喩《たと》えるから、気が滅入るんだよ。」

「私はハエやゴキブリが好きなんですよ。言ったはずです、あなたの好き嫌いに、私を服従させようとしないでください。これだけは、お願いします！——もっとも、一理あることは認めますよ。人間は、ハエと違って、余計なことを考えますからね。寝て喰って排泄して、生殖して繁殖する。それだけでいいのかと。あなたはさっきから、それでいいと言ってますけどね。それが幸せだと。ハエはあなたですよ。」

「……俺はハエなんかじゃない。」

「私は、あなたみたいな単純な人間じゃないんです。もっと大きな視点を持った人間です。地球上の至るところに、70億匹もの人間が繁殖してる。今この瞬間にも、どこかで誰かが死んでる。で？　と思いますね。誰もそのすべてを悲しむことなんて出来ませんよ。地球の46億年という時間の中で、人一人が死んだとして、それが一体何なんです？　大事なのは、全体だけです。——いいですか、政治も経済も、つまるところ、人間の繁殖競争ですよ。今は新興国で、ウジャウジャ、人間が繁殖し始めてる。その一方で、日本なんて呼ばれてるこの一帯は、もう滅んでいくだけです。年寄り連中が、若い連中のエサを血眼《ちまなこ》になって喰い荒らしてる。あのブタどもは、尻拭いは全部、あとの人間に押しつけて、満腹のまま幸せに死んでいくんです。それに引き替え、あなたなんて、死に物狂いじゃないですか。くたびれ果てて、ほとんどものも考えられず、自分が何をしているのかさえわからなくなってる。幸せ？　何ですか、それ？　結婚すること？　はあ？　子供が生まれる。人並みの家に住んで、人並みに食べて、……それだって、ブタ連中がバブルの頃に謳歌《おうか》した幸せの、何分の一でしょうけどね。」

徹生は、長い話を遮るように声を上げた。

「もういい！　ウンザリだよ。そんな話は耳にタコが出来るほど聞いたよ。俺はもう、そういうのは考えないことにしてる。しょうがないだろう、生まれる時代は選べないんだから！　第一、俺の親父は早くに死んで、母親は、俺を育てるために、汗水垂らして工場《こうば》で働いてた。今の年寄りだって、みんながみんな、あんたが言ってるみたいな人間じゃないんだよ。」

「カエルの子はカエル。そういうことですか？」

「今は景気が悪いけど、どうのこうの言ってて何か変わるのか？　俺は、今の仕事を成功させたい。それだけだよ。あんたみたいな人間は、自分の怠惰の言い訳に、ああだこうだ、悲観的なことを並べ立ててるだけだろ！」

「はぁ、……哀れですねぇ、まったく。物を知らない、現実の見えない人間というのは。そこまで行くと、お人好しとも言えませんね。私は、みんなが私と同じくらい聡明になって、一緒に絶望して、一緒に絶滅していくことを夢見てるんですがね。やっぱり、ムリなことなんでしょうか？　ねえ、土屋さん。」

「あんたは、ハエと同じでいいかもしれないけど、俺はいやだ。人間だよ！　今をせっせと生きてる。親父みたいに、生きたくても死んでしまう人だっている。それを思えば、生きているだけでもありがたいよ。」

「絶望的ですね。」

徹生は、憤然として言った。

「幸せっていうのは、あんたが考えてるみたいなもんじゃない！」

「じゃなんです？」

「それは、……家でかみさんと、今日あったことを話したり、息子の寝顔を見たり、……そういうささやかなことの積み重ねだよ。」

「たったそんなことですか？　たった？　そんなことを一生続けるために、こんなに必死なんですか？　はぁ。……ハエというより、ハチですか？　そういう快感は、つい余計なことを考える人間のために、インプットされてるだけですよ。」

「もういい！」

「本当は、土屋さんだって、疑ってるんでしょう？　なんで俺は、こんなに必死で働いてるんだ？　こんなに疲れ果てて、大した見返りもなく。――いいや、そんなことを考えてはいけない。働けるだけ、幸せなんだから。世の中にはもっと不幸な人間もいる。


「出てけ！　警察呼ぶぞ！」

徹生は携帯が入っている鞄を探したが、それは、助手席の佐伯の尻の下にあった。

「どけ！」

「あなた、さっき言いましたよね、俺に出来ることはないかって。一つ、私を助けると思って、願いを聞いてもらえませんか。」

「断る！　いやだ！　あんたと同じ空気を吸ってると思うだけで、気分が悪い！」

そう言って、徹生はドアを開けた。静かだと思っていたが、遠くの大通りを走る車の音が、微かに聞こえてきた。

「聞くだけ聞いてください。」

「うるさい！」

「あなたがそこまで言うんですから、あなたの奥さんは、きっと、よほど素敵な女性なんだと思うんですよ。実は、前々から想像してたんです。そこで、私の切なる願いですがね、一つ、奥さんの遺伝子と私の遺伝子とを合体させてもらえませんか？」

「何⁉」

「ご心配なく。私はこう見えても、性欲の処理はうまくやってる方なんですよ。ただ、私には親密な世界がないんです。生殖をさせてもらえるような。しつこくしません。遺伝子を遺させてもらえれば十分なんです。遺伝子レヴェルでの結合！　ほら、あのハエ男の映画があったじゃないですか。あれには、つくづく共感するんですよ。私はきっと、今と違った心境になれる気がするんです。」

「この野郎！」

徹生は血走った目で、佐伯の襟元を掴んだ。

「二度と俺の家族のことを口にするな！」

「みんな、個人の生きる権利は大事だと言いますよ。けど、本当の福祉は、個人じゃなくて、遺伝子単位だと私は思いますね。私の遺伝子の生きる権利はどうなるんです？」

「知るか！　このクズ野郎！」

「こんな遺伝子でも、サルの時代から脈々と受け継がれてきてるんですよ。生殖しながら！　私の遺伝子に向かって、淘汰されろと言うんですか？　遺伝子のジェノサイドですよ、これは。あなたの奥さんの遺伝子と、私の遺伝子を結合させてもらえませんか？　ハエがイヤなら、ただの雄蘂《おしべ》と雌蘂《めしべ》だと思ってください。お願いします。」

徹生は、佐伯の下腹部が膨れ上がっているのを目にして、身の毛が弥立《よだ》つほどの嫌悪感に襲われた。そして、それ以上、言葉を発せられないように、摑んだ襟元を夢中で捻り上げていた。

「こ、この！　ブタはお前だろう！」

次の瞬間、佐伯は汗で濡れた冷たい手で徹生の腕を摑むと、獰猛な力で彼を払い除け、ハンドルにぶつけた。そして、鼻をピーと鳴らしながら外に出た。

「待て！」

シートベルトを外すのに手こずっている間に、佐伯はフロントガラス越しに一度だけこちらを振り返った。無言だったが、その目には暗鬱な憎悪が込められていた。

徹生は、会社に向かって歩いて行くその背中を追いかけようとした。そして、その場から動くことが出来なかった。……

『――あの時、捕まえれば良かった。あそこで見逃したばっかりに、俺はそのあと、殺されてしまったんだ。そうだ、い、い、い、いなくなってほしいと、あいつは確かに言ったじゃないか。……』

徹生は、自宅のマンションの前で立ち止まった。あそこで何か対処をしていれば、事態は変わっていたはずだった。違った運命になっていた！　自分は殺されることもなく、極《ごく》普通に、三年後の今を生きていた。あの背中を、闇の中からもう一度、捜し出さなければならない。さもなくば、未来はいつまでも不安なままだった。

徹生はそして、先ほど自分が、一つだけ、刑事に敢えて話さなかったことを思い返した。

彼はあの時、怒りのあまり、佐伯の首を絞めようとしていた。その記憶を、咄嗟《とっさ》に伏せてしまったせいで、まるで殺意を抱いていたのは、自分の方であるかのような奇妙な疚しさを感じていた。

第三章　惑乱の渦中へ

9　不意打ち

「——あの人が殺したのよ。」

水尾駅の土産物売場で、梅饅頭《うめまんじゅう》の箱を整理していた千佳は、その声を耳にした瞬間、誰かに体をロックされたように、指先一つ動かすことが出来なくなった。ハッとした時には、もう手遅れだった。

閉じ込められた体の中で、彼女は孤独に火照《ほて》った。焦れば焦るほど、どこをどうすれば、また体が動くのかがわからなくなる。息苦しくて、泣き出したかったが、涙の出口は固く閉ざしたままだった。傍《はた》から見れば、ただじっとしているだけである。しかし彼女は、自分自身の深みの中で、溺れたように必死で藻掻《もが》いていた。

一年ほど前までは、よくこうした発作に襲われていた。一番恐い思いをしたのは、璃久を連れて横断歩道を渡っていた時だった。赤になっても足が前に進まない。怒号のようなクラクションと共に迫り来る車を目前にして、彼女は璃久に懸命に手を引かれながら、誰にも聞こえない悲鳴を上げ続けていた。

落ち着かなければと、千佳は念じた。あの人たちは、決して自分を指差して言っているのではない。あれは、午前中に見た再放送のドラマの話だ。自分のことじゃない。夫が自殺したのは、やっぱり奥さんのせいらしいとか、そんなヒソヒソ話が、また蒸し返されているんじゃない。……

漏れ出した時間の嵩《かさ》が見る見る増していって、過去と現在とが、無闇に混ぜ返されていく。そうして、七年前に、ここで初めて徹生と出会った時の記憶が、ゆっくりと迫《せ》り上がってきた。

「――ご試食、いかがですか？」

千佳はあの日、真剣な表情で、土産物売場の全体を三周も見て回った挙げ句、ようやく、自分の店の前で足を止めた客に、そう声をかけた。それが、徹生だった。

「あ、すいません。」

徹生は、片手で梅饅頭と羊羹《ようかん》とを刺した爪楊枝《つまようじ》を受け取ると、千佳の顔を見たまま、両方をいっぺんに口の中に入れた。そして、彼女の驚いた顔に、急に我に返ったように、何も刺さっていない二本の爪楊枝を見つめた。

「よろしかったら、……もう一つ、いかがですか？」

徹生は、口許《くちもと》を押さえながら、「いえ、饅頭の十個入りと、羊羹一本下さい。」と言った。そして、財布を取り出して、口の中を空にすると、「実家にお土産で買って帰ります。」と言い添えた。

その翌日、徹生はもう一度、千佳の前に姿を現した。今度も売場を一周してからだったが、土産を物色しているふうではなかった。千佳はすぐに気がついたが、ひょっとすると気持ち悪い客かもしれないと思って、ただ、「いらっしゃいませ。」としか言わなかった。

「十個入りの梅饅頭を下さい。」

「一箱でよろしいですか？」

「はい、……昨日も買ったんですけど、夜お腹空《す》いて、家で食べてしまって。」

徹生は、鞄を持ったまま、手を動かしながら言った。ふっくらとした耳たぶが、見る見るうちに、鶏の肉髯《にくぜん》のように赤くなっていった。千佳は、その生真面目そうな、精悍《せいかん》な目鼻が、やさしく小皺《こじわ》を寄せて微笑む様に心惹かれた。声は、胸の深いところから響いていて、しかも、どこかあどけない倍音を帯びていた。

包装をしながら、彼女は、「ご実家はどちらなんですか?」と尋ねた。

「愛知県です。」

「名古屋?」

「いえ、三河の方なんです。」

「ああ、……ミカワ。」

彼女は、その地名がピンと来なかったので、ただ曖昧《あいまい》に頷いて、会話は終わってしまった。その代わりに、バラ売りの梅饅頭を一個、夜食用に、おまけで袋に入れておいた。

千佳は後に、徹生がこのたった一個の、別に彼にだけというわけでもなかった薄いピンク色の饅頭を、自分への好意のしるしと受け取ったらしいことを知って呆れた。——が、そんな思い込みでもなければ、三度目に店を訪れた時、彼が彼女をお茶に誘うようなこともなかっただろう。

徹生のことを知れば知るほど、千佳は、あの時どうして彼が、あんなに思いきったことが出来たのか、ふしぎだった。そして、あんまりふしぎなので、彼の言う通り、自分はあの一個のピンク色の饅頭に、何かしら期待を込めていたのかもしれないと思うようになった。あの日、帰宅した彼女は、自宅のパソコンで、「ミカワ」という地名を検索していた。そして、三度目に会った時には、言葉よりも先に、自然と笑みが浮かんだのだった。……

千佳は、動けなくなってしまった体の中で、そうした光景に目まぐるしく見舞われた。そして、こんな時に、と堪らなく苦しくなった。

出会った時だけでなく、徹生が、勤務先のビルの屋上から転落死した時も、千佳は、ここに立っていた。その二度の不意打ちが、彼女の人生を切り分けている。徹生に出会う前と、出会ってから。そして、一緒に過ごした時間と、別れたあと。——一周忌を終えるまでは、ここから眺める駅の人混みの中に、よく徹生の姿を見かけた。

どこに向かっているのか、彼女のまったく知らない場所を目指して、脇目も振らずに歩いている。行き交う人の波が、何度も彼を呑み込む。それを、見失うまいと辛うじて目で追っているうちに、瞬きのほんの僅《わず》かな隙を突く大きな闇が、彼を忽然と、この世界から消し去ってしまうのだった。

客が少なくなる平日の午後には、何かの奇跡が起きて、またふらりと、徹生が土産物売場に入っては来ないだろうかとよく考えた。そうしてまた、わざわざ売場を一周してから、自分の目の前に立ち止まる。その彼に、試食の饅頭を渡すところから、人生をもう一度、やり直せるとしたら。――或《あ》るいは、渡さないところから。……

しかし、そんな虚しい空想も、ここ半年ほどはなくなっていた。

徹生の姿が、少しずつ、記憶の中で朧《おぼろ》になりつつあった。彼と一緒に生きていた過去の自分とも、疎遠になりがちだった。それを意識する度に、彼女は寂しくなったが、その分、悲しみを忘れ、苦しみを忘れている時間も長くなっていた。

酷《ひど》い噂も、面と向かっての無神経な言葉も、段々と遠ざかっていった。その度に訪れていたこの発作も、やっと治ってくれたところだった。

徹生の帰宅は、そんな彼女にとっての新しい不意打ちだった。

「他の子はちゃんと出来てるでしょう？　どうしてあなただけ、そんなにダメなの？　恥ずかしい。」

母の声が聞こえた。

「立ってなさい、ずっとそこで。帰って来なくていいから。」

彼女は、自分が取り返しのつかない恐慌に呑まれつつあるのを感じた。バタンと思いきり倒れ込めば、その拍子に金縛りが解けるかもしれない。恐怖心を捨てて、闇雲に前か横かに体重をかければ。痛いけど、それでどうにか助かるかもしれない。どうにか、……

「大丈夫、千佳ちゃん？」

その手が肩を叩いた瞬間、千佳は、後ろを振り返った。──動けた。……立っていたのは、〈SWAN SONG〉と書かれた長袖のTシャツを着た、ディスカウント・ショップの秋吉だった。

「……こんにちは。すみません、ちょっと、ぼうっとしてて。……」

「大丈夫？　顔色悪いけど。」

「大丈夫です。──配達ですか？」

「そう、ちょっとこっちの方に酒のね。」

千佳は、無理に明るい笑顔を作って、

「てっちゃん、ちゃんと働いてます？」と尋ねた。

「ああ、うん、がんばってるよ。まだ最初だから、アレだけど。」

「本当に、ありがとうございます。」

「いやいや、助かってるし。バイト代くらいしか出せなくて、申し訳ないけど。」

「とんでもないです。働かせてもらえるだけでも幸せです。」

秋吉は、腕時計に目を遣って、

「千佳ちゃん、お昼休みとかあるの？」と尋ねた。

「はい。あと、十五分くらいで。」

「ちょっといい？　その辺でメシでも喰いながら。」

「え？　あ、……はい。」

「じゃあ、そこのビルのレストラン街ででも。先に行ってるし、電話してもらえる？」

「わかりました。」

「じゃ、あとで。」

秋吉は、いつもと変わらない調子だったが、去り際には、どことなく彼女を安心させるような目で頷いてみせた。徹生が死んでからも、彼はよく、こんなふうに訪ねてきて、しばらく立ち話をしてから帰っていった。

自分が今、どこの時間にいるのか、彼女はまた、見失ってしまいそうになった。今この瞬間に、どこかで徹生が生きている。その実感が、急に薄らいでいった。また発作が起こった時、彼はどうやって、自分を助けてくれるのだろう？　結局、この三年間と同じじゃないだろうか。……

千佳と秋吉とは、昼も営業している居酒屋に入って、「今日のランチ」の鯖の塩焼き定食を食べた。隣が近かったが、店内は会社員でごった返していて、ほど良い騒々しさが、二人の会話を包み込んだ。

「実は、午後は徹生君に休みを取ってもらってね。」

「……何かありました？」

「いや、ちょっと疲れてるみたいだったから。生き返ってからこの二週間、気の休まる時がなかったんじゃない？家ではどう？　それがちょっと気になって。」

「無理しないでって言ってるんですけど、……わたしが言うと逆効果で。安心させようとして、表に出さないようになってしまうから。……」

「徹生君の性格からすると、そうだろうなあ。千佳ちゃんがこの三年間、どんなに苦しんできたか、ものすごく気にしてるから。当然だけど。」

秋吉は、箸を置いてゆっくりと茶を飲んだ。そして、

「もう一度、好かれたいと思ってるよ、千佳ちゃんにも、りっくんにも。――犯人に対する恨みも、そらあるだろうけど。」と言った。

千佳は、手早く片づけてしまおうとするように、黙って箸で鯖の身を割いた。紙ナプキンで口許を拭うと、

「何がどうなったら元通りになるのか、……まだわからないんです。複雑すぎて。」

と、微かに表情を和らげた。

「そうだなあ。」

「あの日の朝、てっちゃん、いつもみたいに明るく、『行ってきます！』って家を出て、わたしも、璃久と一緒に玄関まで見送りに立って。……あれから、3時14分までの間に――自殺するまでの間に、何があったのか、その空白のことばかり考えてきました。本当はあの朝も、何かサインを出してたのに、わたしが見落としてしまってたんじゃないかとか。……何度も話してますよね。……すみません。」

「なかなか、抜け出せないよな、そっからは。俺にしたって、まさかって言葉しか出て来なかったから。まさか徹生君が、……まさかそんなって。」

千佳は、また嫌な兆しを感じて、手で胸の辺りを押さえた。発作のことは、秋吉には話していなかった。見られたくない姿だった。

「自殺じゃなくて、殺されたんだって言われて、そんなふうに悩んできたことが、全部、ただの思い過ごしだったってことになって、――ただ勘違いして、無意味に苦し

んでただけだってわかって、……なんて言うのか、……」

「そっか、……」と、秋吉は、腕を組んで天を仰いだ。「千佳ちゃんの言う通りだよ。俺も自分が何に引っかかってたのか、今わかった。」

「もし、てっちゃんが生き返らなかったら、わたし、一生苦しみ続けてました。」

「徹生君は、助けに戻ってきたのかもな。」

秋吉は、ぽつりと言った。

「今は必死で、その間違った世界に生きてた千佳ちゃんを、元の正しい世界に連れ戻そうとしてるよ。」

千佳は、テーブルから膳が下げられて、店員が茶を注ぐのを待ってから言った。

「信じていいんですよね、今は、てっちゃんが言ってること?」

秋吉は、腕組みしたまま、しばらく動かなかった。やがて、パチッと瞬きをすると、

「徹生君がそう言ってるんだからな。」と一言だけ言った。

千佳は、やや間を置いてから頷いた。

「てっちゃんの一言一言に、何か別の意味があったんじゃないかって、考えるのが癖になってて。」

「警察が、佐伯を捕まえてくれればいいけど、どうも動きそうにないしな。防犯カメラの映像も、見ただけで預かってないって言ってるみたいだよ。」

「ええ。……」

「徹生君が、今みたいに自分独りで犯人を捜し出そうとしてるのは、かわいそうだよ。見つけたところで、どうするの？　俺はそれを一番心配してるよ。——千佳ちゃん、佐伯のことは徹生君に話したの？」

千佳は、表情を暗くした。

「いえ。……てっちゃん、下の名前を知りたがってましたけど、権田さんが調べて教えたみたいだったから。名刺の携帯番号も、もう変わってましたし。」

「かけてみた？」

「公衆電話から、一応。出たらすぐ切るつもりで。」

「そっか。——千佳ちゃんとの間にあったことは？」

秋吉は、湯飲みを手に取って、中をちらと覗いた。

「言ってません。煽《あお》ることになってしまいそうで、……恐いんです。秋吉さんが言う通り、いざ捕まえた時に、引っ込みがつかなくなるんじゃないかって。そんなことする人じゃないけど、わたしのことまで知ったら、……てっちゃんが知った方が良いことなのかどうかもわからないですし。」

「まぁ、確かに、言わん方がいいかもな。――あと、佐伯が舞い戻ってくることも考えておかないと。家も知られてるし、何かあったら、いつでも呼んで。」

「……ありがとうございます。」


秋吉の店から早くに帰宅した徹生は、郵便受けの中に、自分宛の手紙を一通見つけて驚いた。差出人は、「〈復生者の会〉事務局」となっている。

部屋に戻ってすぐに開封すると、中にはパソコンで書かれた便箋が入っていた。時候の挨拶に続いて、次のような内容が認《したた》められている。

〈私どもは、この度、全国各地で息を吹き返し、生へと復帰された皆様方のために、「復生者の会」を結成しました。会長の私自身も、その一人です。

未曾有《みぞう》の事態に直面し、社会が大きく動揺する中、個々の復生者は非常に微力で、早くもマスコミの餌食《えじき》とされ、謂《い》われのない差別の対象となりつつあります。

当会は、戸籍、雇用、社会保障等、今後の生活に支障を来す諸問題を、法律の専門家とともに解決することを目的としています。同時に、ここが様々な困難に遭遇している皆様方の〝心の交流の場〟となることをも期しております。

詳しくは、文末のＵＲＬからホームページをご覧下さい。

復生者の皆様方には、事の重大さに鑑《かんが》み、失礼ながらネット上のお名前から、メールアドレス、ご住所等をお調べして案内を差し上げました。個人情報の管理には、十分に注意しておりますが、ご不審があれば、連絡を戴き次第、ただちに破棄します。

別紙にて七月の第一回総会の案内をご覧下さい。ご参加を心よりお待ちしております。〉

徹生は、最後だけ再読して、こんなことが許されるんだろうかと顔を顰《しか》めた。そもそも、自分の名前がネットに出ているというのは、どういうことなんだろう？　誰かが勝手にリストでも作っているのか？　そこに住所まで出ている？

便箋を手に持ったまま、パソコンを開きかけたところで、玄関のインターフォンが鳴った。

徹生は固唾《かたず》を呑んだ。目は自然と、手紙の文面をなぞった。

もう一度鳴ると、息を潜めて玄関に向かった。そして、覗き穴から外を見て、声もなく目を瞠《みは》った。

ドアが開いた。相手は、徹生の姿を見るなり、いきなりその顔を力一杯、平手打ちにした。

10　母と妻

「――母さん、……」

徹生は、その場に立ち竦《すく》んだ。撲《ぶ》たれた頬が痛みで痺れ、まるで三年分の母の心痛に浸されたかのように熱くなっていた。

恵子は、目を赤く染め、口許を震わせながら、

「親不孝して、またこんな親孝行して。……よく戻ってきたもんだねぇ、本当に。……まだ早いって、お父さんがきっと、この世界に送り返してくれただよ。」と言った。

居間のテーブルには、手製の味噌カツを始めとして、天むすやチクワなど、母の手土産が所狭しと並んだ。徹生は、帰りに牛丼を食べてきたところだったが、一緒に摘《つま》んでいると、箸が止まらなくなった。味噌カツを食べては天むすを頬張り、鼻で息をしながら、よく嚙《か》み締めた。

「ゆっくり食べりん。喉《のど》に詰めて、また死なれたら困るだら。」

「そういう冗談、言うかなァ？」

徹生は、呆れたように笑った。母は、とにかくうれしそうだった。そして、「よかったねぇ、……ほんと、よかった。」と、会話の合間に呟いた。

徹生は、死因については触れないまま、生き返った時のことを話した。そう簡単に腑《ふ》に落ちる話でもないのに、ふんふんと受け容れられるのが不思議だった。

そのうちに、自分は今も、母に心配されているのだと気がついた。また自殺するかもしれない。その不安のせいで、余計な詮索が憚《はばか》られているのだろう。

徹生は、そんなことは夢にも思っていなかった。そして、自分の母親は、他の母親以上にそういう人だったと、改めて考えた。何か次の瞬間に、突発的に最悪の出来事が起こるかもしれない。そうした心配癖は、明らかに父の突然死が母の中に残したものだった。

自分の死が、それに拍車を掛けてしまったと思うと、徹生の胸は痛んだ。母は相変わらず、快活だったが、その分余計に、老いてゆく独《ひと》りの女性としてのか弱さが思いやられた。

電話して上京するまでに二週間かかったのは、祖母が入院中で、病院に付き添っていたかららしい。胃ガンだと言った。

「もう歳だで、どこか悪くなるわ、それは。」

「手術は？」

「した。ほうしたら、麻酔から覚めたあと、おかしくなっちゃってねぇ。」

「どういうこと？」

「譫妄《せんもう》って言うの？　ヘンなこと言ったり暴れたり。」

「ボケたの？」

「じゃなくて、一時的なことらしいだよ。年寄りが胃ガンの手術したら、時々なるって。ほんで、ずっと病院におったもんで、留守電も聴いとらんかったじゃんね。ほうしたら、『オレ、』とかいう声が入っとったもんで。これが噂の〝オレオレ詐欺〟かと思っとっただよ。」

「あー、……わからなかったの、声で？」

「だってあんた、死んどっただよ。かかってくると思う？　番号も非通知になっとるよ、ここ。」

「本当？　じゃ、なんでわかったの？」

「雑誌の記者とかいう人が訪ねてきて、生き返った息子さんのことで話を聞かせてほしいとか言うもんで、ほいでビックリして。」

「来たの、そんなのが？——うちにも丁度、こんな案内が届いたところだったんだよ。」

徹生は、先ほど開封したばかりの〈復生者の会〉からの手紙を母親に見せた。

「誰かが俺の存在を世間に知らせてるみたい。」

「よかったねぇ、あんた。色々相談に乗ってもらっといでん。」

徹生は母が、住所を調べられていることを、特に不気味に感じてない様子に当惑した。それが、彼の住んでいた田舎の感覚ではあったが。

「うん、……ちょっと考えるよ。――話は戻るけど、ばあちゃんは？」

「まだ、おかしなこと言っとる。名古屋のおばあちゃんのいとこ、おっただら？　サイパンで戦死したのに、二年経って帰って来た人。捕虜になっとったって。それとあんたの話がごっちゃになっとるみたいでねぇ、徹生もお国のために戦って、よう生きて帰って来たのんって。」

「大丈夫かな、ばあちゃん？」と徹生は苦笑した。

「戦争の時には、そういう話があっただら。お葬式挙げて、後家さんが他の人と結婚してから、夫が戻って来たとか。」

「あったけど、俺は別にお国のためにもなってないし、戦ってたわけでもないよ。」

「働いとっただもん、なんかお国のためにはなっとるだら。あんたの缶をみんなが使って、稼いだお金で税金納めとるだで。」

「それはそうだけど、……」

徹生は、首を傾《かし》げた。

恵子は、「あんた、もう食べんの?」と尋ねて、テーブルの上を片づけ始めた。「冷蔵庫、入れといたげるわ。」

「あ、いいよ、やるから。——千佳と璃久にも会っていってくれるよね?」

恵子は、味噌カツのパックにフタをしながら、「今日はもう帰る。」と言った。

「なんで?せっかく来たのに。」

「おばあちゃんのこともあるだで。あんたが今度は帰っといでん。」

「帰るけど、……千佳も喜ぶよ。」

「お母さんと千佳さんとは、ちょっと考え方が違うだよ。」

「何が?どうしてそんなふうになっちゃったんだよ?」

母の眸《ひとみ》には、険しい光が点《とも》った。

「あの子は、あんたが死んだ理由がわか、ら、ん、って言っとっただよ。自殺なんかする人じゃない。こんなに幸せなのに、自殺する理由なんかないって。幾ら気が動転しとったって、こんだけ近くにおって、そんな話ある?——わたしはね、あんたが自殺したのも理解できただよ。母親だで。あんたには、何でもがんばり過ぎるところがあったし、強がって音《ね》を上げようとせんもんで。どうして千佳さんは、そういうとこをわかってあげれんのかねえ？　お母さんが一番わからんのはそこだよ。」

「違うよ、母さん！　違うって。千佳の言ってることが正しいんだよ。俺は自殺なんかしてない。心臓に悪いこと言うようだけど、……俺は、殺されたんだよ。今その犯人を捜してる。」

恵子は、反射的に顔を顰めたが、すぐに哀れむような目つきになって、

「止《や》めりん、そんなこと。」と言った。

「なんで？　もう一息で辿り着けそうなんだよ。犯人の目星も付いてる。実家の住所も調べてやっとわかって、……」

「もしそう思うなら、警察に任せときん。」

「警察は何にもしてくれないんだよ！　だから自分でやってる！　こうしてる間にも、俺を殺したヤツは、どっかでノウノウと生きてるんだよ？」

徹生は、興奮を抑えられずに言った。

「なら、わたしが行ったげるわ。あんたを殺した人のところに。場所を教えりん。」

「そんなこと、母さんにしてほしくないよ。何されるかわからないんだから。」

「あんたこそよ、徹生！　あんたこそ！　お母さん、独りよ！　夫も子供も死んで！　何遍親を悲しませたら、あんた、気が済むの？　何遍苦しませたら！……」

恵子の顔は、紅潮していた。そして、先ほど玄関では堪えられた涙が、両目から溢れ出した。

「場所を教えりん、その犯人の実家の住所を。お母さんが行ったげるで！」

「いいよ、そんな。……わかったから、……わかってるよ。母さんを悲しませるようなことはしないよ。住所は警察に渡すよ。」

「約束しりん。」

徹生は、大きく息を吐いて頷くと、ティッシュペーパーの箱を母親の方に差し出した。恵子は、それから二、三枚を毟《むし》り取ると、目を押さえて鼻を拭った。

駅まで見送るつもりで、玄関に一緒に行くと、座って靴を履こうとした恵子は、璃久のスニーカーを手に取った。

「かわいいねぇ。……あら？　靴底にガムが。」

恵子は、鞄の中からウエットティッシュを取り出すと、その大きなガムの食べ滓《かす》を拭い取ろうとした。まだ新しいピンク色のそれは、小さな足裏に出来た腫瘍のようだった。

「いいよ、そんなの。手が汚れるから。」

「かわいそうに。こんな大きなのがくっついとったら、歩けんだらぁ。」

恵子は、そう言いながら、やわらかく糸を引くガムを、親指で寄せてはウェットティッシュで毟り取った。徹生の鼻先を、胸の悪くなるような甘酸っぱい臭いが掠《かす》めた。

静かだった。自動点灯の玄関の照明が消えたので、センサーに手を翳《かざ》した。再び明るみに出た母の小さな背中を見つめた。そして、何かに気づいたように膝を突いた。

「母さん、……髪がちょっと。」

「ああ、円形脱毛症よ。美容師さんが、四個くらいあるって言っとったわ。」

恵子は振り返らないままで言った。「目立つなら隠しといて。」

徹生は、そっと手を伸ばして、パーマのかかった髪で、頭皮が露《あらわ》になっている箇所を覆った。髪の毛と言わず、母の体に自分の手で触れたのは、いつ以来だろう?

「……俺は、自分がわからなくなってる。生きてた時には、誰も自殺しそうな人間だなんて言わなかったし、自分でも思ってなかった。けど、今はみんながそう思ってる。それに腹が立ってたけど、母さんにまでそう言われると、そうなのかなって、

「……」

「何かしてあげれんかったのかって思うだら。お父さんに対しても、ずっとそういう気持ちがあるだよ。あん時、もっとちゃんと心臓マッサージとかしてあげとったら、生きとったんじゃないかって。悔いよ、それは。……あんたもそう。お母さんが側におってやっとったらって、何遍も思っただよ。千佳さんも気の毒だけど、何訊いてもわからない、わからない、じゃね。……あんたが不憫で。」

「だから、……それは違うんだよ。」

「よし。ホラ、きれいになった。」

徹生は、深い愛情を以て、息子のすべてを理解しようとした母の努力が、自殺という誤解を悲しいほど強固にしていることを感じた。それは、生き返った当の息子が、こんなに熱心に語りかけても、まったく解きほぐされなかった。

「……ありがとう。手、洗わないと。」

徹生はそう言いながら、腕を差し伸べた。そして、母の手をしっかり握ると、沈み込んだ場所から助け出すように、ゆっくりと引っぱり起こしてやった。

帰宅した千佳は、冷蔵庫の中の土産にすぐに気がついた。

「お義母《かあ》さん、今日来られたの？」

「そう、やっと留守電に気づいたらしくて。」

「もう、……帰られた？」

「うん、ばあちゃんの体調が悪いんだって。」

徹生は手術のことだけを簡単に話した。千佳も、「心配ね。」と表情を曇らせたきり、何も言わなかった。

夕食に並んだ一見グロテスクな味噌カツを、璃久は最初は恐る恐る、終《しま》いには夢中になって食べた。さすがに口がベタつくのか、あまり好きじゃない千切りキャベツにまで箸が伸びた。

母の手作りの料理を食べてくれたことがうれしかった。しかし璃久は、父方、母方、双方の「おばあちゃん」と会った記憶がなく、その存在さえ理解してなかった。

徹生はそれを、璃久と一緒に風呂に入って、自分で説明しようと思いついた。死ぬまでは、璃久の入浴は、基本的に徹生の役目だった。その頃にはまだ、会話は出来なかった。

彼は、死の数日前、最後に一緒に風呂に入った、一歳の頃の璃久の姿を思い返した。

浅めに張った湯の中で、アヒルのオモチャで、十五分ほど遊んでやった。「パァパ」と、璃久はやっと言えるようになっていた。頭からぬる目のシャワーをかけると、興奮したようにはしゃいで、大人とはまったくワット数が違う電球のように、パッと明るい笑顔を点した。

目鼻の真ん中の辺りが、皺も寄りきれないまま、くしゃっとなる。少し厚ぼったい両目が、細くつぶれて黒目になる。そして、笑い声と共に覗く隙間のあいた前歯。——ただ愛情を以て接するだけで、人はこんなにも喜ぶ。そういう性質が、人間には予《あらかじ》め備わっている。その事実そのものの、胸の内に優しく触れられるような心地良さ。

徹生自身の童心までもが、俄《にわ》かに活気づいた。寄り目にして口を膨らませ、ぷっとヘンな音を出してやると、璃久は飛び跳ねそうなほど興奮した。滑って転ぶのが恐くなって、両手で慌てて抱きかかえると、背後で見ていた千佳が、「もう満足？」と微笑んだ。……

「——よし、おとうさんといっしょに、おふろにはいろうか、りく？」

夕食後、徹生は戯《おど》けた調子で声をかけたが、璃久の反応はつれなかった。徹生は、これまでになく喰い下がった。

「りくもおとこのこなんだから、おとこどうしでさ。」

徹生がしゃがみ込んで、小さな両肩を摑んだ瞬間、璃久は、「おかあさん！」と号泣し始めた。その尋常でない激しさに、徹生はなす術を失った。手を放しても、床を何度も踏み鳴らし、両腕をバタつかせて、声を嗄《か》らしながら泣いた。千佳が、「よしよし。おかあさんとはいろう。ね？」と宥《なだ》めても、顎を上げて、よだれを垂らしながら首を振るだけだった。

深夜、いつも寝ている居間のソファで、スタンドライトだけを点して、徹生はぼんやりしていた。その様子を、一度寝室に下がった千佳が見に来た。

「大丈夫？」

「ああ、……うん。落ち込んだよ。あんなに激しく泣かせちゃって。」

「お酒でも飲む？　つきあうよ。」

「明日仕事は？」徹生は、さすがにかわいそうになった、という表情の千佳を見上げた。

「そんなにたくさんは飲めないけど、ちょっとなら。作ってあげる。」

千佳は、台所に立って、透明のプラスチックのシェーカーに何やら混ぜて、「我流。」と笑いながら両手でよく振った。赤と黄色のヴェネチア・グラスが二つ、盆に載ってきた。よく泡だった牛乳が膨らんでいて、真ん中には小さなミントの葉が浮かんでいる。

「カルアミルク？」

「みたいなの。葉っぱ、要《い》らなかったら取って。」

「あ、美味《おい》しい。調子に乗って飲むと、酔いそうだね。」

二人とも床に座った。千佳はやがて、徐《おもむろ》に口を開いた。

「親だからって、……子供の気持ちがみんなわかるわけじゃないよ。」

徹生は、頭を覗かせているグラスの氷を見つめた。

「俺と璃久とのこと？　それとも、母親と俺とのこと？」

「みんなよ。わたしと母親だって、わたしとりっくんだって。――寝かしつける時に、わたしからも言っておいたから。お父さん、りっくんのこと、大好きなんだよって。」

「……ありがとう。本当にそうなのに。」

「今、物置になってる部屋、片づけて子供部屋にしようと思ってる。」

「ああ、そのつもりだったもんね。」

「そしたら、てっちゃんもまた、寝室のベッドで寝られるし。」

「うん、……璃久を追い出したら、いよいよ、嫌われるんじゃないかな、俺？」

「かもね。」

千佳は微笑んだ。そして、ソファに座って寝転がると、

「こんなところで寝てたら、疲れ、取れないでしょ？」と、徹生を見つめた。

徹生は、彼女の目を見ていた。そして、幾分、臆病《おくびょう》にソファから零《こぼ》れている手を取った。

勘違いだろうかと訝った。が、千佳は静かに手を握り返して、彼を見つめていた目を閉じた。徹生は、顔を寄せて、口唇を合わせた。舌が触れ合って、互いの体に腕が回った。

11　交わり

徹生がいなかった三年の間に、千佳は三十三歳になっていた。その唇は、布か何かに包まれて、どこか暗い場所に、大事に仕舞い込まれていたかのように、きれいなままだった。

徹生は、彼女の唇が、熱くも冷たくもないことを一瞬意外に感じた。そして、その意味を発見して、全身に悦《よろこ》びが走った。

もし彼が冷たい死体であったなら、千佳の唇は、触れた瞬間に、その熱で彼を驚かせたに違いなかった。しかし、彼女が発するのと同じ、生きた人間の熱は、今、大きな傷痕《きずあと》の目立つ彼の唇にも宿っていた。彼女があたたかいのと同じように、彼もまたあたたかかった。

彼は、死の世界から、自分の唇を取り戻したのだった。その唇が、熱くも冷たくもない限り、彼は生きていて、千佳も生きている。そんなことを、かつての彼は、一度として考えなかった。そんな思いで彼女にキスすることもないまま、彼は一度、人生を終えてしまっていた。

千佳の唇には、カルアミルクの甘い名残があった。それが、繋ぎ合わされた口の中の澄んだ唾液の縁で仄めいていた。

徹生は、狭いソファによじ登って、千佳を抱き締めた。ここでするのは、初めてではなかった。引っ越してまだ間もなかった頃、彼は、新居の居間という場違いさに、なんとなく興奮してきて、途中でベッドに移動するつもりだった千佳を、首を振って引き留めたことがあった。千佳は最初、その意味がわからず、キョトンとしていた。

そして、説明に窮する彼の態度から、ようやく「……ここでしたいの？」と察した。徹生は、きまりが悪そうに頷いたが、提案は撤回しなかった。

千佳は、この真面目な人が、とふしぎそうな顔をしていたが、「いいよ。」とそれにつきあった。不自由を克服するために、幾分羽目を外したりもしながら事を終えると、一息吐いた二人は、面白かったけど、やっぱり、ベッドの方が落ちつくね、という結論に達した。徹生も、もう満足して、またしたいとは言わなかった。そんなささやかな戯れでさえ、彼らにとっては、冒険だった。

あれだって、忘れてしまいたくはない思い出だった。しかもそれは、ただ夫婦だけしか知らず、夫婦だけにしか有難味のない秘密だった。

今、ソファの上で千佳と抱き合っている徹生の脳裡《のうり》には、その記憶が過《よぎ》った。しかし、その時よりも、ずっと緊張していた。

前開きの綿のパジャマ越しに、千佳の体の柔弱さが伝わってきた。骨と筋肉とが、わざわざもっとやわらかく、傷つきやすいもので覆われている。そんな感じがした。ボタンを外すと、洗いたてのしっとりとした白い肌が、柑橘系のボディソープの香りを放った。

徹生は、恥ずかしそうに目を逸らしているような乳房に触れた。

「〈癒乳の楽園〉？」

夢中で吸いついていると、千佳の呟く声が聞こえた。

「え、……あぁ、……」

彼女は、それ以上、何も言わずに笑っていた。徹生も何も言えなかった。

千佳は、声の混じった吐息を漏らした。体幹から抜け出した力が、行き場を失って、両手足の先に募ってゆく。不用意に声が高くなると、二人で同時に顔を見合わせた。

「りっくん、……起きてこないかな？」

徹生もそれが気懸かりだったが、ここで止めるわけにはいかなかった。

「うん、……大人しめに。」

薄暗い明かりの下で、千佳の白い歯が覗いた。徹生は、念のためというふうに、ソファの背もたれ越しに、居間のドアを見遣った。磨りガラスの向こうの廊下に、人影はなかった。

千佳は、努めて声を押し殺した。徹生自身の下腹部も急《せ》いていた。

二人とも全裸になった。体のどこをどうされるのが好きか、お互いによく知っていた。それとて死ねば、人知れず消えてなくなってしまう、彼らの生の一部だった。

徹生は、結婚後、さすがにマンネリになっていた手順の一つ一つを、愛おしむように忠実に辿った。千佳の体は、その反応で答え合わせをしていった。

死んでから三年経ってるんだ。――徹生は、初めてそう実感した。他でもなく、この瞬間に、彼は空白の時間の長さを知った。三年ぶりに彼は千佳を抱いている。千佳に抱かれている。……

二人を昂《たか》ぶらせるものは、いつでも親密さだった。無理な嬌態や、雰囲気の演出といったものがみんな落ちて、最後に残ったその慣れ親しみだけが、彼らを互いの目の前で自由にさせた。

千佳は、彼の体を細部まで忘れずに覚えていた。手の添え方も、舌の動きも、昔のままだった。徹生は、もう必要なくなっていたはずのそんな記憶が、彼女の中に、そうして残っていたことに感激した。最初のキスで唇を取り戻したように、彼は今、その全身を生へと恢復させせつつあった。

改めてキスをした時、千佳の唇は、摩擦のせいで徹生の唇よりも熱くなっていた。

入口を探って慎重に押し込むと、千佳の眉間には、微かに力が籠もった。

「大丈夫？　痛い？」

「ちょっとだけ、……大丈夫。ゆっくりして。」

徹生は、彼女を抱き締めながらそっと体を動かした。ゆっくりとした一往復の間に、快感は、1ミリごとに痺れるように走った。次第に、千佳の吐息も荒くなっていった。

「だんだん、気持ちよくなってきた。……普通にしても平気。」

「三年間」という言葉が、徹生の脳裡に頻《しき》りに浮かんだ。その時間の意識そのままに、自分自身が、少しずつ見失われてゆく。

自分たちは今、一体、どこにいるんだろう？　どこで出会って、どこで交差してるんだろう？　数限りない、この単純な反復。だからこそ、いつも永遠へと溶け入ってゆきそうなその時間。——二人は、初めて結び合ったあの夜へと逆戻りしているんじゃないだろうか？　それともこれは、璃久を作るための交わりなんだろうか？……死ぬ前の、あのバリ島のホテルのベッドの中？……ひょっとすると、この三年間の千佳の孤独な夢想の中なのではないだろうか？　或いは、彼自身の、夢想でさえあり得なかった、この世界への未練。……

千佳は、頬に垂れ落ちた滴《しずく》を、最初、汗と思ったらしかった。目を開けて気がつくと、徹生の顔を両手で摑んで、親指で涙を拭ってやった。徹生は何も言わずに口づけをして、彼女の頬も濡らした。それからほどなく彼は果てた。生きている、ということを、心拍があらん限りの力で訴えていた。……

璃久が起きてくるのが心配で、二人とも、事後の余韻から体を引き剝がすようにしてパジャマを着た。

「大丈夫だった？」

千佳は、ソファに俯《うつぶ》せに寝たままこくりと頷いた。

「……気持ちよかったぁ。――てっちゃんは？」

「生き返った。」

徹生がそう言うと、千佳は体を起こして、彼の胸を軽く叩いた。

狭いソファにピッタリ身を寄せて添い寝した。徹生は、腕枕をしたまま、黙って天井を見つめていた。

母が訪ねてきて、璃久を大泣きさせて、千佳とこうなって、……忙しい一日だったが、その三つの出来事は、無関係でもない気がした。

子供にすっかり嫌われている夫を、千佳はさすがに気の毒に感じた様子だった。しかし、璃久こそは、もしかすると、こうなることを予感して、あんなに大騒ぎしたのかもしれない。

璃久を邪魔だなどと思ったことは、一度としてなかった。しかし、千佳とこうして二人きりになる時間を求めていたのは確かだった。母親を奪われてしまう。その幼い不安を、結果として的中させてしまったことが、徹生を幾分、うしろめたい気持ちにさせた。それは、父親のいなかった彼自身が、幼時に一度も経験しなかった感情だった。

徹生は、千佳の寝息を聞いて顔を下に向けた。先に寝てしまうのはいつも彼女だった。その眠気は、男の動的な疲労とは違って、体の奥底の固い力みが解かれたあとから発せられていた。

深い眠りに落ちると、千佳の首は、いつもほんの少しだけ上を向いた。徹生は、その無防備な寝顔を、三年ぶりにつくづく眺めた。

千佳からの誘いかけだったと、彼には思えた。そしてそれは、あまり記憶にないことだった。

これで千佳は、すっかり受け容れてくれたということなのだろうか？　二人は、もう元通りだと？

徹生は、天井を見上げた。彼は、千佳の胸の内には、まだ何かが隠されている気がして仕方がなかった。

「三年間」という言葉が、また頭に浮かんだ。

生き返ってすぐの頃には、徹生はそれを、新しい恋人の存在だと考えていた。彼女はそれをきっぱりと否定して、彼に、死因が自殺であることを告げた。彼は一度は、それが千佳が隠していたことだったと納得した。しかし、あの時の、あれほどの強い拒絶のあとで、千佳が自分を再び受け容れてくれたのには、何かまだ、彼の知り得ないことがある気がした。

徹生は、考えるつもりもなかったのに、ふと、千佳はこの三年間、誰かと寝たのだろうかと、嫌な想像をした。この幸福な一時《ひととき》に、どうしてそんなことが頭を過るのだろう？——しかし、逆かもしれなかった。彼女との交わりを恢復した幸福な今だからこそ、そんな考えの兆す余地が生じたのかもしれない。事実、それまでは——この二週間というもの、彼はそんな疑念に傾きそうになる度に、身悶えするような嫉妬の苦しみを味わっていた。そして、そうした自分の卑小さを憎んだ。

仮にそうだったとして、一体、何が悪い？　夫は既に死んでいて、しかも彼女は孤独だったのだ。彼女が誰と、どんな関係を持っていたとしても、それに関しては、自分は今も死者であるべきだ。干渉する権利などない。死んだ父が、徹生や母がどこで何をしようと、一切口出し出来なかったように。そのお陰で、実際、彼は自由なのだった。

徹生は、……千佳の寝息が聞こえなくなっていることに気がついた。

「……寝ちゃってた。」

千佳は目を開けると、体をずらして首を徹生の胸に乗せ、耳を押し当てた。

「ちゃんと、心臓の音が聞こえてる。」

「うん。――俺の時計も、今はもう動いてるから。」

徹生は、千佳を安心させるつもりで言ったが、彼女は、急に動かなくなってしまった。

「璃久、目を醒ましてないかな？……千佳、……千佳、大丈夫？」

千佳は、体をビクッとさせると、強張った表情で彼を見上げた。

「ごめん。また、寝ちゃいそうだった。」

「今の一瞬で？　よっぽど、疲れてるんだね。寝よっか？」

千佳は、小さく頷いて、体を起こした。そして、気にするように居間のドアを振り返った。徹生も目を向けたが、真っ暗な廊下に、璃久の姿はなかった。

千佳は、しばらく黙っていたあとで言った。

「てっちゃん、幽霊嫌いだけど、わたしは、死んでからも、てっちゃんの何か、が残り続けてるみたいな感じがずっとしてた。……けど、……他の未亡人みたいに、わたし、天国のてっちゃんに、いつも見守っててほしいって思えなかった。——自殺だったから。わたしとの結婚、もう終わってしまったみたいな感じがしてた。わたしが原因じゃなかったとしても、わたしのことは、もう心になかったんだなって。わたしたちの存在、振り切って行ってしまったんだなって。……」

千佳はそう言うと、柔和な表情で語を継いだ。

「でも、帰って来てくれたから……よかった。」

徹生は、千佳の顔を見つめて、強く頷いた。

「てっちゃん、わたしと璃久を守ってね。」

「きっと守るよ。」

「約束して。」

「約束する。」

「よかった。何よりもその言葉を聞きたかった。……あと、……」

「何？」

「佐伯って人、こっちから無理に探さなくてもいいよ。」

千佳は顔を上げないまま言った。徹生は天井を見ながら、千佳の頭に手を宛《あて》がった。そして、それには同意するというより、ただ彼女の意見を理解したというふうに、小さく頷いた。

「人間だもの」

12

電車の騒音を切り裂くように、カシャッ！と、突然、カメラのシャッター音が鳴った。

徹生は、驚いてうたた寝から目を覚ました。通路を挟んだ向かいの二人が、ケータイを覗き込みながら、堪えきれないといった様子で笑っている。徹生は咄嗟《とっさ》に顔を伏せた。

『俺を撮ったのか？　俺を知ってる？……』

宇都宮線に乗って、佐伯の実家へと向かう途中だった。今、あの男がどこにいるのかはわからなかったが、警備会社の人間を通じて、実家の住所を調べてくれたのは、工場長の権田だった。

権田は、今日も同行すると言い張っていたが、徹生はそれを宥めるようにして断った。役に立ちたいというその気持ちはうれしかったし、心強かった。しかし、何が起きるかわからない殺人犯の捜索などに、これ以上巻き込むべきではないと、慎重になっていた。それは先日、権田の一人娘と再会したせいでもあった。

自分で片を付けなければならない。徹生は、不測の事態が生じた時には、自らの考えで対処したいとも思っていた。どこかで、不吉な予感がしていた。そして、ほとんど無意識に、そこで起こることを、隠したいという気持ちが働いていた。

恐れていたことが起き始めていた。

自宅に三度、雑誌の記者を名乗る男が訪ねて来て、取材を申し込まれた。断ると、今度は仕事先にまで乗り込んできたが、顔を合わせる前に、怒った秋吉が追い返していた。

発端は、堂島製缶を訪れた日に、見知らぬ社員がブログに書いた一文らしかった。

〈三年前に自殺した人が、なんと今日、会社に出現！　マジでビビッた……〉

そこには、会社名も個人名も記されてはいなかったが、以前のエントリーから場所や製品などが推定されて、たちまちのうちに、何もかもが丸裸にされていた。

「復生者」と呼ばれ始めた、生き返った者たちは、国内外で新たに発見される度に、新種の伝染病患者のように大きく報じられた。

誰も納得はしていなかったが、実例が積み上がっていくほどに、徐々に認めざるを得ないという雰囲気が広まっていった。神秘を信じさせるのは、結局のところ、論理ではなく数だった。

始めの頃に迂闊《うかつ》にも名乗り出ていた何人かは、既に性別や出身、現住所、経歴、死因など、すべての情報が調べ上げられて、ネット上に公開されていた。そのリストに、知らないうちに、徹生の名前も加えられていた。

〈こいつ、自殺したんだろ？ 他にもっと、生き返らしてやった方がいい人間、いっぱいいるよ。なんでこいつなわけ？〉

自殺という死因のために、「土屋徹生」の欄には、他の復生者たちとは明らかに違う、非難の言葉が繁殖し、ネットの方々にガンのように転移し始めていた。徹生は、悔しさに身悶えした。

『違う、俺は自殺なんかしてない！ 殺されたんだ！ 何も知らないクセに！ 死にたいヤツは勝手に死ね？ 身勝手で、家族がかわいそうだ？ 俺だって、死にたくなんかなかったよ！ なんで俺が自殺なんかしなきゃいけないんだ！……』

徹生は、思い悩んだ挙げ句、先日手紙を受け取った〈復生者の会〉にメールで相談をした。この会こそ、ネットで住所を調べたと、胡散らしいことを言ってきた組織だったが、手紙の内容を信じるなら、法律の専門家もいて、何か手を講じてくれるはずだった。やりとりをして、やっぱりおかしいなら、連絡を絶てばいい。彼はほとんど、藁《わら》にも縋《すが》る思いだった。

返事はすぐに来た。そして、驚くべきことに、たった一晩で、「土屋徹生」という名前は、どこから検索しても一切出てこなくなった。彼は、その迅速さと徹底ぶりに感動しつつ、薄気味悪くも感じた。その後、すぐにまた、彼の情報は復活したが、会の事務局の対応は素早かった。

さいたま新都心駅で乗客の大半が降り、車中は急に閑散となった。向かいの二人もいつの間にかいなくなっていて、午後の陽射しが、長いシートを透かさず我が物顔で占領した。

徹生は、体を起こすと、車窓を過ぎ行く郊外の風景を眺めた。五、六階建てのマンション群、要塞のように巨大なショッピング・モール、広い川原、住宅街、小学校、居酒屋のチェーン店、結婚式場、休耕地、……

疲れていた。相変わらず、夜は居間のソファだったが、このところの蒸し暑さのせいで、寝つきが悪くなっていた。ようやく眠りの底に沈みかけても、すぐに息苦しくなって浮かび上がってしまう。そうなると、あとは幾らがんばっても、浮き輪をつけられているかのように、なかなか眠りに潜ることは出来なかった。

秋吉のディスカウント・ショップでは、週に五日働かせてもらっている。その空き時間に、彼は何度も県警に足を運び、いつも同じ「捜査中」という返事で追い返されていた。

屋上出入口の防犯カメラの映像も、「押収していない」の一点張りで、昨日も、「何遍言ったら、納得してもらえるんですかねえ？　私らも、保管の問題がありますから、必要ないものは持ち帰らないんですよ。」と、うんざりしたように言われたところだった。それでも猶《なお》、食い下がる徹生に、刑事は最後は諭《さと》すように言った。

「受け容れられない気持ちも分かりますけど、『人間だもの』って言うでしょう？　人間、誰でも過ちを犯します。もう、いいじゃないですか、生き返ったんですから。ここらで納得したらどうです？　あなたのために言ってるんですよ。」

電車はうねるようにカーヴで揺れて、隣の車両の乗客まで、連結部越しに覗かせた。今は誰も、彼を見てはいなかった。

『何が、人間だもの、だ。クソッ、……俺が自殺したと聞かされた時も、みんなは、まさかと思いながらも、そんなふうに納得したんだろうか？　たとえ、幸福の絶頂にあっても、突然、自殺することだってある。人間だもの！　そういう不可解なところも、人間の一面だと？……千佳はきっと、そうやって堪えたんだろう。俺が死んだ理由に、まったく心当たりがなかったんだから。母さんは違う。人間がどうのこうのなんて、まず考えなかっただろう。俺という人間をよく理解した上で、しかもあの子には、そういうところがあったと納得したんだ。何てこった。……それで二人はわかり合えなくなってる。本当は、自殺なんかしていない俺の自殺を巡って、それぞれに誤解して。……』

徹生は、沈痛な面持ちで首を振った。佐伯が憎かった。憎くて仕方がなかった。あの男とさえ出会わなければ、こんなことにはならなかった。どうしてあの時、ハトを蹴り殺すのを目にして、余計な注意なんかしたんだろう？　放っておけばよかったのに。

あの男は、俺を自殺に見せかけて殺し、家族を不幸のどん底に突き落とした。そして、きっと今も、どこかでノウノウと生きてる！　そんな理不尽があっていいはずないだろう。——

徹生はとにかく、佐伯に罪を認めさせ、償いをさせなければ気が済まなかった。本当は、母の言う通り、警察にすべてを委ねたかった。しかし、何度掛け合っても冷淡に拒まれ続けている以上、せめて、捜査に着手せざるを得ないところまでは、自分で道筋をつけるしかなかった。

上岡駅は、ホームに屋根もないような小さな駅だった。佐伯の実家までは、徒歩で恐らく二十分ほどである。

徹生は、地図を片手に、寂《さび》れた商店街に迷い込んだ。日曜日で、シャッターはどこも閉ざされているが、大半は、月曜日になっても、火曜日になっても開きそうになかった。鉄錆が、老い果てたようなその弛みの隙間々々に巣くっている。時折車が通るだけで、あたりにはまったく人気がない。

先ほどまでよく晴れていた空は、灰白色に覆われて、光がうっすらと滲《にじ》んでいる。曖昧な梅雨だとよく言われている通り、こんな空模様のまま、なかなか本格的な雨にならない日が続いていた。

彼は急に、誰かにつけられている気配を感じて、さっと後ろを振り返った。

誰もいない。――しかし、追いかけてくるのは、むしろ記憶の中からだった。あの日の屋上で、彼を追い詰めた、白昼の眩しい影。そこから今、露わになったのは、ハトを蹴り殺す狂暴な佐伯の顔ではなかった。なぜか、車内で首を絞められて苦しむ、あの佐伯の顔だった。

我を忘れて首を絞めていたのは、徹生の方だった。そして、そのまま佐伯が、彼を振り払うことなく、ぐったりとなる光景が目に浮かんだ。――徹生は戦慄して、何度も首を横に振った。

『何なんだ、この妙な妄想は？　虫の知らせ？　ひょっとして、あの男はもう死んでいるんじゃないだろうか？……既に死んでいる。今まで考えもしなかったが。……』

徹生は、不可解な考えに襲われた。――実は、この死に顔の方が本当の記憶で、車から飛び出して、闇へと消えていくあの佐伯の姿の方が、夢だったのではないだろうか？

彼は、自分の頭が、ふらふらとあらぬ方向へと歩き出そうとするのを、慌てて引き留めた。

『何考えてるんだ、俺は？　そうじゃない。あいつが俺を殺したんだ！　俺があいつを殺しただなんて、……どうかしてる。』

徹生はあの夜、確かに佐伯の首を絞めていた。しかし、殺そうなどという考えは、一瞬も頭を過らなかった。ただ、溢れ出してくるおぞましい言葉を、止めたいという一心だった。バルブを閉めるように、喉を塞いで。……

あれから、佐伯と会社で顔を合わせただろうか？　徹生にはそれが、どうしても思い出せない。記憶はそのまま一気に、屋上へと彼を追い立てる〈影〉にまで飛んでいる。

駅をあとにした時から、徹生は自分が、佐伯という人間の内部へと、無断で足を踏み入れているような奇妙な感覚に見舞われていた。現実の町でありながら、どこかで、あの男の記憶の中の町と地続きになっている感じがする。それが、直接皮膚に纏《まと》わりつくように、彼を包み込んでいた。

あの古ぼけた文房具店で、子供の頃の佐伯は、ノートや鉛筆を買っていたのかもしれない。或いは、今は黒ずんで、破れているあのビニルの庇《ひさし》の肉屋の前で、揚げたてのコロッケに、舌を火傷しそうになりながらかぶりついたり。……電車を降りるまで、徹生はここで、佐伯のあの陰惨な顔と出会《でくわ》すことを警戒していた。そのせいで、彼の心拍は速かった。しかし今、思いがけず、彼に駆け寄ってこようとしているのは、むしろ、会ったこともない少年の日の佐伯である。それは、徹生を追い詰めようとしていた、あの屋上の影そのもののように暗く、眩しかった。

徹生の意識は、記憶が沈殿している奥底から掻《か》き混ぜられて、この時急に濁った。

中学時代に彼が殴った、あのオカルト・マニアの同級生の顔が、唐突に脳裡にちらついた。

あの時も、殴りたかったわけではなかった。ただ、死んだ父親が姿を現さないのは、家族への思いが薄かったからだという、その言葉を消し去りたいだけだった。その殴られた少年の顔が、ゆっくりと歪んで、窒息しそうな佐伯の顔へと変化してゆく。殴りかかった自分が、車中で佐伯の首を絞める自分と重なってゆく。……

徹生は、助けを求めるような、それでいて、人に見られるのを恐れるような目で、周囲を見渡した。『人間だもの』って言うでしょう？　人間、誰でも過ちを犯します。」という、あの刑事の言葉が聞こえた。それとも、自分の中には、他の誰も持っていないような、何か恐ろしい衝動が秘められているんだろうか？

徹生は、執拗な妄想を追い払おうとするように、もう一度首を振った。自分で考えているというより、誰かに考えさせられているかのようだった。

もし自分が、千佳を、璃久を、「守る」に値しない人間であるなら？「過ち」を犯してしまった人間だとしたら？

彼は、自分の抱えている記憶の空白に、これまでとは違った不安を感じた。千佳とのあの夜に、ようやく取り戻した三年間という実感が、脆《もろ》い橋のように、彼自身の真つ暗な谷底へと崩落してゆく。

『……佐伯はやっぱり、あのまま首を絞められて死んだんだろうか？　それとも、俺が、ビルからあいつを突き落とした？　みんなが葬儀を挙げた死体は、実は俺じゃなく、佐伯だったのか？　バカな！　そんな話があるか！　大体、なんで俺が佐伯を殺すんだ？　違う違う、頭がおかしくなってる。俺は殺したんじゃない。殺されたんだ！　そして、生き返った。他の復生者たちと同じように！　俺が殺したんだったら、なんで俺が死んで、また生き返ってるんだ？……生き返った？　そう、俺は生き返ったんだ。……』

　もし自分が、佐伯を殺したのだとするならば、破滅だった。今度は生きながらにして、すべてを失うことになる。

　何もかもを知った上で、皆がその秘密を必死で守ろうとしているのなら、……もしそうなら、自分はそれに黙って加担すべきだろうか？　警察は？　「捜査中」というのは、一体、誰の、何の「捜査中」なんだろう？

　徹生は、頭を抱えてその場にしゃがみ込んだ。そして、ただ、「……違う、」と念じ続ける以外になかった。

第四章　過去が明るみに

13　人が人を殺す時

佐伯の実家探しが、結局空振りに終わった日から、一週間ほどが経っていた。

夕方、仕事から戻ってきた徹生は、静まり返った真っ暗な玄関で、しばらく放心したように佇《たたず》んでいた。千佳と璃久の靴が消えている。様子がおかしかった。

スニーカーを足で脱ぐと、何が起きたのかもわからないまま、彼は居間の扉を開けた。

突然、破裂音が鳴り、暗闇の中に人影が蠢《うごめ》いた。一人ではなく、複数いる！　徹生は、咄嗟《とっさ》に身構えた。次の瞬間、室内は急に明るくなった。

璃久を抱きかかえた千佳。秋吉夫妻。それに、権田さんと娘のアイちゃん。……

クラッカーの火薬の臭いが立ち籠める室内に、愉快そうな笑い声が響いた。

徹生は、銘々の顔を見渡した。動揺する彼が、いつ安心して、喜びだすのかを今か今かと待っている。

六月三十日。――生き返った徹生は、今日、本当に父の享年と同じ三十六歳になったのだった。

誕生日祝いのサプライズを企画したのは、千佳だった。今朝も勘づかれないように澄ましているのが大変だったと笑顔で明かし、徹生はそれで、あのどこかしら他人行儀だった様子を納得した。

「ビックリした。……いや、でも、うれしいなあ。ありがとう！」

徹生は、照れ笑いを浮かべて言ったが、心は弾まなかった。元気づけようとしてくれている。そのために、どういう相談がなされていたのだろう？　まだ生の世界に馴《な》染《じ》みきれずにいる一復生者を、純粋に励まそうとしているのか、それとも、三年間の空白を、一緒に無かったことにしようとしているのか。……

七人が身を寄せ合って座った食卓には、千佳がオーブンで焼いたチキンと、栗が入ったカレー風味のマッシュポテト、ルッコラのサラダなどが並び、皆で石沢ビールで乾杯した。無論、缶のままである。権田の娘は烏龍茶を、璃久はりんごジュースを飲んだ。

会話は和やかで、みんなよく笑ったが、各々の皿の減りは早かった。

「ねえ、アイねーちゃん、はやくウィーやろうよ、はやく！」

大人たちの会話を辛抱強く待っていた璃久は、食事が終わったのを千佳に確認すると、もう一秒たりとも我慢できなくなってアイの腕を引いた。両足を突っ張らせて、手が離れたらそのまま尻餅を突いてしまいそうだった。

「りっくん、ほら、おねえちゃんのうでがぬけちゃう。——ケーキもあるよ。」

千佳が声をかけると、璃久はむずかるように体を揺すった。

「じゃあ、いっしょにケーキたべて、そのあと、あそぼうよ、りっくん。」

アイが約束するように腕を振ると、璃久は、「うん、……いいよ。」とおとなしくなった。徹生は、璃久の懐《なつ》き方から、自分がいない間に、彼女がいかに頻繁《ひんぱん》にここを訪れてくれていたかを実感した。高校には進学したものの、学校には相変わらず、行けたり、行けなかったりという調子らしかったが。

徹生は、いちごのホールケーキのろうそくを一息で吹き消した。彼は、色々食べたが、結局は生クリームのいちごのケーキが一番美味しいと言って、死ぬ前には千佳に「おこちゃま」とからかわれていた。それを覚えていたのだった。

徹生は、子供の頃、ラムネを飲む度に、母が「あんたのお父さんも、よくそうやってラムネを飲んどったわ。好きなものまで遺伝するのかねぇ。」と言っていたのを思い出した。徹生は本当は、特にラムネが好物というわけでもなかった。が、そういう時の母の懐かしそうな顔が好きで、一緒にスーパーに行ったりすると、いつもわざと、ラムネを買ってほしいとねだっていた。璃久にとっても、いちごのケーキは、いつか、そうした特別な食べ物になっていたのかもしれない。徹生は、好物というより、ケーキの中では好きな方というだけだったが。

もし、徹生の父が今生き返ったら、案外こう言うかもしれない。

「お母さんは、そう言ってたかもしれないけど、俺は別に、そんなにラムネ好きでもなかったんだけどな。ラムネしかなかったから。」

それに対して、徹生は笑ってこう返したはずだった。

「なんだ、そうだったの⁉　だったら俺も、親父のラムネ好きが遺伝してるフリなんか、しなくてよかったのに！」

徹生は、三十六歳の誕生日には、父もこんなふうに、ケーキを食べたんだろうかと考えた。そのケーキを、一歳半だった自分は、舐めるくらいのことはしたんだろうか？

ケーキのあと、銘々がプレゼントを手渡した。千佳はスーツに合うような黒い革靴、秋吉夫妻はネットオークションで落札した、85年のクイーンの最後の来日コンサートのパンフレット、権田親子からはアイが選んだという、作業着風の紺色のポロシャツだった。徹生は、喜びで顔が綻《ほころ》んだ。

璃久は、画用紙に青いクレヨンで、「おとうさん　おたんじょうび　おめでとう」と書いたものを手渡し、すぐにそっぽを向いた。下には、徹生の似顔絵らしいものと、生き物なのか何なのかわからないものが描いてある。

「おお、ありがとう、りく！　これはおとうさん？　すごい！　じょうずにかけてる！　こっちは？　これはなぁに？」

徹生は、感激しながら、画用紙を指差して言った。璃久は、「ないしょだよー。」と逃げ出したが、千佳だけでなく、他のみんなにも見られているのに気がつくと、早口で「どんぶらっこ。」と答えた。

「どんぶらっこ？　なにそれ？　ももたろう？」

「どんぶらっこ！　どんぶらっこだっていってるのが、わからないのお？――ねえ、はやくウィーやろうよ、アイねーちゃん。もうケーキ、たべおわったよ。」

秋吉たちは同情するような目で、そのやりとりを見守った。

璃久がこの絵を、千佳に付き添われて描いたのは明白だった。千佳も努力してくれている。彼も早く、璃久から慕われたかったが、その気配はまだなかった。

璃久に手を引かれてテレビの前に移動しながら、アイは、

「ねえ、りっくん、『どんぶらっこ』ってなに？　おねーちゃんにおしえて。」と尋ねた。

璃久は、Wiiの準備に夢中だったが、

「……ゆうすけくんが、すなばでどんぶらっこっていったら、まえたけせんせいが、わらって、そしたら、りっくんがこんど、どんぶらっこになって、それでうんと、どんぶらっこがいきかえったんだよ。」と言った。

誰にも、何のことかはさっぱりわからなかったが、ただ、「いきかえった」という言葉だけは明瞭に聴き取れた。

徹生は、千佳がコーヒーを淹れる間、一心不乱にテレビの前ではしゃぐ璃久を眺め

ていた。そして、誰にともつかぬ口調で言った。

「俺の親父は、三十六歳の時に、突然心臓が止まって死んだんです。何の前触れもなく、とにかく急に、呆気《あっけ》なく。……俺はだから、子供の頃から、自分もいつか、そんなふうに死ぬんじゃないかって、ずっと不安でした。学校の健康診断とかで、問診票に必ず、親が心臓病で死んでないかって書く欄があるでしょう？　それを見る度に、医学的にもやっぱり懸念材料なんだって。——今こうしている間にも、俺の心臓は、ドクッ、ドクッと鳴ってる。けど、次の一拍が鳴るかどうかの保証なんて、どこにもない。どんな精密な機械だって、八十年も九十年も故障一つせず動き続けるなんて、そうそうないですよ。一回くらいは、何かの不具合で止まるかもしれない。けど、人間の心臓は、その一回でお終《しま》いですから。それは、次の一拍かもしれない。……そんなこと考えてると、気がヘンになりそうで、とにかく、こうしてちゃいけない、もっとちゃんと生きないといけないって、焦る気持ちになって。——父親より年上になるってことが想像できないから、自分は三十六歳になる前に死ぬんじゃないかとか、丁度三十六歳で死ぬんじゃないかとか、……そういう思い込みがあって。結局、病死じゃないにせよ、その不安は現実になりましたけど。……とにかく、俺はそんな理由で、死ぬのがすごく恐い人間だったんです。命は大事とかなんとか、そんな抽象的な話じゃなくて、ただ恐かった。ものすごく。だから自殺なんて、俺はまったく考えたことがなかったし、あり得ないんです。……」

テーブルには、千佳がコーヒーを注ぐ音だけが響いていた。秋吉は、フォークを摘《つま》むようにして持って、皿に残ったスポンジの粉を集めていたが、急にその手を止めると、顔を上げた。

「徹生君、――こんな日だから、言うまいと思ってたけど、どうしても気になるから、……ちょっと前の日曜日、あの店を休んだ日、どこに行ってた？」

「……。」

徹生は、口を動かすことが出来ないまま、何度も瞬《まばた》きをした。千佳は、意外なことを聞いたように徹生を見た。

「権田さんから、佐伯の実家の住所を突き止めたって話、聞いたよ。徹生君、あの日まさか、独《ひと》りで行ってみたんじゃない？」

徹生は、しばらく黙っていた。が、皆の顔を一瞥してから頷いた。「結局、見つけられませんでしたけど。」

「なんで？　俺は相談されてないよ。」

秋吉は、当惑するほど強い口調で不満を述べた。

「何でも俺に相談してくれって言ったよな？　それが働いてもらう条件だって。何でも一つ残らず。俺が役に立てるかどうかは、徹生君が判断することじゃない。俺が考えるよ。」

秋吉の妻は、「何、ちょっと。エラそうに？」と怪訝《けげん》そうに夫を制した。権田も首を傾《かし》げながら、「そらちょっと、秋吉さん、無茶じゃない？」と言った。

秋吉は、厳しい表情で、

「権田さん、徹生君を煽《あお》らないでもらえるかな。佐伯の実家なんか訪ねて、もし、佐伯本人と鉢合わせになってたら、どうするんです？」と言った。秋吉は、権田にもこの場で話をしておきたい様子だった。権田は、当然のように、

「問い詰めるよ。白状させるしかないだろう？」と言った。

「否定したらどうするんです？　否定しますよ、間違いなく。」

秋吉は、権田の返事を待たずに、徹生に向かって言った。

「徹生君は、どうするつもりだったの？」

「どうって、……いや、実家の場所を確認したかっただけだから。」

「そうじゃなくて、出会《でくわ》してたら、だよ。」

「それは、……」

「殺してたかもしれないよ。」

秋吉の言葉に、徹生は大きく目を瞠《みは》った。皆もギョッとしたように秋吉を見た。Wiiで遊んでいたアイも、びっくりして振り返った。

「何言ってるの、酔っぱらって。」と秋吉の妻が、体を押しながら言った。

「てっちゃんが、そんなことするもんか！　どうかしてるよ、あんた。」と権田が呆れたように言った。

「佐伯とバッタリ出会して、実際どうやって別れるのか、俺はそれを訊いてるんだよ。」

「どう別れるって、……。」

徹生は、激しく動揺していた。

「問い詰めたところで、警察に連れて行くのも簡単じゃない。そういう状況で、徹生君は、その場をどうやって収めるつもりだったの？　俺を佐伯だと思って、ここでやってみせてくれよ。出会して、面と向かって、それで？」

「……。」

テーブルの皆が、口許を微《かす》かに動かすだけで絶句したままの徹生を見ていた。

——目の前に、佐伯がいる。あの佐伯が！……

秋吉は、一瞬も目を逸《そ》らすことなく徹生を打ち目守《まも》った。そして、身を乗り出して、テーブルをドンと叩いてから言った。

「いい、徹生君？　絶対に、こうなるんだよ。何分だって続く。この沈黙を、どうやって片づけたらいいのか、俺にはどう考えたってわからないよ。そのまま佐伯を逃がせば、未来に何が起こるかしれない。過去は過去で恨みがある。その板挟みになって、ギュウギュウ締めつけられて、そうなったら、人間は何をする？」

「……。」

「そら、殺そうとは思わないかもしれないよ。けど、こいつさえいなくなれば、この状況から解放される。楽になれるって、そう思うよ！　違うか？――俺はさ、人が人を殺す時っていうのは、案外、そうじゃないかと思うんだよ。殺そうなんて大それたことは考えなくても、消えてほしいって思いつめたら、夢中でそのための手段を執《と》るよ。何でもいいんだよ、それは。俺が一番心配してるのは、それ、それだよ！　徹生君が、殺そうと思うとか、殺すような人間だとか、そういう話じゃない。気がつかないうちに、にっちもさっちも行かないような状況に自分を追い詰めてしまってる。俺はそういう徹生君を見過ごせないんだよ！」

秋吉は、声を必死で押し殺しながらも、最後にまたテーブルを二回、今度は平手で叩いた。その言葉は、徹生がひた隠しにしていた心の秘密を取り上げて、目の前に突きつけているかのようだった。

既に佐伯を殺していたのではない。実家を探していたあの時に、まさに殺そうとしていた。——そういう状況だったのだろうか？ 殺した、というあの異様な疑念は、これから殺すかもしれない自分を、無意識に引き留めていたのだろうか？ もう殺している。だから、殺す必要はないのだと。……

「馬鹿々々しい！ 人を殺すような奴はな、性根からそういう奴なんだよ。佐伯はそうだよ。目を見たらわかる。平気でハトを蹴り殺せるような人間なんだから。けど、てっちゃんは違う。そんなこと、あんたもわかりきってるだろう？」

権田が声を荒らげると、さすがに璃久も異変に気がついた。

「誰にもそんなこと言えないですよ。俺だって、そういう状況になったら、何するかわからんね。」

「あんた、そんな人間か？ じゃあ、てっちゃんはどうする？ 警察が何もしないから、この人は自分で何とかしようと必死なんだぞ。俺だって証言しに行ったよ、佐伯が犯人だって。けど、警察はとぼけてばかりだ。だから、この人は、自分は絶対に自殺じゃないと、誇りにかけて証明しようとしてるんだろ？」

「そこまで言うんだったら、権田さん、なんで徹生君を独りで行かせたんです？」

「俺は一緒に行くつもりだったんだよ！」

権田は、右手の二本の指で、鋭く秋吉を指した。

「徹生君、どうして俺に言わなかった？」

徹生は、秋吉から目を逸らすように、ちらと彼の妻に目を遣《や》った。そして、

「秋吉さんにも権田さんにも、家族があるじゃないですか。巻き込めませんよ。相手は人殺しです。それに、……考えすぎですよ、俺が佐伯を殺すなんて。」

「考えすぎだよ。その通りだよ。俺は俺なりにこの三年間、ひたすら考え続けてきた。なんで徹生君の力になってやれなかったのか！　それをまた繰り返すのはゴメンなんだよ、俺は。徹生君が俺を信じてくれないのなら、うちで雇って面倒看《み》る理由もないよ。」

突き放すような秋吉の言葉が、徹生の胸に刺さった。千佳は隣で、固く口を噤《つぐ》んだままだった。

「あんたはてっちゃんが自殺したと思い込んでるからそうなんだ。俺は殺されたって最初から思ってた。直後はともかく、……佐伯のことは、わかってるだろ、あんたも。千佳さんにあいつが何をしたか。」

徹生は、権田の言葉を聞き逃さなかった。秋吉は、権田を制するように鋭い目つきをした。

徹生はこの時、これまで、まったく疑ってみなかったことを、初めて不思議に感じた。

権田はどうして、佐伯が犯人だと、そんなに確信しているんだろう？　権田は、あの夜の車中での出来事さえ、まともには知らないはずだった。

『千佳と佐伯との間には、何かあったのか？　権田さんはそれを知っている？　いや、権田さんだけじゃなく、ここにいるみんなが？』

徹生は千佳を顧みた。彼女はその視線から逃れようとするように席を立って、「さあ、りっくん、もうおやすみしよう、おそいから。」と言った。璃久は、「あといっかいだけ。」と言ったが、千佳は珍しく厳しい顔つきで「だめ。」と言った。

「もういいの。……もうじゅうぶん。」

アイは、気遣うように千佳を見守った。

秋吉の妻は、テーブルの沈黙を持て余して、「ねェ、うちも、そろそろ。」と秋吉に声をかけた。

徹生は、またあの頭痛の発作に見舞われて、歯を喰い縛った。そして、どこに救いを求めれば良いのかもわからないまま、璃久の片づけを手伝う千佳の背中を見つめていた。

14　誘惑者

皆が帰ってからすぐに、外は雨になった。カーテンの向こう側では、夜の町がしとどに濡れながら、じっと顔を伏せて堪えているような気配があった。

璃久を寝かしつけて居間に戻ってくると、千佳は、シンクに目を遣って、

「洗い物、してくれたの？」と、食卓の徹生に声をかけた。

「うん。」

「ありがとう。お誕生日の主役なのに。」

徹生は、俯き加減に首を振った。そして、

「話があるんだ。」と顔を上げた。

千佳は、台所の電気を消して、廊下のドアを閉めた。何も言わずに、彼女は夫と向かい合って座った。

静まり返った部屋の中で、徹生の目は、物思いの底からようやく浮かび上がって来

ようとしていた。

「さっきの権田さんの話、……千佳は佐伯を知ってたんだね？　何で言ってくれなかったんだ？　何があったんだ、一体？」

千佳は、押し黙って徹生を見つめたまま、瞬きさえしなかった。

言葉よりも、沈黙の方が残酷に彼女を追い詰めようとしていた。

「最初にこれだけははっきりさせておきたい。俺はとにかく、何があっても千佳の味方だから。この先もずっと一緒にいたい。ずっと一緒にいてほしい。それだけは信じてほしいんだ。」

徹生の言葉に、千佳はやはり、身動《みじろ》ぎ一つしなかった。

「佐伯は、千佳に薄気味悪い興味を抱いてたんだよ。会ったこともないのに！　言わなかったけど、吐き気がするようなことを言って！」

「何て？」

「……聞かせたくない。そんな言葉を自分が口にするだけでも嫌なんだ！」

徹生は、そう拒んだが、それでは埒《らち》が明かないと思い直した。そして、拳《こぶし》を強く握って、

「あの男は、千佳と生殖させてほしいって言ったんだよ。自分の遺伝子を、千佳の遺

伝子と結合させて残したいって。自分で自分のことをハエに喩《たと》えて。まさにそうだよ！　あいつは、死体に群がるハエだよ。思い出すだけで身の毛も弥立《よだ》つ！」と言った。

千佳は、髪を結んで露《あらわ》になった額を翳《かげ》らせて、身を守るように片腕で胸のあたりを覆った。そして、溢れ出した記憶に翻弄されているような目になった。

「最初は、お通夜とお葬式に来て、親切な言葉をかけてくれたの。その時に、『土屋さんのことで、いずれ時間を見つけて、少し話がしたい。』って、名刺を渡されて。社長さんも部長さんも、がんばって働いてくれてたし、自殺するような原因はまったく思い当たらないって言うだけだった。……それで、お葬式のあと、十日くらい経ってから、わたしの方から連絡したの。てっちゃんが自殺した理由を、どうしても知りたかったから。」

徹生は、自分の遺影が飾られ、母親や秋吉らが焼香をする傍らで、千佳と佐伯が言葉を交わしている情景を思い浮かべた。そして、その過去に、自分が関与できない息苦しさを、今まさに、柩《ひつぎ》の中に横たわっているかのように感じた。閉じ込められて、隔離されている。葬儀自体が、まるで、壊死《えし》した時間を、生きた時間から切断する儀式のようだった。

「……それで、佐伯は？」

千佳は、小さく深呼吸をしてから顔を上げた。……

——その日、佐伯は、ファミレスの喫煙席で、タバコを吹かしていた。日曜日の午後で、店内は学生や家族連れで賑わっている。

千佳が、約束の五分前に到着した時には、灰皿には、もう三本も吸い殻が溜まっていた。ベビーカーに乗せて、璃久も一緒だった。

佐伯は、タバコを指に挟んだまま、手を上げて千佳に合図をした。千佳は、軽く頭を下げて席に着いた。子供も一緒だというのが予想外だったらしく、佐伯は、面喰らった様子だった。それから、しげしげと一歳の璃久の顔を見つめて鼻をヒクつかせた。

「子供がいるから、タバコは消さないといけませんね。」

千佳は、気遣うような彼の一言を、なんとなく不気味に感じた。隣のテーブルには、まだ二十代前半らしい若い夫婦が、幼稚園に通っているくらいの女の子二人を連れて、昼食とも夕食ともつかぬ食事を摂っている。雑居ビルの地下に入っている店で、時計を見なければ、今がいつなのか、まったくわからなかった。

「お呼び立てしてすみません。」

「いいえ、私も会いたかったですから。どうです、元気になりましたか？」

千佳は、表情を固くした。佐伯は、それを敏感に看て取って、しばらく口を噤んだ。ウェイトレスが注文を取りに来ると、メニューも見ずに、「生ビール二つ。」と言った。

「あ、わたし、車なんで、烏龍茶、いただけますか？」

「烏龍茶一つに生ビール一つでよろしかったでしょうか？」

「はい。」

「車なんですか？　あの白いレガシィ？」

「……ええ。」

「よく知ってますよ。土屋さんが会社に乗ってきてましたから。」

佐伯は、詰まったような鼻で、音を立てながら苦しそうに息をしていた。千佳は、気詰まりを感じる以上に、心細くなってきた。

飲み物が来ると、佐伯は、乾杯するような仕草をして、ジョッキの三分の一ほどを飲み、ソファに背を凭《もた》せかけた。

「土屋さんの石沢ビール、よく売れてるみたいですよ。会社のみんな、興奮してますから。私はけど、あれ飲むとやっぱり、……」

「あの」と、千佳は、話を遮るように声を発した。「夫の自殺の原因、教えていただけませんか？」

佐伯は、左目をパチパチッと痙攣《けいれん》させると、ビールをまた飲んでから、

「まぁ、土屋さんは、会社で嫌われてましたから。」と言った。

千佳は、その思いがけない言葉に、胸を抉《えぐ》られたような痛みを感じた。

佐伯は千佳に、プラスチック部門から製缶部門に徹生が異動させられるきっかけとなった、キックバックの濡れ衣について語った。それは、千佳が初めて耳にする話で、いつのことかを細かに尋ねては、その頃の徹生の表情を思い出そうとした。

あの半年がかりの業務用洗剤のボトルの営業が成功した時期だった。

あの時は、徹生も本当にうれしそうだった。満面の笑みで、珍しく家でもよくビールを開けて、「あー、……」と言葉にならないような声を漏らしていた。しばらくは興奮で寝つきも悪く、夜中に独りで起き出して、千佳の料理本を見ながら、突然、ビーフ・ストロガノフを作ったりしたこともあった。朝起きて、なぜかコンロに載っている圧力鍋を覗いた彼女は、魔法か何かを目にしたように驚いた。その大ぶりに切ら

れた野菜の佇まいは、どことなく、徹生の体つきに似ていた。そして、しばらく笑いが止まらなかった。徹生も笑った。同じように、眠れないと言っても、後の石沢ビールの時のような疲弊しきっていた感じはなかった。

異動のことはもちろん知っていたが、徹生は千佳に、仕事が評価されて、製缶部門立て直しの切り札として抜擢されたと説明していた。彼女はそれで、大役を任されたのだとばかり思って、励ますような言葉をかけた記憶があった。

あのビーフ・ストロガノフは、異動の前だっただろうか？　それとも後？　成功の高揚感の最中だったのか？　屈辱的な濡れ衣の煩悶《はんもん》の渦中だったのか？　どうして自分に話してくれなかったのだろう？　どうしてそれに気がつかなかったのだろう？

……

「そのことで、悩み続けてたんでしょうか？」

千佳は、堪らず佐伯に尋ねた。佐伯は、千佳の胸元に視線を這わせると口の端を歪めた。

「悩んでたでしょうねぇ、自殺するくらいなんですから。本当に、何にも知らないんですね、奥さん？　そうだろうと思ってましたけど。ふん、そうですか。……私はね、土屋さんから何かと相談されてたんですよ。土屋さんは、孤独でしたから。話し相手は、私くらいのものでした。自分のことをハエやゴキブリと同じだと言ってましたよ。聞いたことないですか、それも？　結局人間の雄だって、ただ雌と生殖して、自分の遺伝子を残すためだけの存在だ。それを幸せと信じて生きていくしかない。——そんなようなことを、悲愴な顔で私に語ってましたね。」

　佐伯はそう言うと、自分の方を見つめている璃久に目を遣った。そして、左腕に無数につけられた切り傷の、一番新しい瘡蓋《かさぶた》を無意識に掻き破った。千佳は、血が滲み始めたその腕に、怯えるような目を向けた。

「土屋さんは、自分は幸せになるべき人間なんだって妄念に取り憑《つ》かれてましたね。よほど、不幸だと感じてたのか。結婚して、子供を作って、家を買って。——根拠もなく、そんなことが幸せだと思い込んでましたよ。自分の親の世代のような、古風なマイホーム主義の亡霊に取り憑かれて。哀れでしたね、傍《はた》で見てて。だって、家庭が一番だなんて、景気のいい時代の戯言《たわごと》じゃないですか。金があって、仕事があるからこそ、そんなお気楽なことが言える。今のこの時代は何です？　世界のどっかで金融危機が起こる。日本はひたすら衰滅の道を辿《たど》っている。虫けらみたいな個人がせっせと働いてみたところで、どうしようもない。不可抗力ですよ。力のない、貧しい者たちは、無力に淘汰されていくだけです。最後の寄る辺として、家族に縋《すが》りつこうにも、その家族を維持するためには、死に物狂いで働くしかない。土屋さんはね、生き、る、こ、と、に殺されたんですよ。しかも、幸、せ、に、生、き、る、ことに。家族は土屋さんにとって、とんでもない重みでしたよ。よく私にも恨み言を言ってましたから。あんなに憎しみを込めて言うんですからねえ。――じゃないと、こんなきれいな奥さんと、ひねりつぶされそうなか弱い子供を見捨てて、自殺なんかするはずないですけどね。ああ、もうたくさん！　もう、い、や、だ！　自慢じゃないですけど、私はちょっと、予言してたんですよ。これは、家族に対する自爆テロみたいなものです。社会に対しても、か。年間、三万人もの人間が、黙々と、この自爆テロを遂行してる。そこらじゅう、予備軍だらけです。もう、みんなチャラにしよう！　けど、せめてこの恨みはみんなに知らしめてやろう！　だって、奥さん、死んだ時の音、ものすごかったですよ。バァアァン！って、爆発音ですよ。人間が飛び降りたら、あんな音がするんですねえ。絶叫する代わりに、全身を破裂させるんですよ。驚きましたけどね、私は。」

「もう、いいです、もう、……わかりました。」

千佳は、顫《ふる》えながら、顔を真っ赤にして下を向いた。この時には、まだ出ていた涙が、何度拭っても止まらなかった。隣の若い夫婦は、驚いたように目で合図し合っている。

佐伯は、またビールを飲んで、グッとげっぷをすると、しばらく、ありとあらゆる話し声で埋められた店内を眺めていた。そして、隣の家族を露骨に不自然に長い時間、見ていたあとで、また璃久を眺めた。

勘定書を取って、帰ろうとする千佳に、彼は腕を伸ばした。千佳は、その汗ばんだ手が、自分の手の甲に触れた瞬間、激しい嫌悪感に駆られて、素早く手を引いた。佐伯は、それには無反応に、勘定書を手に取った。

千佳は自制を失いかけていた。佐伯は、ケータイを取り出してカメラを構えた。千佳は反射的に「いや！」と遮ろうとしたが、撮られた音はしなかった。着信履歴を確認すると、佐伯は鼻を強く一度啜《すす》ってから、千佳に言った。

「私がまた、笑顔にさせてあげますよ、あなたを。そのつもりで来たんです。私を頼りにしてください。あなたと私は、同じ種類の人間です。同じ秘密を抱えた人間ですよ。私にはわかってます。」

15　幸福への抜け道

佐伯がもう一度、千佳の前に姿を現したのは、四十九日の法要を終えた後だった。

元々、大柄ではない千佳は、その間に6キロも痩《や》せていた。

ものを口に入れても、食べ物のような感じがしない。せめて米だけでもと、以前に好きだったように、土鍋で炊いて塩おむすびにしてみても、舌で感じる味も、鼻腔《びこう》を抜ける香りも、噛み締める食感も、みんなバラバラのままで、どうしても一つに結びつかなかった。舌が唾液と一緒にそれを捏《こ》ね上げても、いつまで経っても食べ物らしく感じられなくて、むしろいよいよ遠ざかって、飲み込む時には、全身がそれを騒々しく拒んだ。

無意味を食べているようだった。

璃久を生む時、千佳は悪阻《つわり》が重かったが、その時の、胃が、一切を受けつける余裕を失っていた感覚とは違い、どこかで飢《かつ》えているのに、口に入るものを、悉《ことごと》く電池だの洗剤だのと勘違いして、吐き出そうとしているかのようだった。

妊娠中には、苦しみの中心に未来の歓喜があった。彼女は、食べることで、この世界と新しい命とを仲介しなければならなかった。しかし、徹生の死後には、ただ、埋めようのない空虚があるばかりだった。彼女自身が、気がつくと、その空虚へと引き摺《ず》り込まれそうになっている。むしろ彼女の方こそが、鋳割れたコンクリートや乾いた珊瑚《さんご》のように、サンドイッチや野菜ジュースを押しつけられても、自らに取り込む術《すべ》を知らないかのようだった。

そして、言葉ばかりが、無遠慮に彼女の孤独に押し入ってきた。

これまで一度も喋ったことのなかったマンションの住人が、乗り合わせたエレベーターの中で、突然、「今時の若者は、死ぬことを簡単に考えすぎてるよ。戦後の食べ物のない頃は、とにかく生きることで精一杯。みんなで助け合って、懸命に生きたもんよ。」と諭すように言った。どこかで徹生の自殺の噂を耳にしたらしかった。白髪をオールバックに固めたその男は、ドアが開くなり、目を合わせることもなくそそくさと出ていった。

何人かの友人は、「今は辛いと思うけど、再婚したらいいよ。きっとまたいい人見つかると思う。千佳もまだまだ若いんだし！」と、判で捺《お》したように励ました。それは、まったく悪意のない、彼女が逆の立場でも口にしそうな言葉だったが、実際に言われてみると、苛立たしいほど無神経に感じられた。

秋吉夫妻や職場の同僚など、随分とやさしい言葉もかけてもらったはずなのに、それはほとんど覚えていなかった。うれしかったが、心に留め置いて、反芻《はんすう》したりすることはなかった。

その日、千佳は、千光湖の畔《ほとり》にある徹生の墓参りをしていた。

数年前に水尾市が始めた一種の共同墓地で、直径が25メートルほどの円形の敷地の中心に、楠《くすのき》が一本植えられている。それを取り囲むようにして植えられた芝生の下の土に、遺骨を埋めてゆくのである。

核家族化で、墓を購入し、維持してゆくのが困難な市民らに好評で、申し込みが殺到し、早くも二つのグループが増設されていた。その一画を、千佳は徹生の生命保険で購入した。遺骨は分骨して、半分は東三河の土屋家の墓に納められていた。

璃久をベビーカーに乗せて、彼女はこのところ、平日の休暇の午後に、よくこの湖畔を散歩していた。今日は、少し雲が出ているが、そのせいで、気温は丁度良かった。千光湖には、その光が静かに降っては消えてゆく。

枝垂《しだ》れ桜の並木は、新緑を勢い良く芽吹かせている。その真下のベンチから、唐突に、「千佳さん。」と声をかけられた。

驚いて振り返ると、座っていたのは、佐伯だった。

千佳は、佐伯から何度も電話を貰っていた。出なかったが、メッセージセンターには、徹生のことで、もう一つ思い出したことがある。会社で見つけた遺品も渡したいので、都合のいい時間を教えてほしい、と残されていた。

彼女はそれを放置していた。ファミレスでの対面で受けた傷が、まだ生々しく残っていた。誰とでも分け隔てなく付き合うところがあったとは言え、徹生が本当に、こんな人間と会社で親しくしていたのかも、怪しんでいた。

佐伯は、タバコを足で踏み消して立ち上がった。

「何度電話しても返事がないんで、心配してましたよ。ここは人目につきますんで、あっちの屋根のある丸テーブルの席に行きましょう。」

千佳は、なぜこの場所がわかったのだろうと警戒しながら、

「お話なら、ここで伺います。」と言った。

「いやいや、そうはいかないでしょう。人目もありますからね。すぐそこですよ、心配しなくても。」そう言うと、佐伯は先に立って歩き始めた。そして、顔を見ないまま振り返って、「しかし、痩せましたねえ。食べてますか、ちゃんと？」と言った。

屋根付きのベンチは、高い覆いに囲われていて、外からは見えにくくなっている。日陰で、少しひんやりしていた。千佳は、眠っている璃久の顔を覗き込んで時計を見た。遺品だけ受け取ってすぐに帰るつもりで、出口の近くに座った。

佐伯は、巨大な木の切り株を模した丸テーブルの上に、黒いバッグを置いて、中から一枚の紙を取り出した。

「会社に残ってたんですよ、なぜか。」

徹生のタイムカードだった。千佳は、黙って手に取ってそれを眺めた。あの日——徹生が死んだ五月十六日は、朝、8時54分に出社している。退社の記録欄は空白になっていた。

「前日は、夜中の11時半になってますね、退社が。その前も、毎日十五時間くらい働いてる。こういうの、過労って言うんじゃないですか？　会社は、労災で訴えられるのが恐くて、これを渡さなかったんですよ。——けど、訴えるのは無理でしょうねえ。何と言っても土屋さんは、勝手に死に物狂いで働いてたんですから。」

千佳は、タイムカードから目を逸らさなかった。毎日遅くに帰ってきて、「あー、やれやれ。今日もよく働いたよ！」と、快活な笑顔で語っていた徹生を思い出した。心配しても、「いや、入社してから、今が一番充実してるよ。やりたいことやってるから、忙しくても楽しいし。——大丈夫。」と言っていた。あれもただ、自分を安心させるために言っていただけなのだろうか？　今改めて数字として示された多忙さは、どう見ても異常だった。

「死ぬ一週間くらい前でしたか、私は、土屋さんと深夜に話をしてるんですよ、ええ。それはまあ、笑うしかないくらい、ヘトヘトに疲れ切ってましたよ。本人も本人なら、周りも周りだと、私は呆《あき》れ果てましたね。あなた、見てて平気だったんですか？」

千佳は、出社時間、退社時間を確認しながら、それぞれの日の徹生の表情を懸命に思い出そうとしていた。どうして自分は、「大丈夫」という夫の言葉を、あんなに簡単に信じたのだろう？　まさか、こんなことになるとは夢にも思わないまま。――

佐伯は、何も言わない千佳を持てあましたように、また口を開いた。

「権田っていう偏屈な工場長、知ってますか？　土屋さんは、あの人と上手くやっていくために、それはそれは、涙ぐましいほどの気の遣いようでしたよ。会社の誰もが手を焼いてますから。あの日も遅くまで、あの工場長と揉《も》めに揉めてましたよ。あの男のこと、恨んでもいいと思いますよ。」

「権田さんは、……わたしもよく知ってます。夫も慕ってました。奥さんがいらっしゃらなくて、苦労されてましたし、……」

徹生は確かに、権田のことを「クセのある人」と評していた。しかし、「クセはあるけど、真面目ないい人」と、決して悪くは言わなかった。佐伯の言葉は意外だったが、千佳は続きを聴く気力を失いかけていた。ベビーカーの璃久に目をやって、タイムカードを白い布のトートバッグに入れた。

帰ろうとしているのを見て取って、佐伯は焦ったように切り出した。

「仕事を紹介したいと思ってきたんです。女手一つ、生きていくのも大変でしょうから。」

佐伯はA４用紙を千佳の前に差し出した。怪訝そうに振り返った千佳は、見る見る険しい目つきになった。派手なピンク色のデザインのサイトに、下着姿の若い女の写真が、見本のようにズラリと並んでいる。

「ちょっと前から、私がやってるお店です。儲《もう》かってるんで、警備員の仕事も辞めるつもりです。デリヘル、知ってますよね？　電話で指名を受けて、家まで行ってサーヴィスするんです。一目見た時から確信してましたけど、千佳さんが働き出せば、きっと、大変な人気になりますよ。――無理しなくていいんです。少しずつ、自分のペースでやれば。もちろん、プライヴァシーは守られます。楽しみながら、楽に稼げますよ。」

千佳は、あまりに激しい怒りのために、腰が抜けたようにその場から動けなくなっていた。無視するつもりだったが、こみ上げてきた言葉をそのまま吐き出した。

「こんなことしなくても、生きていけますから！」

佐伯は、重たそうに尻の位置を変えると、両眉を吊り上げた。

「あなた、同じ女のクセに、こういう境遇の人たちを蔑むんですか？　この人たちだって、色々あってこんなことして生きてる。そういう想像も出来ないんですか？　そんな黴菌《ばいきん》みたいに。傲慢で、愚鈍な人間だと思われますよ。」

「わたしの問題です。わたしが、こういうことはしたくないっていうだけです。」

「悪いことですか？　え？　私はあなたには、こういう生き方が似合ってると思いますよ。今までとまったく違った人生！　繁殖するっていう、人間の第一の目的は、もう果たしてるんですから」と佐伯は璃久を目で指した。「あとは真似事の交尾で快感を貪《むさぼ》って、金を儲けたっていいじゃないですか。」

千佳は、眦《まなじり》を決して立ち上がろうとしたが、透《す》かさず佐伯は語を継いだ。

「幸福。――ええ、あの土屋さんが拘《こだわ》っていた幸福ってものについて、私なりに考えたんですよ。人間の幸福というのは、つまり、自分の価値観と自分自身とが合致してる実感じゃないですか？」

佐伯は、べろっと舐めるような目で彼女を見つめた。

「何よりも金だと思ってる人は、金を手にした時に幸福を感じるでしょう？　人間には支配する側とされる側があると考える人は、支配する身分になれば、まあ、幸福でしょうね。違いますか？」

千佳は、佐伯の言葉の針に引っかかったようになった。そして、ゆっくりと引っ張られるような小さな鋭い痛みを胸に感じた。

「自分の価値観と自分自身とが合致する。――裏を返せば、そうじゃないなら、人間は永遠に不幸だということですよ。」

「……。」

「土屋さんが信じてた価値観って何なんです？――結婚して、家を買って、人よりちょっといい家庭を築く。あの人は、そんな愚にもつかない価値観と、自分が合致することを、悲惨なくらい直向《ひたむ》きに願ってました。追い立てられて、いつもフーフー言って。そんな価値観を土屋さんに植え付けたのは、この社会ですよ。ただ、人間の繁殖だけを目的としている社会。そのくせ、この社会は、もう緩慢に滅亡していくだけで、そんな価値観が実現される余地なんかまるっきりない。ねえ？　私のお店の子たちは、みんなそれに気づいた、賢い子たちです。お金だって時間だって、たくさん持ってる。今のあなたと違って、体もぷりぷりしていて肌艶もいい。生き生きと、健康的に笑ってます。なぜか？　幸福だからですよ！　この悲惨な世界では、そんなふうに生きた方が得だと知ってる。それが、彼女たちの価値観なんです。それと、完全に合致してる！　あなた、自分の現状によく目を凝らしたらどうです？　私はあなたに幸福への抜け道を教えてあげたかったんです。わかりますか？　ん？　価値観に現状を無理してあわせようなんてすべきじゃない。現状に価値観の方をあわせる。それで楽になれますよ。」

「わたしの現状、……そんなのじゃない。」

「はあ、……そんな調子だから、夫が自殺するんですよ。自分を見つめ直したらどうです？」

「わたしは！」と千佳は、必死で遮るように叫んだ。両肩を大きく震わせながらも、落ち着いた丁寧な口調で言った。「わたしは、……今でも何でも、夫に相談してます。わたしたちのことは、二人で話し合って決めます。夫はあなたの意見に反対するでしょう。わたしも、その夫の意見が正しいと思います。」

佐伯は、失笑した。「話し合うって、死んでるじゃないですか、もう？」

「でも、話し合えるんです。ちゃんと、声が聞こえます！　あなたにはわからないでしょうけど。」

「わかりませんね。なんか、頭が霊界の電波でも受信してるんですか？」

佐伯は、無精髭の生えた口元を緩ませ、不揃いな貧乏揺すりを始めた。

「そんなんじゃありません。――わからなくていいんです。帰ります。」

「大体、話し合うって、土屋さん、自殺する前にあなたと話し合ったんですか？」

千佳は、立ち上がると、悔しさと憎しみとで真っ赤に染まった目で、佐伯を見下ろした。

「どうなんです？　あなたには、何にも言わなかったんでしょう？」

今にもその場に崩れ落ちてしまいそうなのを、千佳は辛うじて耐えていた。その通りだった。生きていた時には、何も話し合えなかった。徹生は何一つ、言ってはくれなかったのだった。

「勝手に死んだんでしょう、あなたに黙って。——私は、土屋さんを責めてるんじゃない。哀れんでるんですよ。自殺したって、人を殺したって、何だっていいじゃないですか。すべてをあるがままに受け容れる価値観の問題です。自殺したかったんだったら、自殺できて幸せなんじゃないですか？　そう考えてみたらどうです？」

千佳は、数秒間、その言葉を聞いたまま黙っていた。そして、何も言わずに、悲しみを冷たい軽蔑で覆い隠して、璃久と一緒に佐伯の前から立ち去った。

徹生は、両手を硬く組んだまま、妻の前に頭を垂れていた。テーブルの上に、鼻先からぽたぽたと涙が滴った。佐伯が自分について語った言葉は、デタラメばかりで、その都度《つど》強く首を振った。そして、佐伯の主張は、おぞましく、卑劣だった。

しかし、それより何より、徹生は、千佳の「夫に相談してます」という言葉に打ちのめされた。なぜだろう？　まるで本当に、自分が自殺したかのようだった。その悩みを、まったく妻に打ち明けることなく！……

千佳は、口を閉ざして、沈黙の中で何かを懸命に考えていた。徹生は、涙をぞんざいに拭って、彼女を見つめた。

「俺の声は、……聞こえてた？」

千佳は、徹生の目を見て唇を嚙み締めた。

「わからなくなってた。……その代わりに、段々、あの佐伯っていう人の声ばっかりが、何度も何度も、頭の中で鳴り響くようになって。──わたしの現状、……わたしの幸福、……その通りかもしれない。考え方を変えて、価値観を変えれば、この苦しさから逃れられる。自分を縛りつけてる色んなものから解放されたら、どんなに楽だろうって。」

千佳は、一言ずつ確かめるように言いながら、急に大きな笑顔を見せた。そのきれいな歯並びが、徹生を慄然とさせた。そして、射竦《いすく》めるような強い光を両目に湛えて徹生を見た。

「てっちゃんに、本当に、わたしに何か意見を言う資格があるのかなって。もう死んでるのに。それを聴く義務、あるのかなって。――わたしとりっくんのこと、最後まで大事に思ったまま事故や病気で死んだならまだしも、……自殺した人なのに。」

「だから、本当にそれは、何度も言ってるけど、……違うんだよ。」

徹生は、続けて、いつものように「殺された」と言おうとした。が、なぜかその言葉が、喉に閊《つか》えて出てこなかった。

千佳は、徹生の言葉に微かに首を傾げたように見えた。

「タイミングにも助けられたと思う。半年くらいは、何にも出来なかったから。一年くらい経った頃に、もっと別の誰かに、別の言葉で言われてたら、……その時に、ほんのちょっと自分が弱くなってて、やけになってたら、……わたし、違った反応だったかもしれない。拒んで当然だって、そんなふうに思ってほしくない。」

そう言うと、千佳はまた破顔したが、今度は先ほどよりももっと明るく、まるで昨日今日、土産物売場で起きたおかしな出来事について喋っているかのようだった。

「だって、世の中って、あの人が言ってる通りなんじゃないって思うようなこと、たくさんあったから。すごくたくさん！　てっちゃんなんか、想像もつかないイヤなこと、わたし、独りでたくさん耐えた！　璃久がわたしを生き続けさせてくれたの！　わたしの命の恩人。今だってきっと、わたしを守ろうとしてくれてるのよ。」

徹生は、また涙ぐんで、強く頷いた。

「こんなふうに、わたし、出来るだけ笑ってた。璃久を暗ーい子にしたくなかったから。」千佳は急に饒舌になった。「佐伯って人からはその後も連絡があったけど、着信拒否した。それで、ある時わたし、自分の写真が、デリヘルのサイトに勝手に載ってるのを知ったの。近所にビラも配られた。――教えてくれたの、よく行くクリーニング屋のおじさんよ。」

「あの信金の隣の？」

「そうよ。人間だから、そういうこともあるって、そのおじさん、やさしく言った。それで、自分も人間だから、こう見えてもそういうのに興味があるってニヤニヤして。」

徹生は、言葉もなかった。あの謹直そうな白髪の店主が？　しかし、まさしく人間だから、彼がそう言う場面を想像できないわけではなかった。徹生は混乱していた。

「それで、最初に秋吉さんに相談したの。それから、あの佐伯って人のこと、よくわからなかったから、権田さんにも。二人ともものすごく怒って、あの人を呼び出そうとしてたんだけど、連絡取れなかった。」

「それで？」

「しばらくしたら、サイト自体が消えてた。それからは音沙汰《おとさた》ナシ。」

千佳の瞼《まぶた》は、涙を流せないまま、泣き腫らしたように赤く染まっている。徹生は、結婚して以来、千佳の悲しむ涙を一度も見たことがなかった。そのことに、たった今、気づかせられた。璃久が生まれた時には、喜びのあまり泣いていた。自分も一緒に泣いた。しかし、二人とも、お互いの前で、悲しくて泣いたことはただの一度もなかった。

それは、幸せだったからだと、徹生は当然のように信じていた。千佳は、どんな時でも明るく笑っていた。しかし、今し方の「拒んで当然だって、そんなふうに思ってほしくない。」という言葉には、千佳の真情が籠もっていた。言えなかったこと、泣けなかったことが、本当は色々と、あったんじゃないか。千佳が今も、涙を流せないというのは、まだ何か、閊えているものがあるからなんじゃないだろうか。

自分の感情の整理もつかないまま、徹生はただ、

「……話してくれてありがとう。」と言った。

千佳は、首を横に振った。二人とも、そのまま長い間、黙っていた。

やがて徹生は、今し方の話で一つ気懸かりだったことを尋ねた。

「権田さんは、佐伯のことを相談した時に、千佳に、俺は自殺したんじゃなくて、あの男に殺されたんだって、言わなかった？」

「言わなかった。」

「そう、……権田さん、生き返った俺に会うなりすぐに、佐伯が殺したと思うって言ったんだよ。だから、千佳にもそう言ってたのかと思ってた。」

千佳は、首を傾げただけだった。

徹生は、それが何を意味するのか、考えあぐねた。そして、視線をテレビ台の上に置かれたフォトスタンドへと向けた。

三年前の五月の節句の写真だった。そこにじっとしててと何度言っても、こちらに駆け寄ってこようとする一歳の璃久の笑顔が、徹生にそれ以上の考えごとを許さなかった。

16 打ち砕かれた過去、そして未来

徹生は、光の夥《おびただ》しい千光湖の畔の芝生で、死体のように横たわっていた。

仰向けになって、もう一時間近くも微動だにしない。日曜日の朝から家族でここを訪れている者たちは無論、彼自身が、「死体のよう」だと感じていた。

早朝、彼は、権田の手配した鍵で会社の屋上に登っていた。その結果を、まだ、受け止めることが出来ない。三年前に自らが転落死したその場所から、もう一度、突き落とされ、地面に叩きつけられた。そんな感じだった。

過去だけでなく未来まで打ち砕かれて、時間の中で行き場を失ってしまった。そしてただ、自分の最後の拠り所のように、あの誕生日の夜以後、何度となく繰り返している言葉を、胸の内で呟いていた。

『俺は、千佳と璃久を、幸せにしないといけない。……』

梅雨明け後の快晴の空の青さは、完璧だった。徹生は、何もかもを曝《さら》け出して、ただその空に圧倒されていた。彼には今、二つの時間しかなかった。大地に反響する微かな心拍と、洗面台に落ちた歯磨き粉のように白いあの雲の流れ。……

あの屋上にさえ行けば、きっと思い出すに違いない。あの日一体、自分がどんなふうに殺されたのか。――警察の捜査は一向に進まず、防犯カメラの映像も入手できずじまいだった。佐伯の行方も知れない今の状況で、徹生が頼れるのは、最早、記憶しかなかった。思い出したい！　とにかく、自分が殺されたあの場にさえ立てば、何か突破口が開けるに違いなかった。

千佳にも計画は伝えた。こっそりというのに彼女は引っかかったが、徹生の死後の会社の取りつく島のない態度を顧みて、最後には「わかった。」と理解を示した。権田には、彼女からも電話でよろしくお願いします、と伝えたが、その言葉には、頼りにするのと同時に、抑制しようとする響きもあった。徹生は、彼女の名前で新たに契約した携帯を持たせられた。

興奮と緊張のせいで、徹生は昨晩、ほとんど眠れなかった。記憶の中には、あの日の屋上の光景が目まぐるしくちらついていた。白い貯水タンクと唸りを上げる空調の室外機。晴れ亘《わた》った空。6階下のコンクリートの地面。そして何より、彼を追い詰めようとしていた、あの黒い影。……

思い出す、というのは、つまり、その影に佐伯の姿を認めることだった。

千佳の告白を聴いて以来、徹生の佐伯への憎悪は募る一方だった。実際に目にしたわけでもない、「幸福への抜け道」を説く佐伯の顔が、執拗に蘇ってきては彼の胸を掻き乱した。

あの男さえ存在しなければ、自分たち夫婦は、こんな不幸を知らずに済んだのだ！

自分が佐伯を殺さなかったことは事実らしかった。にも拘らず、あれほどまでに、窒息する佐伯の顔が脳裡を去来したのは、むしろ願望だったのだと徹生は考えた。とにかくただ、消えてほしかった。現在や未来はもちろんのこと、自分の過去からも完全に、跡形もなく消滅してほしかった。

秋吉は、その消えてほしいという感情こそが、「殺意」なのだと言った。そうなのだろうか？　人は殺したいから殺すのではない。消えてほしいからこそ、言わばその手続きとして殺す。……

まさしく佐伯こそは、車中で自分に向けてそう言い放たなかったか？

「――例えば、私はあなたが嫌いなんです。いなくなってくれれば、どんなに清々することかと思いますよ。」

権田の車で会社へと向かいながら、徹生は、東の空の底が、帯状にオレンジ色に染まっているのを眺めていた。地平線に並ぶ民家が、影絵のように、くっきりと浮き立っている。夜は足許から燃え尽きていったが、頭上にはまだ、幾つか星を残した濃い瑠璃《るり》色が広がっていた。

誰もいない会社に、二人のスニーカーの跫音が響いた。電気は消したままで、権田が先を行き、徹生は後から付き従った。一言も言葉を交わさなかった。徹生は、5階の会議室からエレベーターで6階に行き、社長室の前を横切って屋上に行くまでのルートのことを考えていた。あの日、佐伯に追われていた自分は、助けを求めて叫び声を上げたんじゃないだろうか？　それに、誰も気づかなかったのだろうか？……

屋上のドアの前に立つと、顔を上げないようにして、防犯カメラに目を遣った。権田は、それを察知したように、ただ「大丈夫だから。」とだけ言った。

ドアが開かれると、徹生は、意識を集中させて屋上の真ん中に進み出た。そして、周囲を見渡した。

「どうだ、何か思い出せそうか？」

徹生は、放心したように口を半開きにしたまま、返事をしなかった。

「どうだ、てっちゃん？　殺された時のこと、何か思い出したか？　な？」

徹生は、覚束《おぼつか》ない足取りで貯水タンクに近づくと、ペタリとそれに触れてみた。一撫でしただけで、掌が埃《ほこり》で真っ黒になった。

「落ち着いて、よぉく思い出してみ。佐伯は？」

徹生は、権田の声を上の空で聞きながら、柵も何もない縁にまで進んだ。なぜだろう？　彼は下を覗き込んだ。20メートル下の地面が、突然開かれた。次の瞬間、後ろから近づいてきた権田が、徹生の二の腕を強く押した。

徹生は、ビクッと体を硬直させた。そして、真っ青になって振り返った。

権田の表情は、早朝の暗がりに紛れてよく見えない。その口許が動いて、「──落ちるぞ。」と言った。

徹生の腕は、彼の二本しかない指でしっかりと摑まれていた。押されたように感じたのは、握ろうとして掌を押しつけた時の感触だった。

「……大丈夫です。」

権田は手を離した。目だけが浮き立っていたが、これまで見たことがないようなその暗鬱な翳《かげ》りに、徹生は再び慄然とした。

緊張したまま、半歩下がって、彼はもう一度身を乗り出した。視界が屋上の縁を越えた瞬間、彼は不意に足場を失った。──落ちる！

まさにその刹那《せつな》、恐慌が、迫り来る一つの黒い影を出現させた。背後から追いかけて来る。徹生は必死で藻搔《もが》きながら、その影を押し止《とど》めようとしていた。

『──いやだ！』

両目を見開いて、拳を握った。見えそうだった。もう少しで、それが誰なのか、……

「てっちゃん、思い出したか？　佐伯か！　佐伯じゃないのか？」

徹生は、手を挙げて権田の声を遮った。しかし、そのうるさく払い除《の》けようとした指先が、不意に現実に触れてしまったように感じた。影は唐突に権田と重なり、その途端に完全に見失われた。

「ああ、……クソッ！」

叫び声を上げながら、徹生は拳で自分の腰の辺りを殴りつけた。そして、落ち着きを失って、一旦屋上の中央まで歩きかけて、また縁に戻って来た。そして、今度はまったく不用心に下を覗き込んだ。権田は、ギョッとした様子で腕を伸ばしかけた。

「落ちる、落ちる、落ちる！」

徹生は鋭く振り返った。彼は段々と、佐伯による殺人を信じて疑わないこの男のことが、酷く苛立たしくなってきた。

「俺はこっから真下に落ちた。そうですよね！　即死だって言うんだから、頭から真っ逆さまだったんでしょう。バァァアン！って、ガス爆発みたいな物凄い音がしたって。俺が破裂する音ですよ！　70キロの物体が落とされるんですから！　それで、ビックリして、社員がみんな飛び出してきた！」

徹生はそう言うと、権田に詰め寄った。権田は、身を仰《の》け反《ぞ》らせた。

「佐伯が俺を突き落とした。——ですね？　それであいつは、どうやって第一発見者になるんです？　何でこんなことに気づかなかったんだろう！　こんなバカみたいなこと！　皆が駆けつけた時、あいつはもう俺の死体の横にいたんですよ！　なぜです？」

権田は、その単純な矛盾に初めて気がついたように眉間に皺を寄せた。そして、無意識に背後を振り返った。

「非常階段ですか？　そんなにすぐに下りられます？　あんなデブなのに！」

徹生はそう言うと、屋上の縁に立って、ドンと両手で人を突き落とすフリをした。そして、「バァァァン！」と声を上げた。権田は、気がふれたのかという顔で徹生を見ていた。

徹生は走り出した。6階に下りると、非常階段に飛び出して、一心不乱に駆け下りた。今、異様な爆発音に驚いて、みんなが顔を見合わせている。——4階。……何事かと、一人、二人と外に様子を見に行く。——2階。……音がしたのは西側だと、すぐにわかる。玄関を出て、左に曲がれば現場が見える。血だらけの俺の死体が見える！——1階。……

徹生は、自分が死んでいたその場所で足を止めた。枯れた黒いひまわりは、まだ傍らに残されている。息が切れていた。額からは汗が噴き出して、唾を呑み込みながら膝に手を突いた。佐伯はあの体格だけに、もっと時間が掛かったはずだった。そして、第一発見者として、平然と、駆けつける社員らを迎えた。……

徹生は、しばらくそのままの姿勢でいた。やがて、ゆっくりと体を起こしてビルの屋上を見上げた。空にはいつの間にか明るみが差して、そこに、下を見下ろす権田の影が浮き立っている。残酷なほどに澄んだ沈黙だった。ほど経て、権田も非常階段で下りてきた。やはり息が上がっていた。二人の間には、まるで今も徹生の死体が横たわっているかのような距離があった。

「権田さんは、……どうして佐伯が犯人だと思うんですか？」

徹生は、これまで決して口にしなかったことを尋ねた。権田は間髪《かんはつ》入れず、「あんた！」と言った。みんなよく知っていたが、それはこの偏屈者の工場長が怒り出す時の癖だった。

「じゃあ、他に誰が殺す？　え？　根本を見失ったらいかんよ。階段を下りるとかどうとか、辻褄《つじつま》が合わんのは、そんな小さなことじゃなくて、あんたが自殺したことだろ？　あんたはそんな人間じゃない。それは俺が一番よく知ってる。そんなはずがない！　俺はあんたの家にも行って、あんたの幸せをこの目で見てんだから！　過労で自殺したとか何とか、いい加減なこと言う奴もおった。けど、あん時はみんなで必死こいてガンバってただろ。会社に嫌々働かされてたのとは違う！　みんなで進んで残業してた。あんたもそうだろ？　あんたは、みんなを励ます方だった！　違うか？　第一、忙しい最中ならまだしも、もう石沢ビールも発売して、あとは結果を待つだけだったんだから！　それであんただってホッとして、バリに家族旅行に行ったんじゃなかったのか？」

　権田は、唾を飛ばして、徹生を指差しながら言った。その目は、先ほどの沈黙と同様に、物悲しく澄んでいた。

　徹生は、全身を激しく地面に打ちつけられたような衝撃を感じていた。彼は、佐伯が千佳に語ったという、あの権田への非難を思い出した。佐伯と車中で喋った夜も、徹生は直前まで、権田と工場で激しいやりとりをしていた。

　自分が死んだあと、社内では恐らく過労死の噂が囁《ささや》かれたのだろう。そういうことで、皆が不可解な自殺を納得しようとしていた。そのうちの誰かが、権田を直接、非難したのかもしれない。あんたのせいだ、と。或いは、それよりももっと悪く、陰口を耳にして、気にするようになったのか。その度に、権田はきっと、今のように胸の内で繰り返してきたのだろう。……

権田は念を押すように、また徹生の腕を摑んで、体を揺すった。

「てっちゃん、これはあんた自身の問題だろ！　あんたがしっかりしてくれないと。え？」

徹生は、ただ目を小刻みに震わせたままで、何も言えずに立ち竦んでいた。

権田と二人で、言葉少なに安い朝食を食べると、家には戻らずに独りで千光湖に寄った。ただなんとなく湖を見たかったのだが、思い立って、彼は初めて、畔にある自分の墓を訪ねた。

この町に、共同墓地建設の話が持ち上がった時、徹生は確かに、千佳に「墓を買っても高いし、世話も大変だし、俺は死んだらそこでいいかな。」と言った記憶があった。思いつきで、気楽に言ったつもりだったが、千佳はそれを遺言と取ったらしかった。

事前にＨＰ《ホームページ》で見ていた通り、古墳めいた緩やかな盛土の真ん中には、まだ若い楠が一本立っていた。周囲は一面、緑の芝で覆われ、柵もない円形の敷地は、石畳できれいに囲われている。足許には、個人の名前を書いた金属製のプレートが並んでいて、リタイヤ後に、ここに再就職したような管理人から、「土屋徹生」という名前の場所を教えてもらった。

徹生は、しゃがみ込んで、故人となった自分の名前に触ってみた。一画一画の凹凸《おうとつ》が、指紋と内緒話をするように、指の腹に感じられた。すぐ隣のネームプレートは、随分と汚れている。彼は自分のきれいな指先を見つめた。

「土屋さんは、よく奥様がお参りに見えてますよ。」

「……そうですか。」

「あなたは？　ご兄弟ですか？」

徹生は、曖昧な返事をして立ち上がると、話を逸らすように、

「ここに来ると、みんな何を拝むんですか？　あの木なのか、埋められた場所なのか、……それとも、このプレートですか？」と尋ねた。

管理人は、首にかけた手拭いで汗を拭いながら、

「それぞれですけど、やっぱり、あの木に向かって手を合わせる方が多いみたいですね。あの世に通じる何かに見えるんじゃないですか。」

「そうですか。……逆かと思ってました。あの世に行くんじゃなくて、ここに留まり続ける感覚なのかと。土に返って、また新しい緑を育んで、……」

「お骨はそうでしょうけど、魂は違う場所に行くものでしょう？」

管理人は、きっぱりとした、確信のある口調で言った。徹生はそれに反発する気持ちもあったが、敢えて口には出さなかった。そして、しばらく独りにしてもらった。

墓をあとにしてから、彼はへたり込むように、今いる芝生の上に寝転がった。気持ちのいい場所だったが、そんなことをしているのは彼だけである。それでも彼は、心の中で、自分はいいのだ、と思っていた。

遺骨は、分解されるように、トウモロコシが主原料のセルロース製の骨壺に収められていると、先ほどの管理人が説明していた。東三河の土屋家の墓の分骨は、石の囲いの中で、いつまでも骨のまま残り続けるはずである。死後にそうして、自分の骨の運命が半分ずつ違うということに、彼は妙な感じを抱いた。

ここでは彼は、人でなく、場所の一画になっていた。気の遠くなるような時間をかけて、少なくとも、土屋徹生の骨とは呼べない何かになる。それを、消える、と言うのだろうか？

徹生の背中には、瑞々しい芝生の茂りと、太陽の熱を帯びた硬い土があった。この感触と一つになる。この瞬間にも、土の中では、バクテリアが活発に活動している。芝生の根は伸び、ミミズや幼虫は穴を掘っている。——彼は、恐怖を感じた。それと同時に、何かしら痛切な、慰めに似たものを感じた。

やがて携帯が鳴った。発信者は権田だった。徹生は、一瞬迷った後に、「もしもし？」と応答した。

「……てっちゃんか？」

「ええ。どうしたんですか？」

「いや、あのな、……すまんかった。」

「――え？」

「すまんかった。堪忍《かんにん》してくれ。」

「堪忍って、……さっきのことですか？」

「さっきのことも含めて、……とにかく、すまんかった。……すまん。……」

しばらく二人とも黙っていたが、権田はそのまま、電話を切ってしまった。

徹生は、それからまた、千光湖の畔の芝生で、死体のように横たわっていた。

仰向けになって微動だにせず、彼自身が、自分のことを「死体のよう」だと感じていた。

そして気がつけば、また、無力に胸の内で呟いていた。

『俺は、千佳と璃久を、幸せにしないといけない。……』

第五章　茫然自失

17　まったく身に覚えのない声

「なるほど。大体、わかりましたが、……土屋さん、前職は、堂島製缶で石沢ビールの営業をされていたんですね？」

「そうです！　あれは、僕が企画からすべて独《ひと》りでやりました。」

「私も愛飲してますんで、ちょっとネットで検索してみたんですけど、何だったかな、私が見た記事では、園田さんという方が担当者としてインタヴューに応じてましたが？」

「ああ、……実は、発売後に会社を辞めてしまいまして、彼が引き継いだんです。」

「差し支えなければ、理由を聞かせていただけますか？　履歴書も、その後の三年間が空白になってますが？」

「ちょっと、……その、体調面で。――でも、今はもう、すっかり大丈夫です。」

「精神的なことですか？　鬱《うつ》とか？」

「いえいえ、……」

　面接の担当者は、徹生の言葉の続きを待っていたが、やがて諦めたように書類に何かを走り書きした。

　秋吉の店で働きながら、合間を縫って職探しを始めて、もう六度目の面接だった。これまでは、すべてを正直に打ち明けてきたが、結果はいずれも不採用だった。

　差別されていると徹生は感じていた。どんなに面接がうまくいっていても、復生者であると打ち明けた途端、担当者の顔つきが一変する。

　それは、彼が生まれて初めて経験する、有無を言わせぬ存在の拒絶だった。向かい合って、言葉を交わし合う関係が、そのたった一言で瞬時に崩れ去る。あとに残されるのは、ただ、物珍しげな好奇心だけである。一昨日は、面接の部屋に傘を忘れて取りに戻ると、自分が口をつけた茶碗に触ってもいいのかどうかと、担当者と女子社員とが気味悪そうに相談しているところだった。

徹生は、今日はそれを、どうにか取り繕《つくろ》おうと思っていた。堂島製缶を辞めたのは、積極的に、より良い環境を求めてのことで、その後は別の会社で正社員として働いていた。そこをまた退社した理由も、尤《もっと》もらしく説明するつもりだった。――が、家では念入りに準備して、練習までしていたはずなのに、いざとなると、それがどうしても出てこなかった。反省し、止めようと考えたわけではない。体の方が反発していた。

「まあ、それはじゃ、……もう一つ、うちは住宅販売の営業ですから、車が運転できないと話にならないんですけど、免許は？　ここも空白になってますけど？」

「持ってるんですけど、実は失効中なんです。今、その手続きを確認しているところです。」

担当者は怪訝《けげん》そうに首を捻った。徹生は、膝の上で拳《こぶし》の指を擦り合わせていたが、結局、真相を打ち明ける以外には思いつかなかった。

「実は、所謂《いわゆる》〈復生者〉なんです。三年前に、私は一度、死んでるんです。――事故で。そしたら驚くべきことに！　二ヵ月ほど前に生き返ったんですよ。それで、改めて働き口を探してると、こういうわけなんです。」

出来るだけ快活に、笑いを誘うように説明した。担当者は、微笑みはしたものの、それはおかしいからというより、明らかに動揺を隠すためだった。

自分自身のちぐはぐさに徹生は歯痒《はがゆ》さを感じた。

「そうですか。いや、……ニュースで見てるだけなんで、ビックリしましたけど、……そうですか。……」

「見ての通り、健康そのものですし、家族もいる身ですから、採用していただければ、御社のために必死で働きます！　どうぞ、よろしくお願いします。」

「わかりました。結果は、出来るだけ早く電話でご連絡します。」

「はい、是非《ぜひ》ともお願いします！――お願いします。」

今朝、徹生は約束通り早い連絡を貰ったが、結果は「採用見送り」とのことだった。

「やっぱり車が運転できないとなると、難しいというのが上の判断です。残念ですが。」

「免許の問題がクリアになればご検討いただけますでしょうか？」

「ええ、……今は何とも、とにかく、そういうことですので。……はい、今後のご活躍をお祈りしています。」

担当者は、後退《あとずさ》るようにして電話を切った。徹生は、その逃げてゆく後ろ姿を目で追うように携帯の画面を見つめると、溜息を吐いて店の売場に戻った。

あの日以来——あの権田と二人で屋上に上った日以来、すべてが変わってしまった。

徹生の心は沈んだままで、何をやっても楽しめなかった。そして、追い打ちをかけるように、彼は今、復生後、最も大きな困難に見舞われていた。

つい先頃、突然、銀行から千佳宛に封書が届いて、徹生の死に際して支払われた団体信用生命保険の保険金を、全額返金してほしいと要求された。「被保険者生存のため」という事由だった。徹生の死は、当時、「自殺」と認定されていたが、契約から一年以上を経ていたために、不払い条項の適用は免れていた。

徹生と千佳は、一ヵ月以内に3600万円の返金を迫られ、再びローンを組むのであれば、月々の支払額は約15万円と計算されていた。それは駅の土産物売場で働く千佳の収入と、堂島製缶時代の徹生の収入とを足して、辛うじて払っていけるギリギリの額より、更に三年間の「滞納分」だけ多かった。

徹生は、すぐに〈復生者の会〉の事務局に相談した。副代表が電話に出て、同様の相談が数件寄せられているので、とにかく、すぐには返金に応じず、こちらの指示を待つようにと言った。そして、七月末に予定されている〈復生者の会〉の総会では、この問題も取り上げるので是非出席するようにと念を押された。

交渉を代理で行ってもらえることは心強かったが、状況は楽観視できなかった。会としては、政府に救済策を求め、マスコミにアピールする一方で、訴訟も視野に入れる必要があるという認識だった。

徹生は、いずれにせよ、より安定した仕事を探す必要を痛感させられた。秋吉の店では、時給８００円で一日七時間、週に五日働かせてもらっていたが、月収は11万程度にしかならず、その上更にとは、とても言い出せなかった。

千佳は、早朝に忍び込んだ会社の屋上から、「やっぱり、思い出せなかった。」と言葉少なに戻って来た徹生に、それ以上のことを尋ねなかった。ただ、何らかの変化は察していて、それを彼が自分から口にするまで待っている様子だった。

彼女はこれまで以上に前向きに、明るく振る舞った。生命保険の返金については、

「てっちゃんが戻って来てくれたことが一番なんだし、マンションは売って、今の生活に見合ったところに引っ越そう？」

と、はっきりと、しかし励ますように自分の考えを伝えた。徹生は、そういう彼女に愛おしさを感じたが、家を売るのには反対だった。

もしまた自分に万が一のことが起きたら？　そう考えると、妻と息子を路頭に迷わせないためには、この家だけでも残してやりたかった。千佳が佐伯が誘ったような仕事をせずに済んだのは、彼女の人間性と努力の故だと彼は信じていた。しかし、住む場所が、その生き方を支えていたのも事実だった。そうした考えは、徹生にとって、一つの慰めでもあった。自分は死んでしまった。しかし、自分が生きていたという事実は、かたちとして残って、二人を守っていたのだから。

徹生と千佳は、何日も、夜遅くまで、このことを話し合った。

買う時にも、二人で散々悩んで、ようやく決めたマンションだった。不動産屋の常で、予算オーバーの高い物件ばかり見せられたが、良い部屋を一度目にしてしまうと、比較の軸を元に戻すことは簡単ではなかった。

唐突な空室情報に振り回されて、あちこちの物件を随分とたくさん見て回った。日曜の朝から、眠い目を擦って新築マンションの抽選会にも並んだ。手の届かない部屋を見た後では、「ここはちょっとね、……」と、夢見るような興奮を鎮め合った。電卓を引っぱり出しては、もっと生活費を節約できないかと家計簿と睨《にら》みあった。増えないかなと、冗談を言って銀行の通帳を振ってみたりしたことを、案外よく覚えていた。二人欲しかった子供を一人にすることも考えた。そうしてある時、このマンションに案内された時、二人は目を見合わせて、多少無理をしてでも、ここに住みたいという気持ちを一つにしたのだった。それはほとんど運命的な高揚感で、他にも希望者がいるという不動産屋の耳打ちは、二人の競争心を弥《いや》が上にも掻《か》き立てた。

このマンションは、これまで曖昧模糊《あいまいもこ》としていた家族の未来の、手で触れられ、足で歩けるかたちだった。図面よりもずっと広く感じられたこの陽当たりの良い居間に最初に立った時から、徹生の耳には、数年先、数十年先の家族の明るい話し声が聞こえ、笑い声が聞こえてきた。それを実現することこそは、夫であり父である自分の責任と感じられた。

早くに父を亡くしている徹生も、早くから母と不仲だった千佳も、家族というものを思い描く時には、いつもどこか心細かった。人が当たり前に知っていることを、自分たちは知らないのではと気懸かりだった。

過去の不幸に現在を奪われないためには、未来の幸福へと駆け込む以外にない。そうした確かな場所が二人には必要なのだと、徹生は信じていた。そしてそれをかたち作るのは、やはり自分なのだと思っていた。

夫が自殺したという風評は、千佳に何度となく深い傷を負わせ、その都度《つど》、転居も考えさせた。取り分け、佐伯にあのビラを配られた時には。しかし、あっさりとこの家を手放してしまえば、あれほどの思いでがんばっていた徹生の努力が報われない気がした。

団体信用生命保険で、死後、ローンは完済されている。現実的にもそれで救われていた。

思い出の引力が、自分の人生を滞らせていることには気づいていた。

この家はいつまでも、もう来ることのない未来のかたちをしている。徹生がいて、自分がいて、璃久がいる。そのための間取りであり、広さだった。しかしだからこそ、居間にいても、寝室にいても、どこかの部屋には、今もまだ徹生がいる気配がした。日によって、それが辛さと感じられることもあれば、慰めと感じられることもあった。ここを立ち去れば、その徹生の気配まで置き去りにしてしまうことになる。新しい見知らぬ住人が、動き回る度《たび》に、その徹生の気配が掻き消されてゆく。それはあんまり、かわいそうだった。

しかし、今はもう、違う。徹生本人が戻ってきて、このマンションも、死後の徹生の唯一の居場所から、生きている彼が、一時《いっとき》自分と共に過ごした場所に過ぎなくなった。思い出はあるが、今は別の新しい思い出を、別の場所で作ることが出来る。

幸せはここにしかないわけじゃない、と千佳は数日前の話し合いで改めて言った。三年間、考え続けてきた。二人とも、自分たちに見合う未来ではなく、未来に見合う自分たちを生きようとしていた。そのせいで、いつもどこか不安だった気がする。彼女は徹生を説得するようにこう付け加えた。

「やっぱり、ちょっと、無理だったと思う。……」

しかし、徹生はその言葉に拒否反応を示した。

「この家を買ったこと自体が、そもそも間違ってたっていうこと？」

「そんなこと言ってない。ただ、無理だったんじゃないかって。」

「なんで？　どこが？　ちゃんとやっていけてただろう？　こんな慎ましやかな生活でさえ、俺たちには無理だなんて言ったら、……大体、」

千佳の気持ちは理解しているはずだった。にも拘《かかわ》らず、この時、突然発火した怒りは、徹生にほとんど憎しみさえ籠《こ》もったような激しい非難の言葉を吐き出させた。

「自分たちに見合う未来って、何なんだよ？　それこそ、佐伯が言ってた『幸福への抜け道』そのものだろう！　何が違う？　俺に教えてくれよ！　なんでそんな、……

これは、家を売るかどうかの話し合いだろう！　お願いだから、俺たちの幸福だった過去まで否定するようなことは言わないでくれ！」

徹生は、自分の一言一言が、千佳に深手を負わせていることを、その表情から痛いほどに感じた。よりにもよって、彼女を佐伯と一緒にしてしまう自分が信じられなかった。俺は一体、何をしてるんだろう？　三年間、絶望の淵で悲しませ続けてきた妻を、生き返って、今また改めて悲しませている。やっと璃久と二人の平穏な暮らしに馴《な》染《じ》み始めていたところだったのに。何のために、俺は生き返ったんだろう？　俺にその価値があったんだろうか？　二人を幸せにするんじゃなかったのか？……

徹生が売場に戻ると、比《ひ》賀《が》という二十代後半の〝バイトの先輩〟が、話がある、と彼を裏に呼んだ。

「どこでサボってたんですか？」と、比賀は、蒼白の顔を震わせながら言った。

「倉庫で在庫の確認をしてました。」

「こんな長い時間？」

徹生が、怪訝そうな顔をすると、比賀は手に持っているものを突き出した。

「これのクレーム、土屋さんが受けつけたんですか？」

「あ、……ええ。」

徹生は、キャットフードの缶を手に取った。生臭い中身が溢れて、ラベルがどろどろになっている。

「なんで？」

「なんでって、……この通り、カビが生えてましたから。」

「あのおばさんは、質《たち》の悪いクレーマーなんですよ。デタラメ言って、謝らせたいだけなんです。だから、ダメなんですよ、そんな話を聞いちゃ。そのまま帰ってもらわないと。」

「そうなんですか？――でも、これは嘘じゃないと思います。」

「なんで？」

「見たらわかります。僕は以前に製缶会社で働いてましたから。プルトップのものは、極稀《ごくまれ》にこういうことがあるんです。特に安い輸入品などは。そう説明しました。」

「そんなことを言うから！　あのあとまた来て、僕が土下座《どげざ》させられたんですよ！」

「……土下座？」

徹生は、激昂する比賀に驚いた。クレームに対応したのは、確かに、丁度売場にいた徹生だった。キャットフードを飼い猫に食べさせようとしたら、カビが生えていたのだという。実際、喰い掛からんばかりの剣幕だったが、丁寧に謝罪してメーカーに報告することを伝え、新品三つと交換してやると機嫌を直した。それが事を荒立てない最良の方法だと彼は判断したし、第一、カビが生えていたのは恐らく事実だった。

ところが、徹生が売場を離れている隙に、その女が、「三個は貰いすぎだから。」と、笑顔で一個を返却しに来たらしかった。それを受け取った比賀が、「こういうことは、これっきりにしてください。」と余計な一言を言ったらしい。そのために、女は再び手も着けられないほどに激怒して、最後は比賀を客の前で土下座させたのだということ。

徹生は、話を聞いてやるせない気持ちになった。彼は、先ほどのクレーマーになんとなく同情していた。孤独で、病んだ目だった。それをまったく理解できずに、話を拗《こじ》れに拗れさせた比賀を、彼は馬鹿じゃないのかと思った。土下座も、短絡と言うより、事を大きくするためにわざとしたとしか思えなかった。

前々から、徹生は比賀に良い感情を持っていなかったが、立場が上で歳が下、という彼の難しさも理解していた。会社に入れば、そんなことは珍しくも何ともなかったが、ずっとアルバイトで生活している比賀は、それに殊《こと》の外《ほか》敏感だった。おまけに比賀は、徹生が復生者で、しかも「自殺した」人間だという噂に、強い反感を抱いていた。働き始めの頃、徹生は彼から、以前の収入を執拗に尋ねられて、閉口したことがあった。そして、徹生がここで働くために、秋吉が二人もバイトを辞めさせたと、事ある毎《ごと》に嫌味を言われた。

「そうしないと、収まりがつかなくなってたからですよ。土屋さんが最初に謝ったから！　自分はそれで良かったかもしれないけど、ちょっとは店のことも考えてください。」

「考えてやったことです。現に、彼女は納得して帰ったんですから。一缶返しに来たのは、彼女も店と、今後もうまくやっていきたかったからでしょう？　他の件は知らないですけど、正しいことを言ってきてる時まで否定したら、そのことで、永遠に揉《も》め続けますよ。」

「そういうことは、土屋さんが判断することですか？　ちょっと社長と知り合いだからって、なんか、勘違いしてないですか？」

「秋吉さんの店じゃなくても、俺は今日と同じ対応をするよ！　大体、何を言われても土下座なんかすべきじゃない。どうしてそんなことしたんです？　それこそ、謝罪の域を超えてる。相手に間違った満足を与えるだけじゃないですか。しかも、本当はそんなことじゃ、満足しませんよ。やってはいけないことです、そういうのは。」

徹生は、思っていることをそのまま口に出した。挑発するつもりはなかったが、言わずにはいられなかった。比賀は、また蒼白になって全身を震わせた。そして、憎々しげな低い声で、

「自分で命を捨てるような人間に、説教なんかされたくないですよ。」と早口で言った。

徹生の首筋は、固く強張った。彼はしばらくその沈黙に縛りつけられていたが、やがて何も言わずに比賀の前を立ち去った。

外から戻ってきた秋吉は、比賀の報告を受け、他のスタッフにも詳細を尋ねて、徹生に声をかけた。

「徹生君の言ってることが正しいよ。比賀もなあ、悪い奴じゃないんだけど、思い込んだら、こう、だからな。勘弁してやってくれ。俺からも言っといたから。」

秋吉は、比賀が徹生に言った最後の言葉は耳にしていない様子だった。徹生もそれを、自分から言う気にはならなかった。

「大丈夫です。」

「ほんと？　ここんとこまた冴えん顔してるけど、何でも言ってくれよ。八月に入ったら、従業員の家族みんなでバーベキューしようと思ってるから、徹生君も参加し

て。たまには気晴らしに。」

「ええ、……ありがとうございます。」

徹生は、近所の公園で、遅い昼食を独りで食べた。寂れた小さな公園で、砂場は黒ずんで固まっていたが、ここに来るとなぜか少しほっと出来た。

千佳が作ってくれた弁当は、タンドリーチキンにトマトとレタスのサラダがおかずで、対角線で区切られたご飯は、半分が錦糸卵、もう半分がごまで覆われている。食欲のない徹生のために、千佳が作ってくれた好物のそのチキンを、彼はほとんど味もわからぬまま食べて弁当箱を空にした。千佳は、徹生の感情の爆発を努めて引き摺らぬようにしていたが、表情は曇っていた。彼女と一緒にいて、辛いと感じたのは初めてだった。

それから、ペットボトルの烏龍茶を飲んで、ぼんやりしていた。

先ほどの比賀の言葉が蘇ってきた。それから、マンションのローンのことを思い出し、面接の不採用の知らせを思い出した。面接官の顔が浮かんだが、それは丁度笑っているところだった。彼の脳裡《のうり》には、次第に、生き返って以来、自分の身に起きたことが止《と》め処《ど》もなく溢れ出してきた。会社で再会した部長のあの苛立たしげな目。元の同僚らの冷たい態度。何度願い出ても再捜査に応じない警察。佐伯が千佳にしたこと。そして、自分が殺されたことを証明するはずだった、あの早朝の会社の屋上。あの日の権田の言葉。……

徹生は頭を振って、「あー、……」と空を見上げて一声発した。すると不意に、喉元に潜んでいた言葉が、蓋《ふた》が外れたように口から漏れた。

「死にたいな、もう。……」

徹生は、自分の発したその言葉に驚き、狼狽《うろた》えた。

それは、降り始めの豪雨の最初の一滴のように、重たく彼の胸を打った。更に続けて、二滴目、三滴目が落ちてきて、立ちどころにして、彼をその言葉で浸していった。

彼自身の内側で、彼の声を借りた不気味な誰かが、一斉に呟き始めた。……死にたい、……死にたい、……死にたい、……

徹生は、膝に置いた空の弁当箱をひっくり返して飛び上がった。その声を、どうやって止めて良いかわからなかった。

18　絶望的な反復

「死にたい」というその言葉は、空腹の野良犬のように、彼の意識に執拗にまとわりついた。振り払おうとすればするほど、ますます絡みついてくる。

自分の頭を何度も叩いた。そのまま自分自身を乗っ取られてしまいそうだった。『落ち着け、落ち着け、……違うだろう？　ただほんの軽い気持ちで呟いただけじゃないか。死にそうだとか、死ぬほど辛いとか、誰でも言うよ。それだけのことだろう？　深刻に考えることじゃない。単にいや、いやだってだけで、それ以上の意味なんかないんだ。……』

考えること自体を止めて、とにかく一度、頭を真っ白にすべきだった。

地面に落ちている弁当箱を拾って、砂を払った。紙袋に放り込むと、徹生は、逃げ出すように歩き始めた。

目が回っているようだった。古びた選挙ポスターや本屋の出入口の新刊雑誌、クリーニング屋の看板、自転車の主婦や電話をかける若い金髪の男などが、次々と彼の視界を過《よぎ》っていく。

大通りの横断歩道に出ると、赤信号を待ちながら、彼は目の前を地響きを立てて横切って行くダンプカーを見遣った。排気ガスの名残が鼻腔《びこう》の奥深くに潜り込んだ。

初めてじゃない、と彼は感じた。そう、以前にも、こんなふうに怯《おび》えきって、車の行き来を見ていたことがあった。死ぬ前、……死ぬどれくらい前だっただろう？……考えようと記憶を手繰りかけた時、彼の脳裡には、またあの言葉が浮かんだ。

「死にたい」——それが次から次へと、頭の隅々から湧き上がってきて、いよいよ収拾がつかなくなった。

その日は夕刻、激しい雨が降って、仕事を終えて歩いて帰った徹生は、家に着く頃にはずぶ濡れになっていた。

「あーあ、すぐお風呂に入らないと。言ってくれれば、迎えに行ったのに。」

先に帰宅して、夕食を作っていた千佳は、鞄を受け取りながら、呆《あき》れたような、少し心配するような表情で言った。

「りっくーん、おてつだい。」

居間から璃久が飛び出してきた。その姿が、一歳の頃の璃久の姿と重なって見えた。死ぬ前の五月の節句の日、鎧兜の前で、何度座らせて写真を撮ろうとしても、すぐにうれしそうに、カメラに向かって歩み寄ってきた、あの時の璃久。……

今はテレビの横に飾られているあの写真の中にさえ、じっとしていることが出来ずに、名前を呼ばれて抜け出してきたかのようだった。その歩みは、しかし、もう少しも辿々《たどたど》しくはない。

徹生は、自分が息子の前で、到底父親らしいとは言えない姿になっていることを自覚した。それを取り繕う余裕は、今はなかった。下を向いて重たくなったスニーカーを踏むようにして脱いだ。足許には漏れ出した水が溜まっていて、表面張力で膨らんだ縁が、円《まる》く静かに広がっていく。

璃久は、びしょ濡れの徹生に、幽霊でも見たような顔で驚き、きゅっと足を止めた。

「りっくん、バスタオルとってきて。それから、おふろもいれてくれる?」

「どうしたの!?　なんでぬれてるの?」

璃久は、徹生ではなく、千佳に尋ねた。

「かさわすれたんだって。かぜひいちゃうから、おふろ、いれてくれる?」

璃久は返事もせずに走って行った。「オユハリヲシマス。」という給湯器の音声が聞こえ、白いバスタオルを抱きかかえるようにして、また走って戻ってきた。

徹生は、しばらくその顔を見つめていた後に、笑顔もなく「ありがとう。」と言った。璃久は、これまでのように反発するわけでもなく、ただ黙ってタオルを差し出した。

冷えてしまった体を熱い湯に浸けると、徹生は、両手で揉みしだくように顔を洗った。それから、後ろに倒れ込んで真上を向き、頭を湯にひたした。

立ち籠める湯気が、時々細かに虹色に煌《きら》めいている。耳まで湯に沈むと、急に換気口の雨音も、脱衣所の洗濯機の音も聞こえなくなって、自分の呼吸音だけが、ヘッドフォンで聞くように鮮明になった。

徹生は目を閉じた。天井の光に、瞼《まぶた》の裏が赤黒くちかちかする。

ゆっくりと息を吸った。吐き出す前には、自分でも意識していなかった長い空白があった。その無音の時間、彼は自分が死んでいるように錯覚した。しんとしていて、吐き出すタイミングは、どこまでも先延ばしされそうな気がする。

やがて息は、唐突に吐き出されたが、その音は、喘《あえ》ぐかのように苦しそうだった。重たいものを必死に持ち上げては、束の間堪えて、ドンと地面に落としてしまう。そんな力み方の呼吸だった。

徹生は、その音に静かに耳を澄ましながら、あの時もそうだったと思い返した。千佳と璃久を連れて、死ぬ二週間前に強行日程で赴いたバリ島旅行。ホテルのプールで、眩しい太陽に全身を曝して目を瞑《つむ》っていた彼は、やはりこれとまったく同じ苦しげな息の音を聞いていた。

千佳が交代で璃久の面倒を看てくれていた。今のように、二人は自分から離れたところで寛《くつろ》いでいた。

徹生は、子供用の小さな浮き輪を腹に抱えて、独りプールに浮かんでいた。足かけ二年の仕事中も、彼はただ、この休暇の家族旅行だけを楽しみに、疲れた体に鞭《むち》を打っていた。毎晩帰りが遅く、千佳には走り回る璃久の世話で随分と苦労をかけていた。それだけに、この旅行は彼なりの謝罪であり、感謝のつもりだった。

漏れ出さないようにと固く握っていた疲労が限界に達して、指の隙間からしたたり始めていた。何とか保《も》たせないといけない。そして、彼の体は、辛うじて保ったのだった。

やっと終わった。あとはもう、疲労に体を開け渡しても良かった。無抵抗に疲れるに任せて、むしろ今こそその倦怠を、時々伸びをしながら全身で感じ取りたかった。

徹生は、その充実した疲労を根拠に、自分がたった一度しかない人生の、一度しかない三十代という時期を、十全に生きていると信じようとしていた。自分は精一杯生きている。彼の父が、生きれなかった三十代。彼自身が、本当に最後まで生きられるのかどうか、まだ疑わしい三十代。何と幸せなことだろう！　惜しまずに働いて、何事にも手を抜かなかった。なぜなら、こんなに疲れているのだから。こんなにくたびれ果てている。――この絶え絶えの、とてもまともじゃない呼吸も、だから、心配しなくていいんだ。

徹生は、この幸福なひとときに、自分がそんな息の仕方をしていることに驚いた。しかし、それが二年間にも及ぶ仕事の代償だった。だからこそ、この非現実的なまでに明るい太陽の光は、限りなく甘美なのだった。……

風呂に頭を浸けていた徹生は、そうした回想を打ち切ると、徐《おもむろ》に目を開けた。そして、まっすぐに座り直して、額に浮かんだ汗を拭った。水面が割れるような大きな音を立てて、風呂の湯が揺れた。洗濯機の音が聞こえ、換気口からは、雨音と共に雷雲の唸りが聞こえる。

改めて、彼は自分の呼吸に耳を澄ました。しかしそれは、まるで無かったことのように、今は静まり返っていた。

夕食の献立は、夏野菜の揚げ浸しに鯖の塩焼きだった。

璃久は、千佳に野菜を食べなさいと言う隙も与えずに、夏の一泊保育で行く〈かっこうのいえ〉の話をしていた。

「ねえ、かっこうってなに？」

「とりさんのなまえよ。かっこう、かっこうってなくのよ。」

璃久は、千佳の鳥の鳴き真似をおかしそうに笑った。

「りっくん、ひとりでおとまりできる？」

「できるよ。」

千佳が尋ねると、璃久は何喰わぬ顔で下を向いた。恐がりというのは、生き返った徹生が璃久の内に発見した一つの性格だった。そういうところは、子供の頃の自分によく似ていた。父親がいないとそうなるのか、或《ある》いは、元々の心配性が遺伝したのか。強がって、その不安を打ち明けられないところも、同じだった。

徹生は、自分の幼少期を思って、母とのあの緊密な生活の中に、突然、見知らぬ男が父親として出現していたなら、きっと今の璃久どころではなく、もっと強く反発していたに違いないと考えた。璃久はまだ、よく我慢している方なのだろう。そう思うべきだった。

　璃久は、徹生の視線が気になる様子で、先ほどからチラチラこちらを窺っていたが、目が遭《あ》うと、逃げ出すようにすぐに逸らした。

　この子のためにも、自分はとにかく、生き続けなければならない。徹生は改めてそう心に念じた。単なる戯《ざ》れ言《ごと》だとしても、「死にたい」などと、口が裂けても言うべきじゃない。

『第一俺は、死にたくなんかないじゃないか。……』

　二人が寝たあと、徹生は、居間でテレビをつけたまま、新しい履歴書を書いていた。

　昨日の面接のことを思い出して、堂島製缶退社後の空白をどう埋めるべきか、思い悩んでいた。三年前ではなく、つい最近退社した。そういうことでいいんじゃないだろうか？　万が一、問い合わせがあったとしても、さすがに安西部長も、そのくらいは機転を利かせてくれそうな気がした。

　千佳の言うことも、尤もなのかもしれない。この土地を去って、今日までのことはみんな忘れて、極普通の人間として新しい人生を歩み始めたなら、こんな嫌な思いもせずに済むはずだった。

築年数が経ち、景気も下向きなだけに、マンションは購入時よりもかなり値下がりしているだろう。売却しても数百万円の借金は残る。それを払い続けながら、どこかの賃貸マンションに住むのか。どの程度の部屋が借りられるんだろう？　１ＤＫの学生アパートに毛の生えたような部屋を想像すると、やはり気が滅入《めい》った。

彼は、ボールペンの尻で机をしばらく打っていたが、やがて諦めたようにそれを横倒しにした。自分だけならどんな家だっていい。しかし、家族も一緒となると、話は別である。自分と同世代の人間は、平穏に、それなりに余裕を持って子供を育てている。それに対して、徹生は正直な劣等感を感じる。しかしそれも、璃久が将来、抱くであろう劣等感の想像に比べれば、まったく取るに足らなかった。

椅子の背に身を預けると、徹生は、ほとんど聞こえなくしていたテレビの音量を上げた。画面には、白いカッターシャツを着た外国人らの顔が、詰め込めるだけ詰め込まれていて、右肩には、〈〝復生者〟問題に揺れるキリスト教国の現状〉という文字が躍《おど》っている。

〈最後の審判の時は近づいています！　死者が生き返っているのです！　わかりますか？　嘗《かつ》ていらっしゃり、今いらっしゃり、やがていらっしゃる方！　アルファであり、オメガである方！　この世界は、今にも神の救いの力と、メシアの権威によって

統治されようとしています！　なぜ死者が生き返るのか？　神の国が到来しているからです！〉

〈あなたのお知り合いの中に復生者はいますか？〉

〈彼がそうです！　彼が！　マッテオは、生き返ったんです！〉

　インタヴュアーの問いかけに、皆が一人の青年をカメラの前に押し出した。

〈私は夜明けに、あのラッパの音を聞きました！　悔い改めるべきです、あなたも！　さもなくば、破滅の刻印を押されるでしょう。不幸ですよ、不幸！　不幸です！　あなたが生きているというのは名ばかりで、実は死んでいるのです。死んでいるのは、彼じゃない。彼は復活した！　私たちが死んでいるのです！〉

　画面は一旦切り替わって、バチカンのサン・ピエトロ広場に立つ女性リポーターを映し出した。ワイプで左上に顔を出している日本のスタジオの司会者が声をかけた。

〈えー、熱狂的というか、何というか、どうなんですか、実際取材されてみて？〉

　リポーターは、イヤフォンを耳に押し当てて、四秒ほどの時間差で応じた。

〈はい、最後にご覧いただきましたのは、かなり極端な信仰を持っている方たちで、街中のカフェなどで話を聞きますと、もっと冷静に現状を受け止めている方もたくさんいらっしゃいます。イタリア人がみんなああだとは思わないでほしいと。それはE

Uの他の国と、イタリアも同様です。ただ、ローマでも、街の方々であいった方たちの演説や集会が行われていまして、それが市民の不安を煽っているのも事実です。私が住んでいる地区の小さな教会にも、連日、三百人以上の人が告解《こっかい》に殺到していまして、予約整理券が配られるという、普段からは想像もつかない事態が続いています。〉

〈はぁ、……三百人？　みんな疚《やま》しいことが色々あるんですねえ。——はい、ありがとうございました。引き続きお願いします。〉

画面は、コメンテイターが三人並んだスタジオに切り替わった。

〈——というわけで、どうですか、今の映像をご覧になって？〉

〈まあ、やっぱり、キリスト教国は、「最後の審判」という考え方がありますからね。パニックになるんでしょう。神が最終的に人間を地獄行きと天国行きとに振りわけるんですが、聖書には、その前に死者が蘇ると書かれてるんです。日本ではむしろ、復生者の戸籍への復帰だとか、今のところは行政的な問題が議論になってますが。……元々、法律や政治が想定していなかったことですから、亡くなった方の居場所をどう考えるかは、難しい問題です。私は、日本の人口もこれから減る一方ですし、高齢化問題もありますから、若い復生者は、偏見を捨てて、速やかに労働市場に

再吸収すべきだと考えていますが。〉

徹生は、特集が地方のB級グルメ・コンテストに替わったのを機に、テレビを消した。

ベランダのガラス戸越しに、まだ降り続いている豪雨の音が聞こえる。時折、雷も鳴った。

彼には、「最後の審判」の話はわからなかった。世の終わりが訪れるということなのか？　それとも、もう現在進行形で訪れている？　その証拠の一つが、自分なのだろうか？　この世がもし終わるのなら、こんな履歴書に、一体何の意味があるんだろう？

彼が気になっていたのは、あのイタリア人の若い復生者だった。赤いローマのサッカーチームのユニフォームを着ていた。酷《ひど》く痩《や》せていて、髪は短く、左右から抱きかかえられているその肩は、筒から出したばかりの賞状のように、内に向かって丸まろうとしていた。頬には笑みが浮かんでいたが、目は絶えず動揺して、カメラのレンズを避けていた。その姿に、徹生は深い共感を覚えた。

復生者はみんな居場所を見つけられなくて苦労している。

安西部長の言った言葉が、徹生には、忘れられなかった。人間一人死ねば、その一人分の穴が開く。その穴をいつまでも放っておくわけにはいかない。埋めなければ、一々その穴で躓《つまず》くことになる、と。

単に躓くだけではない。穴ぼこだらけだと、生きている人間は、広々と、何の気遣いもなくこの世界を生きられないのだった。

死者が生き返ってきたことで、みんな圧迫感を感じている。狭くなり、窮屈になった、と。現に徹生が生き返ったために、秋吉の店では二人ものバイト店員が職を失っていた。比賀がしつこく言っているのはそのことだった。

徹生は机に肘を突いてしばらく考えていた。それは、生きている人間が、生き返った人間にだけ感じることなんだろうか？

『……佐伯は俺に、いなくなってほしいとはっきり言った。俺もあいつに消えてほしかった。秋吉さんはそれを殺意だと言ったが。……あのキックバックの濡れ衣を着せた園田だって、俺の存在が疎ましかったんだろう。俺という存在そのものに、圧迫感を感じていた。それで、俺を部署から追い出して、その穴を埋めて、あいつは心からのびのびしていた。……』

徹生は、周囲が自分から感じ取っていた圧迫感と、自分が周囲から感じていた圧迫感とを同時に蘇らせた。そして胸が苦しくなってきた。鈍く重たい疲労に、自分自身が、着ぐるみのように着られている感じがした。

「前向きに考えないと。……前向きに。」

そう自分に言い聞かせた。

また履歴書を書き始めたが、せっかく終いまで辿り着いたところで、何度も字を間違えた。その度に、彼は紙をくしゃくしゃにしてゴミ箱に投げ込んだ。その手つきが段々荒くなっていった。

深呼吸をした。汗を掻いた手でボールペンを取って、また一からやり直しだった。

――その間も、頭の中には、あらゆる光景が渦巻いていた。キックバックの濡れ衣のことで詰め寄る徹生に、「何言ってんの、お前?」としらばっくれる園田。ラインの調整のために根気強く要望を伝えていた時の権田の不満げな目。石沢ビールの工場がある山梨までの往復の道。缶のラベルのデザイナーとの口論。千佳に言い寄ったというあの実直そうなクリーニング店の店主。……それだけじゃなかった。璃久の夜泣き。難航したマンション探し。引っ越しの段ボール箱の開封。帰宅後に千佳から切り出される生活の相談を、すべて後回しにしていたことの反省。……あの佐伯の言葉。……壊れて止まったままの時計。……生き返って以来、今日までやってきたことすべての徒労感。……また間違えた。……せっかくやり直したのに、また、……また今度も、……また、……

徹生は、急に自分の両手足が濡れているのを感じた。頭の上からも冷たい水が染みてきて、それが彼を身震いさせた。

顔を上げると、彼は愕然として、思わず叫び声を上げた。

真っ暗な夜のマンションの非常階段だった。パジャマ姿で、裸足《はだし》で最上階まで駆け上がっていた彼は、気がつけば身を乗り出して、今にも真下に飛び降りようとしていた。

すんでのところで、彼は「いやだ！」と力の限り叫んだ。

落ちる！――その瞬間に、悪夢から醒めた。

周囲を見回し、汗ばんで心拍に震える胸に触れてみた。自分が間違いなく生きていることを確認すると、徹生は、書き損じた履歴書の上に顔を突っ伏した。

19　帰郷

徹生は、自分が一体何者なのか、わからなくなっていた。自分が、誰の中にいるのかわからない。誰が自分の中で考えているのかもわからない。これまで何をしてきて、これから何をしようとしているのか、とにかく、一切がわからなくなっていた。

生き返って、最初に寺田病院で受診した時には、彼は確信を持って「僕は僕ですよ」と言った。しかし、今はその「僕」こそが、奇妙に作りものめいて感じられる。

『ひょっとして、死んで三年後に生き返ったんじゃなくて、元の世界とはほんの少しだけ違う、全然別の世界に迷い込んでしまったんじゃないだろうか？……』

徹生は、秋吉の店の倉庫で段ボール箱を重ねながら、ふと、そんなふうに考えてみた。

自分はやはり、佐伯に殺された。しかし、間違って息を吹き返したのは、自分が自殺したことになっている世界だった。だから、辻褄《つじつま》が合わない！　自分は嘘を言ってない。千佳も本当のことを話している。この世界の自分は、最初から自殺するような人間で、だから母さんもそう思ってる！　その証拠に、部長は園田を高く買っていて、あの実直なクリーニング店の店主は、イヤらしい目つきで千佳の体を眺めている。何よりも、あんなに懐いていた璃久は、自分のことを毛嫌いしている！

『いや、そもそも俺は死んでないんじゃないか？　あの日、会社の会議室でうとうとしたまま、このわけのわからない世界に拉致されてきた。ここはきっと、日本とそっくりに作られたニセの国なんだ！　例えば、中国の奥地にでも実験的に作られた？　だから、ちょっとずつおかしい。中国製の粗悪なコピーだから！　第一、俺はまだ海を見ていないぞ！　内陸の奥地だからか。……やっとわかった！　そうだ、元の世界の千佳は、俺の帰宅を待ってるんじゃないだろうか？……』

徹生は、興奮を抑えきれずに自分の周りを見渡した。みんなニセモノで、本当は日本人じゃなくて中国人がなりすましてるんじゃないか？――そして、身震いするほど感動して、次の瞬間には馬鹿らしくなった。思いつきの面白さが、却って彼を虚しい気分にさせ、冷静になって恐くなった。

そうじゃなくて、SF映画か何かのように、あの夢の中で、もう一度、マンションから飛び降りていたら、自分は案外、元の世界に戻っていたのかもしれない。またあの会社の5階の会議室で目を醒まして、帰宅した自分を、千佳と一歳の璃久が、明るい笑顔で出迎えてくれる。あの懐かしい世界へ！……

徹生は、そんな妄想が止め処もなく溢れてくる自分を異様に感じた。いよいよ、自分が自分でなくなっていく。何かの拍子に、そんなとんでもないことを思いついて、実行しようとしてしまったらどうしよう？　今こそ飛び降りなければ！と。――まさしく悪夢だった。

徹生は、復生者の会に縋《すが》る気持ちを強くしていた。最初こそ、得体の知れない組織のように感じていたが、ネットの書き込みへの対応や、生命保険の返却問題などで相談をしているうちに、次第に信頼を深めていった。

千佳も、その点では同様だった。ただ彼女は、復生者の会が、最初に徹生にコンタクトを取ってきた経緯に、まだ引っかかっていた。ネットで勝手に住所を調べて、手紙を送りつけてくる。それはどうしてもまともとは思えなかった。

徹生の死後、千佳は何度か、璃久の通う保育園の母親の一人から、新興宗教の集会に誘われていた。その時に彼女が経験した、背中をゆっくり撫でさするような優しさと、そのまま腕を摑んで離さないような強引さは、徹生への復生者の会の態度とよく似ていた。

七月末に沼津で行われる総会には、自分も一緒に行くと、千佳は言った。日程は、講演会や交流会、健康診断などを含めて、三日間が組まれている。徹生は、様子を見て、初日で帰るか、残るかを決めると話していたが、千佳の同行は「大丈夫だから。」と言って断った。

少し独りになりたかった。彼は、自分と同じ境遇の復生者たちと会って、出来るだけ率直に、腹を割って語り合いたかった。結局は当人同士にしか分かり合えない孤独がある。それを初めて心から打ち明け、互いに励まし合いたかった。

千佳を伴うとするなら、璃久も一緒である。それも問題だった。徹生は、璃久をいきなり、たくさんの復生者たちと会わせたくはなかった。ただでさえ小心な璃久は、とても処理しきれないようなショックを受けるだろう。大人でさえ、多分そうなのだから。

それだけでなく、彼は璃久に、人は死んでもまた生き返るとは教えたくなかった。それはやはり間違っている気がした。

これが普通になるはずがない。復生者は増え続けていたが、まだ生き返ってない人間の方が遥かに多い。ネットでこのところ、よく語られている通り、この現象は、コンピューターのプログラミング・ミスのようなものなのではないか。復生者はバグ扱いだった。誰がどうやってそのバグ取りをするかまでは想像できなかったが、やはり、いずれ収束する一時的なことだという予感がした。

徹生は千佳に、復生者の会の総会に出席する前に、東三河の実家に立ち寄りたいと言った。千佳は、その言葉で、徹生の心中を忖度《そんたく》した。付き添わない方が良いなら、璃久と家で待っている。その代わりこまめに連絡してほしいと言った。一日連絡がない時には、秋吉と一緒に連れ戻しに行く、と。徹生は頷いて、「そうさせてほしい。」と応じた。

昼過ぎに、東海道線の豊沢駅で降りると、徹生の母は、ロータリーに車を駐《と》めて待っていた。到着の時刻は知らせてあったが、迎えは良いからと電話で伝えていたはずだった。

「良かったのに、わざわざ。」

助手席に乗り込んできた徹生に、母の恵子は、

「あんた、えらい痩せて。誰かわからんかっただよ。ちゃんと食べとる?」と声をかけた。

「ああ、……食べてるよ。大丈夫。」

徹生は、そんなに人が違って見えるほど痩せたのだろうかと戸惑った。そして、妻といる時のようには、母には咄嗟に笑顔を見せられなかった。

非常階段から飛び降りそうになった悪夢を見た後、彼は、急に寂しくなって、母や祖母に会いたい気持ちを抑えられなくなっていた。

復生者の会には、不安な未来を救ってほしかったが、故郷には、傷ついてしまった

過去を癒してほしかった。懐かしい駅のホームに降り立って、彼の胸には、早くも子供の頃の心情が息を吹き返しつつあった。そうして自分の芯さえ取り戻すことが出来れば、馬鹿な考えに乗っ取られることなど断じてないはずだった。

家に着く頃になると、恵子は、「あーあー、見て。おばあちゃんが迎えに出とる。暑い中、病み上がりなのに。」と軽くクラクションを鳴らした。

車庫の前に立っていた祖母は、後ろに手を組んだままで、笑顔なのか太陽が眩しいのかわからないような顔をしていた。胃ガンで手術したのに、心配したほど痩せていなかった。

「何歳だっけ、ばあちゃん、今？」

「八十九歳。去年、米寿のお祝いしただよ。」

「八十九歳か。……長生きだね。親父の方の家系は、みんな早いのに。」

車から降りると、徹生は、耳の悪い祖母のために、「ばあちゃん！　ただいま！」と、腕に触れながら声を張り上げた。

「あんた、よお、戻って来ただねえ？　どうしただ？」

「なんかわからんけどねぇ、生き返っただよ。」

「ほうか？　ほうか、……よかったなあ。」

「うん、よかった。」

「ほうか、……よかったなあ。」

「よかったよ、ほんとに。」

「なあ。……よかった。」

「よかったよ！」

さすがに三度も大声で繰り返したせいで、少し元気が出た。泣かれるんじゃないかと思っていたが、そんな気配もなく、静かな表情だった。

車を降りてきた恵子に、祖母は、「ほんとに久志《ひさし》ちゃんが戻って来たんだねえ。」と微笑みかけた。徹生は、母と顔を見合わせた。

「久志さんじゃないって、お母さん。徹生。孫の徹生！」

「ほうだ、ほうだ、徹生だな。孫の徹生か。まちごうとったで。徹生だな。」

「そうだよ、ばあちゃん。戦争から帰って来た久志さんじゃないよ。」

「ほうだな。……ほうか、徹生が生きとっただな。」

徹生は、苦笑しながら、「大丈夫なの、ばあちゃん？」と小声で母に尋ねた。

「さあ。みんな、胃じゃなくて頭の切除したんじゃないかって言っとるよ。」

「やっぱりちょっと、ボケてるのかな？」

「でも、勝手にフラフラ出歩いたりとか、そういうのはないもんで、まだいいだよ。」

家に上がると、促されるがままに、最初に仏壇に線香を上げた。

いつもはぶっきらぼうに叩くりんを、棒を構えたまま少し間を置いて、静かに打ち鳴らした。

ちーんと、周りの空気に円《まる》い波紋が広がってゆくようだった。

耳を澄まして、いい音だなと生まれて初めて思った。

黒ずんだ黄金《こがね》色のりんは、輪郭を膨らませるように震わせて、最後はいつ静止したのか、見定められなかった。

余韻がいつまでも尾を引いた。それに敢えて区切りをつけるように、彼はもう一度、今度は無造作にりんを叩いて、ナムアミダブ、と胸の内で三回唱えた。

目を開けると、父の位牌が見え、その傍らの写真が見えた。徹生を片腕で抱きかかえて、当時住んでいたアパートの玄関前に、肩幅ほどに足を開いて立っている。色は古びて黄色がかっているが、グレーのパンツに、ぴったりとした白いジャージを着ている父の姿は、却って若々しさが引き立って見えた。

その時の父と、徹生は今、同じ三十六歳だった。それからほどなくして、この健康そうな体は、急に命を取り上げられて、仕方なく焼かれて灰になっている。徹生は、それよりも早く三十二歳でやはり灰にされ、なぜか今、また健康な体を取り戻していた。

俺も親父みたいに、いつか若いまま、突然、死ぬのかもしれない。——少年時代から徹生を脅かしていたその思いは、他方で、まさか親子二代続けてそんな、と否定する気持ちと、常に半々だった。

人間の死は、畢竟《ひっきょう》、寿命か、寿命未満かのどちらかである。ゆっくりと訪れるのか、唐突に訪れるのか。

徹生は、自分が寿命で死ぬことを、怖いと感じたことはなかった。しかし、それに満たない、まだ途中の死は怖かった。遅かれ早かれ、誰もがいつかは死ぬ。しかし、それがいつなのかは大問題であって、自分だけが早く死に、他の友人たちが、その後も長く生き続けているという想像は、彼の心を激しく苛《さいな》んだ。

それが、彼の生の焦燥の火元だった。彼は、自分が生きているという確かな実感を求めていた。ただ漫然と日々を過ごすのではなく、何かに打ち込んで、自分という人間を十全に、余すところなく使い切りたかった。

自分の体が、父のように勿体ない状態のまま焼かれてしまう。そうした想像には、他でもなく彼の体自体が、泣き叫ぶように反発していた。いやだ、と。自分のこの心臓は、次の一拍を打ちそこねて、まったく唐突に止まってしまうかもしれない。その不安を、せめて慰めてくれるものがあるとするなら、それこそは生の充実だった！いつ死んでも悔いはない。自分は今、精一杯生きているのだから。父がつけたという「徹生」という名前の通り、彼は純粋に、生きることに徹したかった。

『それで、俺の人生はどうだったんだろう？　俺は結局、ずっと不安なままだったんだろうか。……』

座布団の上で、徹生は背中を丸くして、三十分以上も胡座《あぐら》をかいていた。背後で畳が踏み締められるのとほとんど同時に、線香の煙が揺らめいた。

「あんたは、言葉を覚えるよりも早く、仏様の拝み方を覚えた子だったねぇ。『のんのんのんのん……』って、よう手を合わせとったの、覚えとる？」

「いや、……全然。」

「おばあちゃん、あんたが死んだあと、ここで毎日、泣きながら線香上げとっただよ。夜、急に起き出して木魚叩いて。ボケたとか言っとったら、罰が当たるよ。」

「そうだったの、ばあちゃんが、……俺の位牌とか遺影とかも、あったの、ここに？」

「あったけど、もう片づけたわ。そんなのいつまでも拝んどって、また成仏されたらたまらんだら。」

徹生は、笑って振り返ったが、気丈な母が、いつになくそれ以上はもう言葉を続けられないという顔をしていた。徹生は俯いて、体ごと少し母の方を向くと、改めて顔を上げて言った。

「母さんは、……なんで俺が自殺したって、すぐに思ったの？」

恵子は、前に訪ねて来た時のようには即答せずに、徹生の顔を黙って見つめていた。そして、両手で握り拳を作って、徹生の目の前に差し出した。

「手。」

「手？」

徹生は、不思議そうにその二つの拳を見つめた。その手は硬く握り締められていて、爪の喰い込んだ掌からは血の気が失われていた。

「こうやって死んどっただで。両手を握り締めて。子供の頃から、あんたは、苦しいことを独りで堪えとる時には、いつもこうだっただよ。……事故だとか、殺されたとか、……そういうのなら、どっか摑もうとして、手を目一杯広げるだら？　握り締めとるの見て、ああ、この子は自分で飛び降りたんだと思っただよ。」

徹生は、母の目を長い間見ていた。そして、ただ、「……そう、」とだけ呟いた。

20　生き残した人生

その晩徹生は、実家に一泊して、母や祖母といつまでも思い出話に耽《ふけ》った。

途中で彼は、千佳も璃久もいないこの三人だけの会話を、無性に懐かしく感じて、携帯のカメラで十五分ほど撮影した。自分が生き返っただけではない。祖母があと何年生きられるかと考えると、こうして会って喋る機会も、実はもう数えるほどしかないだろうという気がした。

8時になると、このところますます早寝の祖母は、そんな彼の思いとは裏腹に、特に名残を惜しむわけでもなく、トイレに立ったまま寝室に退《さ》がった。

徹生は、母と二人きりになってからも、沈黙が付け入る隙もないほどよく喋り、よく笑った。その言葉が、さすがに涸れ出した頃に、彼は、自分が今の璃久と同じ四歳の時のことを母に尋ねた。

「親の目から見てどうだった？」

「そうねぇ、あんたは手がかからん方だったたんじゃない？　おばあちゃんもいつもそう言っとっただよ。あんまり駄々こねられた覚えもないしねぇ。」

「そう?」

「集中力があっただよ。お母さんを喜ばせようとして、絵を描いたり、粘土で何か作ったり、一生懸命やっとったわ。」

徹生は、扇風機の前で、半身で風に当たりながら母の言葉を聴いていた。最近買ったらしいその扇風機のハネは、驚くほど静かで、音をミュートにした映像を見ているようだった。

腕に留まった蚊を、狙い澄ましてパチンと叩いた。昔と変わらず蚊の多い家だった。彼は掌に潰れたその死体を見つめた。欲張って随分と血を吸っていたらしく、細かな掌紋が、捺印したように赤く浮き立っている。生き返ってから、自分の血を目にしたのは初めてだった。

ティッシュに腕を伸ばして、蚊の死体を包みながら、「そんなに大人しかったかなぁ?」と首を傾げた。

「そら、男の子だったし、暴れたい盛りで、わたしもそこでよう相撲取ってやったりしとったけど。」

「あー、覚えてる、それは。畳二畳を土俵に見立てて。母さんもよくこなしてたね、父親役を。」

風呂上がりのパジャマを着た母親に、保育園でもまだ暴れ足りない徹生は、よくせがんで飛びかかっていったものだった。

その時のやわらかい母の脂肪の感触と、顔を埋めたパジャマのよく慣れた生地の肌触りが、彼の中で蘇った。体を洗った石鹸の芳香が染みついた、その木綿地の匂い。

……そういう懐かしいものが、一斉に彼の胸をいっぱいにした。

徹生は今、目の前の老いた母とは、当たり前だが相撲は取らない。当時まだ四十手前だったのとは違って、母の体も、もうあんなに張りはなく、強くなく、あんなにやさしい匂いもしないだろう。徹生自身も、こんな図体になっている。

母との関係がどれほど長く続こうと、あの一頃は、掛け替えのないただ一度の時間だった。あの時、未亡人として三度目の夏を迎えていた母と、物心はついていたものの、まだ四季の移ろいの意識さえ曖昧だった自分。――あの二度とはない、秘かな記憶も、あの日、会社のビルから投げ出されたこの体諸共に、地面に叩きつけられて粉砕されてしまったのだった。

あの瞬間、自分は今を失い、未来を失った。しかしそれだけではなく、ただ過去にだけ辛うじて存在していたものまでをも、まとめて全部失ってしまった。そして今、彼はそのすべてではないにせよ、少なくとも、あの時の母との思い出と一緒に蘇り、現在の母と向かい合っていた。そのことに幸福を感じた。

「そら、あんたのためもあったけど、お父さんのためもあっただよ。保さんが生きとったら、こんなふうに息子と遊びたかっただろうねえと思って。お父さんは、あんたのこと、本当にかわいがっとっただで。」

徹生は、意外そうな目をした。

「そういうふうには、考えてみたことなかったな。……そっか。親父のため、か。」

「そうだよ。あんたにしてやることは何でも。叱って頭叩いた時だって。」

「俺は、……母さんは、子供の教育のために、〝父親役〟を務めてただけだと思ってたよ。土屋保って一人の人間に成り代わってたとは考えなかったな。」

「あんたは、覚えとらんもんね、お父さんのこと。」

「二人分の人生だね、じゃあ、母さんは。」

「普段は別に、そんなこと考えんよ。なに、テレビで柔道やっとるの見て、お父さんのために見てやろうとか、そんなことは考えたこともないけど、あんたと接する時は、ちょっと違うだら、それは。よう似とるだで、思い出すし。」

徹生は、千佳もそんなふうに、自分のことを思って、自分の代わりに璃久と遊んでやったことがあっただろうかと考えた。

彼は、復生後、千佳と初めて体を重ねた後に、不意に呟かれた言葉を忘れられなかった。「他の未亡人みたいに、わたし、天国のてっちゃんに、いつも見守っててほしいって思えなかった。」と、彼女は言った。「――自殺だったから。わたしとの結婚、もう終わってしまったみたいな感じがしてた。……」

徹生は、ゆっくりと左右に首を振る扇風機を見つめながら、口を開いた。

「母さんが、そんなふうに親父の生き残した人生まで生きてたって知ってたら、俺もまた考え方が変わってたかもしれない。……俺は俺で、自分が親父の分まで生きなきゃいけない気がしてたから。みんなにもよく似てるって言われてたし。」

「反発しとっただよ、あんたはそれに。」

「そう？　そうかな？」

「わたしにも言ったことあるだよ。『ぼくにはぼくの人生がある。お父さんの分身じゃない。お母さんが言うみたいに、何でも死んだお父さんが助けてくれてるわけじゃない。人間は死んだらお終《しま》いで、今でもどっかから見守ってくれてるとか、そんなことはない！』って。」

徹生は、母の言葉にまた驚いた顔をした。

「言ったかな、そんなこと？　いつ？」

「言っただよ。小学校卒業するくらいの頃に。反抗期よ。あんた、覚えとらん？」

「覚えてない。——っていうか、言ってないと思うんだけどなぁ、そんなこと。」

「マァァ、……そう？　あんた、覚えとらんの？　言われたこっちは忘れんよ。」

徹生は、本当にまったく覚えていなかったので、母の中で勝手に作られた記憶なんじゃないかと疑った。母自身の心配が、屈折して反映した……。が、その内容は、当時の自分なら、いかにも言いそうなことだった。

「言ったのかな、……。」

「あんたのお父さんがかわいそうだっただよ。忘れられて、消えてなくなってしまいそうで。しかも、一番かわいがっとったあんたに。生きとる父親をうるさがるのは、どこの家でもあるだろうけど、死んだ父親でもそうなのねと思ったし。——けど、あんたの言うことも尤《もっと》もだよ。わたしもあんたに、お父さんの姿を見ようとし過ぎとったんだら。あんたこそ、母親に対しては、無意識に死んだお父さんに成り代わろうとしとったんじゃない？　それで反省して、それからはもう、そういう言い方は止めただよ。」

徹生は、自分の心の内を注意深く見ているような目で、しばらく黙っていた後に、

「そう、……思い出せないけど、言ったんだろうね、じゃあ。」

「あんた自身も、大きくなるにつれて、逆にお父さんの死に方を気にするようになりだしたし、ますます、こら、言われんわと思っとっただよ。あんたの頑張りすぎるクセは、そのせいもあるだら？」

徹生は、口を固く結んで考え込んだ。

「あんたが早死にした時は、やっぱりお父さんのこと、思い出しただよ。なんでこんなに早く徹生をそっちに呼んでしまったんだって。あんまり怒ったもんで、悪いと思って、返してくれたんじゃなぁい？　ケンカした後は、お父さん、いつも優しかっただよ。」

生き返ってるのは俺だけじゃないよ、と徹生は言おうとした。しかし、口に出たのはその反対の言葉だった。

「母さんの剣幕のお陰かもね、こうしてるのも。」

「夫に早々と死なれて、一人息子にまで先立たれたら、さすがにまともではおられんだら。どうしてわたしだけがこんな人生？って、恨み言も出るだよ、それは。」

徹生は、母をちらと振り返ってまた俯くと、小さく二度頷いた。

静寂が訪れると、母は麦茶を一飲みして、コップを手の中に持ったまま尋ねた。

「あんた、まだ自分を殺した人間を捜して回っとるん？」

徹生は、その真剣な目を見て、首を横に振った。

「いや、……今はもう。」と、彼は初めて、佐伯を追うのを止めたことを言葉にして自覚した。

「そう、ならいいけど。」

母は、ただそれだけしか言わなかった。恐らくは、今はまだと、それ以上の詮索《せんさく》は控えているのだった。

翌日、徹生は母と一緒に父の墓参りをしてから、沼津に向かうつもりだった。

祖母は早起きだったが、トースト半分とホットミルク、ゆで玉子で簡単に朝食を済ませると、また寝て、徹生が家を出る頃に起きてきた。

玄関先で、徹生は祖母に、「また帰っといでん。」と見送られたが、その時の顔も、あまり感傷的ではなかった。ただ後ろ手に組んで、笑っているのか、朝日が眩《まぶ》しいだけなのかわからないような表情で、見えなくなるまで車庫の前に立っていた。

帰省して、徹生はこの祖母とのやりとりが一番意外だった。もっと大仰に、泣いたり、笑ったりしながら、生き返ったことを喜ばれるのかと思っていたが、最後までまったく静かなものだった。なぜか、どうしてか、としつこく尋ねられることもない。ただ、テレビで復生者の話題が取り上げられると、首を少し伸ばして、無表情のまま画面を見ている。そして、母が「お母さん、死んでまた徹生みたいに生き返ったらどうする？」と耳の側《そば》で尋ねると、皺《しわ》くちゃの顔にもっと皺を寄せて、ただ「もういい。」と笑った。

穏やかに、ゆっくりと、長い坂を一歩ずつ下りていくように、祖母はこの世界から遠ざかって行きつつある。その背中は、距離のせいで――生きている自分から遠くなったせいで、今、小さいのかもしれない。

その道の先には、無論、終わりがある。しかしそれは、一つの命を暗闇で呑み込んでしまう恐ろしい〈死〉であるより、むしろ存在するものを、音もなく消え入らせるような、まっさらな〈無〉である気がした。

徹生は、そんなふうに考えてみる自分がまた、意外だった。彼は昔から、家族の死を知る者として、死ぬことに纏《まつ》わるあらゆるキレイ事を唾棄していた。そんなはずはなかった。どんなに美辞麗句で飾り立てても、死は無念であり、永遠に終わらせることの出来ない絶望のはずだった。口ではどんなに達観していても、いざ死ぬとなると、誰もが半狂乱になる。それこそ、彼にとっては、人間一般の姿だった。

しかし今、祖母が生きているこの平穏さを、徹生は嘘だとは咎《とが》められなかった。それは、〈死〉を忍び待ち、受け容れようとする姿よりも、遥かにそう、〈無〉に迎えられようとしている佇《たたず》まいに見えた。

亡くなるのではなく、無くなる。――そう考えてみることに、何か心慰められることがあるのだろうか？

千光湖の畔の共同墓地で、徹生は、自分の骨がやがて土の中で分解されてゆく様を想像して、やはり「消える」ということを考えていた。つまり、「無くなる」、「無になる」ということ。――疑うべくもなく、それは恐怖だった。が、その時でさえ、自分は、「何かしら痛切な、慰めに似たもの」を、無の安らぎの内に感じていたのではなかったか。……

夏の陽射しを浴びて、〈土屋家〉と彫られた御影石の墓は、焼けつくような熱さだった。徹生は、「屋」という字の端に生みつけられた蜘蛛《くも》の卵の名残を、気になって指で擦り取った。花を供え、墓石にひしゃくで水をかけた。いつまでも若い、三十六歳の肌のように、磨き上げられた石の表面は、流れ落ちる水をよく弾いた。

線香の煙と、古くなった花器の水の臭いとが、綯《な》い交《ま》ぜになって鼻を突いた。幼い頃には、いつもここに母と二人で立っていた。この三年間は、母一人だったのだろう。

合掌すると、昨日蚊に刺された腕を掻きながら、徹生は黙って墓を見つめた。そして、

「これって、どこから骨を入れる？」と母に尋ねた。

「後ろが開くだよ。」

「見てみようかな、俺の骨。」

「馬鹿じゃん、あんた。止めときん。」と恵子は言下に制した。「また死んじゃうだよ。」

「なんで？」

「気持ちが悪いだら、自分の骨なんか見るの。浦島太郎みたいに、骨壺開けた途端にヘンなことになったら、どうするだ？」

徹生は、母の語る理屈はよく分からなかったが、そう言われると、なんとなく気持ち悪くなって、見る気が失せてしまった。そして、今まで思いも寄らなかったことが急に頭を過った。むしろ自分のように、父が復生するということはないのだろうか？

その思いつきに、徹生ははっとした。そして、ここに二人ではなく、三人で立って

いる気配に、思わず周囲を見渡した。

今の自分と同い年の三十六歳の父。その父が、すぐ傍らにいる。自分とそっくり同じなりで、同じ顔かたちで。——徹生は、母を振り返った。恵子は、何事かという顔でこちらを見ている。次の瞬間、彼は、酷く奇妙な疑念に駆られて、自分自身の両手を見つめた。顎を引いて、胸から下の自分の体を眺め、顔を触った。

「何しとるん？」

母に尋ねられて、徹生は恐る恐る、

「俺、……誰に見える？」と訊いてみた。

「は？」

「土屋徹生だよね？　違う？　土屋保？」

「何言っとるん、あんた？」と、母は呆れたように言った。

「『あんた』じゃなくて、どっち？」

母は、怪訝そうに、「あんた、土屋徹生だら？」と言った。

徹生は頭を整理しようとするように、口をぽかんとさせていたが、ようやく納得すると、「そうだよね。……そりゃそうだ。」と言った。

「大丈夫？」

「いや、……なんか急に、親父だって生き返ってもいいんじゃないかって気がして。で、実は俺が、生き返った親父なんじゃないかって思えてきて。」

恵子は、いよいよ、何を言ってるのかわからないという顔をした。やがて、失笑して、

「お父さんの方が、あんたよりももうちょっと凜々《りり》しかっただよ。」と言った。

駅に着くと、車を降りる前に、恵子は徹生に、茶色い封筒を手渡した。

「何これ？」

中に入っていたのは、銀行の通帳と印鑑だった。名義は、「土屋徹生」となっている。

「あんたが送ってくれてた仕送り、使わんで取っといたもんで、生活の足しにしりん。あんたも、100円ショップでアルバイトなんかしとったって、生活できんだら？」

「100円ショップじゃないよ。ディスカウント・ショップだよ。――いいよ、これは。母さん、使ってなかったの？　どうして？」

「取っといただよ、なんかあった時のために。」

「いいから、ばあちゃんと使ってよ。」

「あんたの方が困っとるだら。いいから、持って帰りん。こっちは年金もあるだで。子供育てるのにだって、お金はいるだら。」

「復生者の会でも、……支援策は話し合われると思うから。」

「貰うのが嫌なら、借りたと思って持っていきん。いつでもいいし、余裕が出来たら返せばいいだら？」

徹生は、通帳を開いた。確かに、あれば助かる額だった。躊躇《ちゅうちょ》した挙げ句に、彼は「ありがとう。」と礼を言った。母に感謝していた。同時に、自分がいない間、これを千佳に渡すことは考えなかったのだなと思った。

「母さん、……千佳を責めないでほしいんだよ。色々あったかもしれないけど、……また遊びに来てよ。」

「わたしは、何も拘《こだわ》っとらんだよ。千佳さんさえいいなら。」

「もちろん。」

母の感情が幾分和らいだだけでも、帰省した甲斐があったと徹生は思った。

ホームに電車が入ってくると、恵子は、どうにも我慢しきれなくなったように、騒音の中で徹生に呼びかけた。

「お父さんみたいに、昔に死んだ人も生き返ると思う？」

徹生は、振り返って母の懇願するような目を見つめた。電車が停まると、少し微笑んで答えた。

「どうだろう？　これから復生者の会に行くから、探してみるよ。そういう例があるかどうか。きっと色んな人が来てるはずだから。わかることも多いと思う。」

第六章　決定的な証拠

21　復生者たち

復生者の会の初総会の会場は、沼津駅からバスで四十分ほどの場所にあった。

徹生は、トローリーケイスに三日分の荷物を詰めていたが、実家で見つけて、後でゆっくり見ようと持ってきた昔のアルバム二冊分が、更にその重さを増していた。

千佳には、昨晩も今朝もメールした。大丈夫だから、こっちは心配しないで、という返事で、おいしそうにおにぎりを頬張っている璃久の写真が添付してあった。それが心なしか、千佳ではなく、カメラ越しに、自分に向けて笑いかけている感じがした。

バスは、前方に僅《わず》かに富士山頂を望みつつ走り続けて、街の中心から遠ざかるほどに、乗客は疎《まば》らになっていった。

窓の外を見ると、丁度、東名高速沿いの山を切り開いて出来た、途方もない規模のラブホテル街に差し掛かったところだった。バスの走る国道沿いは無論、左右に枝分かれしている小道の一本一本にも、犇《ひし》めき合うようにして軒を連ねている。そのどれもが、まったく現実感を欠いた外観で、建てられたというより、次々と繁殖していったかのようだった。

土曜日の正午前というのは、そういう時間なのか、頻繁《ひんぱん》に車の出入りがある。ヨーロッパの宮殿のような一軒から出てきたブルーのセダンには、助手席に若い小柄なスーツ姿の女が、運転席には、二回り以上も歳が離れていそうな小太りの男が座っていた。二人とも、何とも言えずさっぱりしたような、朗らかな表情をしている。

「ここは有名なんですよ。静岡だけじゃなくて、週末には東京からもわざわざカップルが来るそうですよ。」

唐突に後ろから声をかけられて、徹生は窓ガラスに額をぶつけてしまった。

「ああ、そうなんですか。なんか、すごいですね。」

「あの女の子、かわいかったですよね。あんなガマガエルみたいなデブ、どこがいいのか。羨《うらや》ましいですね。」

徹生は、赤面しつつ、初めてしっかりと相手の顔を見た。親しげな口調だが、こちらの胸の内を見透かして、それを面白がっているような雰囲気もあった。

大きな黒縁眼鏡をかけて、髪を真ん中分けにした同い年くらいの男だった。痩《や》せていて、元々色白なのが、急に日焼けしたような顔の色で、鼻の頭の皮がボロボロになっている。

男は、徹生を澄ました顔で見たまま、

「ひょっとして、あなたも復生者じゃないですか？」と尋ねた。

「え？　そうです。どうして？　あ、——あなたも？」

徹生は、シートの背を摑《つか》んで、更に体を捻った。

「ええ。だって、この先はもう、総会会場のパラディ沼津くらいしかないですから。——あの前の人たちもそうじゃないですか？」

「ああ、……」

気がつけば、乗客は四人だけだった。

「ボク、木下《きのした》と言います。お名前、伺っていいですか？」

「土屋です。土屋徹生です。」

「土屋さん――中学の時、好きだった子と同じ名字だな、……ね、復生者の会って、どう思ってます？」

「あぁ、……まだよくはわかりません。」

「バスに乗ってるの、車の免許が失効してるからでしょう？」

「そうです、そうです。木下さんも？」

「みんな多分、そうですよ。それなのにこんな山奥が会場って、マジ？って感じですよ。」

　徹生は、初めて同じ境遇の人間と出会えたことに興奮した。

「ほんとですよね。みんなどうやって来るんですかね？」

「ボクは今、東京に住んでるんですけど、普段はわざと車に乗ってるんですよ。無免許で逮捕されたら、ネットやマスコミで騒いでやろうと思って。そうでもしないと、国は例の調子でグズグズしてますから、話が全然進まないですよ。権利って、ルールを破りながらでしか獲得できないでしょう？　アメリカの黒人解放運動が、最初は黒人が座っちゃいけないバスのシートに座るとっから始まったみたいに。復生者の無免許運転も、それと同じですよ。」

「そうですね、……復生者の会も、そのへんのことには取り組んでくれるはずですけど。」

徹生は、相槌《あいづち》を打ちつつ言葉を濁した。木下は失笑して首を振った。

「アテになんのかどうか。けっこう疑ってます。ボクは、IT関係のベンチャーの仕事してたんですよ。《食事会.com》って、知らないですか?」

「いえ、……。」

「合コンしたい人が、いついつどこで合コンします、定員何名で、女の子があと二人足りないので募集中!とか書き込むんですよ。そしたら、それ見た行きたい人が参加するって仕組みです。ボク、合コンの幹事をよく頼まれるんですけど、人集めるの、大変じゃないですか。大体顔ぶれも一緒になるし。だったら、ネットで人集めればいいじゃんと思って。」

「はぁ、……なるほど。」と徹生は感心したように頷いた。「けど、危なくないですか、女の子とか?」

「そこは一番、気を遣《つか》ってるとこなんですよね。基本、合コン会場になりそうな居酒屋とかの広告収入で成り立ってるんで、トラブルあるとヤバいですし。会員登録限定合コンとか、色々工夫してます。ボクが死んだ後、社長が替わってしまったから、今はどうしようかなって感じですけど。遺産は両親が受け取って、そこそこ残ってるんで、思案中です。」

「そうなんですか。」

「復生者の会は、ネットの情報、ガンガン削除させたりしてるじゃないですか。あれがなんか、気持ち悪いんですよね。」

徹生は、自分もまさにそれを依頼している立場であるだけに反応に困った。そして、後ろを向き続けている体勢に難儀しているように、一日前を向いた。

「あ、もう次か。」

木下は、気にするふうでもなく、車内アナウンスを耳にして降車ボタンを押した。徹生は財布を取り出して小銭を数えた。

「土屋さんは、ところで、なんで死んだんですか？」

木下の口調は、まったく遠慮がなかった。復生者同士ならではという感じだったが、徹生は、会場でそうした話になった時に、どう答えるべきか、まだ結論を出していなかった。

僅かに振り返った徹生の顔色を見て、木下は、あ、しまった、という表情をした。

「答えにくかったら気にしないでください。――ボク、溺れ死んだんですよ、海で。」

バスが停車するのを待たずに、木下は立ち上がりながら言った。

「離岸流って知ってます？　海水浴場なんかで、もの凄い勢いで沖に潮《しお》が引いていく箇所があるんですよ。ボクは石垣島のビーチでチャプチャプやってたら、あれよあれよという間に波に呑まれて、そのまま死んじゃったんです。自分が溺れ死ぬなんて、考えたこともなかったから、今振り返っても、は？って感じですけど。」

木下は、ぽかんとした様子で話に聞き入っている徹生を、降りるように促した。徹生は、バスが停車したことにも気づかなかった。

「あー、やっと着いた！　山奥もまあ、よかったかな、ボクの場合は。海だと思い出して、パニックになりそうだし。」

木下は、外に出るなり、伸びをしながら言った。

「みんな、最後はなんかで死ぬじゃないですか？　けど、それがまさか、海だとは思ってもみませんでしたよ。子供の頃、海に行っても、最後はこれに殺されるだなんて、想像もしなかったし。海難事故のニュースとか見ても、完全に他人事でしたから。運命って、不思議ですよ。」

よくクーラーの効いたバスから降りて、冷えた体が、突然の太陽の熱に驚いていた。天気が良く、周囲の山々からは、沸騰するような蟬《せみ》の鳴き声が聞こえてくる。

徹生は、木下の爽やかな饒舌《じょうぜつ》を羨ましく感じた。自分の死に、まったく責任がないのなら、普通はこうなのかもしれない。完全な不可抗力で、完全に無垢な死者であるのなら、生き返ることは、むしろその方が正しいとさえ感じられる奇跡に違いない。死んでしまったことこそが、何かの間違いだったのだと。

後ろ手に引くトローリーケイスのタイヤの音に、徹生は沈黙を紛れさせていた。やがて、立ち止まって木下を振り向くと、

「僕は、事故だったんです。会社の工場の高いところから転落して。」と言った。

木下は、身を仰《の》け反《ぞ》らせるように大きく頷いて、

「死に方も人それぞれですねぇ。当たり前か。しかし、それもまた不運な。」と笑った。

会場は、バブル期に作られたリゾートホテルで、経営不振から半年前に「二束三文」で売りに出されたものを、極《ごく》最近、全国チェーンの居酒屋の企業が買収したらしかった。

敷地内には、テニスコートが八面、フルラウンドのゴルフコース、流水プール、ア

スレチック・ジムがあり、館内には、天然温泉の露天風呂が男性用、女性用にそれぞれ一つずつある。丁度、改装工事が始まる直前で、復生者の会の会長の縁故で、特別に三日間、無料で開放されることになったのだという。プールはさすがに緑色のままで、その他、レジャー施設も荒れ放題だったが、館内はきれいに清掃されていた。老人ホーム経営など、社会福祉事業にも関心の強いオーナーは、復生者の会に対しても〝救済〟に積極的らしいと、木下は、受付に辿《たど》り着くまでの間に、知っている限りのことを徹生に喋った。

3階のホール前の受付には、大学生風の若い女と、初老の女とが座っていて、名簿を見ながら参加者を確認していた。順番を待つ間、徹生は、招待状を取り出しつつ、ここにいる全員が復生者なのだろうかと、周囲を窺っていた。

「何ですか、それ？」と、木下が紙を覗き込んだ。

「ああ、招待状です。一応、持ってきたんですけど。」

「招待状？」

丁度そこで順番を呼ばれたので、二人はそのまま前に進んだ。徹生は、「土屋徹生です。」と、その紙を差し出した。

受付の若い女は、不審らしくそれを手に取ると、一読して、何も書いていない裏を確認した。そして、隣に「これって、……」と尋ねた。初老の女は、「え？」と老眼鏡を掛け直して、文章に沿って、首を縦に何度も往復させ、最後にはやはり、同じように裏を覗いた。

「どうかしました？」と徹生が尋ねると、初老の女は、「お名前は、土屋徹生さんですよね？」と確認した。

「はい。」

「土屋、……土屋、……あ、あったあった。はい。じゃあ、こちらの書類の一式を持って、中へどうぞ。席は自由です。名札が入ってますので、首からかけてください。」

先に待っていた木下は、一緒に会場に入りながら、「招待状が来たんですか？」と尋ねた。

徹生は、「ええ。」と、彼に見せた。ざっと読んで、木下もまた裏を確かめた。

「……ふーん、」

「木下さんのところには来てないんですか？」

「自分でネットで申し込みましたから。」

「これが郵送されてきてからでしょう？」

「いや。だって、郵送って、どうやって住所調べるんです？」

「ネット上の情報見たって。」

「は？」

会場にはパイプ椅子がざっと200席ほど準備されていて、二人は、右の中ほどに空席を見つけた。場内は静かで、ただ、俯《うつむ》き加減の参加者たちが、熱心に資料を捲《めく》っている音だけが響いている。スタッフたちは慌ただしく走り回っていた。

「そんなこと、あるんですか？」

木下は、小声で尋ねた。徹生は、改めて招待状の文面を眺めた。どういうことだろう？　自分のところにだけ来たのだろうか？

四つに折り畳んで、ポケットに押し込むと、隣の木下は、「人によるんですかね。ボクは貰わなかったけど。」と言った。「それより、かなりの数の人ですねえ。」

「全員が復生者じゃないんですかね。」

「違うでしょう、多分。付き添いの家族とか。マスコミも来てますよ。」

促されて、徹生は奥に目を遣《や》った。三脚を立てたテレビカメラや腕章をした記者らの姿が見える。

「映るんでしょうか、総会の様子も？」

「みたいですね。」

徹生は、困惑した。木下は、「あー、政治家も何人か来てるな。なんて言ったかな、あの辞任した前の財務副大臣の……」と首を伸ばしていた。それから、急に徹生の耳許に口を近づけると、「それにしても、有名人が多いですねぇ。テレビによく出てる、仙台の交通事故で死んだ女の子、あの子も来てますよ。」

「どこです？――あ、ほんとだ。」

「あ！　あと、あの人、ほら、あの外国人。栗色の髪の。」

「誰ですか？」

「知りません？　二年前だったか、京都の町家が火事になって、その時に、大家さんのおばあちゃんを助けるために、一旦逃げたあとで、また火の中に飛び込んで死んだんですよ。土屋さんが丁度、死んでた間かな。ボク、死ぬ前に沖縄でニュースを見てたんですよ。確かポーランド人で、……ああ、ラドスワフさん！」

「いや、知らないです。……そんな人がいたんですか。」

「生き返ったっていうんで、ニュースになってましたよ。〝聖人〟扱いですよ。」

徹生は、頬髭を生やした、その白いシャツの五十歳前後の男を見つめた。大柄で、リンゴでもすっかり包み込んでしまえそうな大きな手をしている。尋常でなく鼻が高く、先端が少し割れている。そして、こんなに離れているのに、その目の澄んでいることがはっきりと見て取れた。

前の席に座っていた中年の女が、ちらちら後ろを気にしていたが、到頭《とうとう》、我慢できずに、そのラドスワフというポーランド人に声をかけた。彼はやさしく微笑んで、首を横に振った。木下の語った英雄的な逸話に感動していた徹生は、その落ちついた、静かな佇《たたず》まいにも強く心惹かれた。

「ラドスワフさんは、日本語は喋れるんでしょうか？」

徹生は、木下に尋ねた。

「それは、喋れるでしょう、日本に勉強に来てるんですから。中世の比較文学が専門とかじゃなかったかな、確か。ああいう人は、ボクら日本人よりも、日本について詳しいですよ。」

あの人と話をしてみたい、と徹生は強く思った。自分とはあまりに対照的な死に様だったが、彼の目尻の深い、柔和な皺は、徹生を恥じ入らせ、卑屈にさせることがなかった。むしろ憧れを抱かせた。

外国の地で、他人の命を救うために、燃え盛る炎の中に飛び込んでゆく。そういう人の前でなら、自分はすべてを曝《さら》け出して、新しく生まれ変われるのかもしれない。

広間の出入口の扉が閉められた。総会の開始はもう間もなくだった。

22　再生された空白

開会の挨拶《あいさつ》をしたのは、司会を務める副代表の男で、徹生に電話で、返還を求められている死亡保険金について助言したのは彼だった。続いて、さっき木下が名前を思い出そうとしていた政治家が、祝辞を述べるために演壇に登った。

記者席からは、一斉に、ハトの群でも放ったかのようなカメラのシャッター音がした。マイクを握る政治家のよく街頭演説焼けした顴骨《かんこつ》に、フラッシュの光が脂っこく照り耀《かがや》いた。参加者たちは、その物々しい雰囲気に身構えた。

「前財務副大臣の古ヶ崎《こがさき》でございます。この度は、復生者の会のご創設、誠におめでとうございます。現下この日本に於きまして、最も重要な存在であります皆様方と、こうしてお目に掛かれましたことに、大変感動いたしております。」

隣で木下が、ああと思い出したように頷いて、徹生に耳打ちした。消費する人ではなく、しない人に税金を課す〈無消費税〉なるものの導入を勝手にブチ上げて、この古ヶ崎なる政治家が副大臣就任直後に辞任に追い込まれたのは、一昨年のことらしい。徹生は、その騒動も彼の存在も知らなかった。

「実は、この復生者問題について、わたくしは一つの予感を抱いておりました。それが、たった今、確信へと変わりました。皆さん、会場をよぉく見渡してください。何かお気づきになりませんか？――そうです、高齢者が一人もいません！　中には中学生のお嬢さんまで！」

言われてみれば、その通りだった。付き添いもいるが、目につく年配の者でも六十歳は越えてなさそうである。確かにそれは、一つの新しい発見だった。

年齢は若いとして、死んで生き返った時期はどうなのだろう、と徹生は考えた。父のように、何十年も昔に他界した人まで復生しているのだろうか？

「日本の一番の問題は高齢化です。労働人口は恐ろしい勢いで減っています。だから、貯め込んで使わない年寄りたちの消費を促そうと、わたくしは〈無消費税〉の導入を訴えているのですが、……まあ、その話はしませんが今日は、とにかく、わたくしは、皆様方が復生されたのは、一種の〝摂理〟だと信じています。神か自然かわかりませんが、そうとしか考えようがない。是非とも、また社会に復帰して、バリバリ働いていただきたい。それこそが、皆様方が復生された意味です。わたくしは会の趣旨に全面的に賛同します。復生者の人権擁護のためには、全力を尽くします。共に手を携えて、がんばっていこうじゃないですか！」

古ヶ崎は、仰々しく両腕を広げて祝辞を締め括った。再度、盛んにシャッターが切られ、フラッシュが炸裂した。拍手には、懇願するような熱烈なものと、幾分当惑気味のものとが斑《まだら》に入り混じっている。「お願いします、先生！」という声も上がった。

「年寄り喰わせるために生き返ったって、なんか、夢も希望もないですね。大体、人口動態の話するなら、一千万人くらい生き返らないと、意味ないと思いますけど。」

木下は、徹生に肩を寄せて苦笑した。「一千万人、……復生者が。」と、その数字に徹生の想像は追いつかなかった。

「――古ヶ崎先生、素晴らしいご祝辞を、誠にありがとうございました。私たち復生者にとっては、何にも代え難い、大変心強いお言葉でした。弊会の国に対する要望も、先生のお力で、必ずや実現に至ることと確信いたしました。……」

古ヶ崎の祝辞に続いて、復生者の会の代表である太田《おおた》が挨拶に立った。さほど大柄ではないが、何のスポーツか、若い頃にかなり過酷な鍛錬を積んだらしい体つきで、殊《こと》に首から肩に掛けては、今もまだ小山のような筋肉が残っている。温厚そうだが、相手の言葉を脇に逸《そ》らさぬような佇まいの人である。

「こんにちは。本日は、このように多くの〝仲間〟と出会えたことを、心からうれしく思っています。私自身も復生者です。以前は水産加工の会社を経営していましたが、四年前、五十二歳の時に心筋梗塞で急死しました。生き返ったのは二ヵ月前のことです。——今日ここには、百四十三名の復生者が出席しています。素晴らしいことです。全国には、そして全世界には、更にこの何十倍もの復生者がいて、今この瞬間にも増え続けています。この現象は、恐らくまだ始まったばかりでしょう。世界は変わりました。私たちは、人類の歴史上、最も祝福されるべき人間でありながら、この社会の準備不足のために、大変不当な差別を受けています。なぜ生き返ったのか？　必ずそのことが問われます。そして、わからないが故に、不気味だ、異様だと言うのです。しかし、私は逆に質問したい。そもそも人間は何のために生まれてくるのですか？　そのことに、誰が明確に答えられますか？　人の数だけ答えがあります。しかし誰も、だから人間は不気味だなどとは言いません。」

　会場全体から、沸き立つような拍手が起こった。徹生も、思わず大きく頷きながら手を叩いた。本当にその通りだと思った。演壇に向けられていたテレビカメラは、一斉に聴衆の方へとレンズを振った。

「生き返った意味。——それは、生まれてきた意味と同様に、一人一人が考えればいいことです。しかしそのためにも、私たちの基本的人権は一日も早く回復されなければなりません。復生者の会は、復生者が置かれている現在の困難極まりない状況を社会に訴え、私たちの正当な権利を回復するために設立されました。私たちは、共に手を取り合って団結し、未来を切り開いてゆかねばなりません。たとえ一度死を経験したとしても、私たちは現に生きています。汚くもありません。不吉でもありません。私たちこそ、生きることの意味を身を以て知っている人間です。命の尊さを誰よりも知っている人間です！　謂われのない差別と断固闘いましょう。この社会を再び生きるに値する場所に変えていきましょう！」

演説の終わりを待ちきれずに、先ほどよりも更に大きな拍手が雪崩《なだれ》れ込んだ。カメラのシャッター音とフラッシュの光は最高潮に達し、張り詰めた高揚感が会場を満たした。

続く祝電披露の間も、しばらく響《どよ》めきが収まらなかった。

来て良かったと、徹生も胸を高鳴らせていた。もし今日、家に引き籠《こ》もっていて、この瞬間に立ち会えなかったならと想像すると、恐ろしくなった。自分の未来は、依然として孤独で、索漠としたものだったに違いない。家を出る前には不安もあったが、それも杞憂《きゆう》だった。

同じ境遇の人間がこんなに大勢いる。決して自分独《ひと》りではない。テレビや雑誌の報道では、もう十分知っていたはずなのに、こうして生身を寄せ合っていると、それだけで勇気づけられた。

隣で息をして、手を叩き、真剣な眼差しで、これからのことを考えている復生者がいる。

誰もが逞《たくま》しく再出発しようとしている。どうして自分に出来ないことがあるだろうか？　自分は誰よりも健康で、家族という生きるべき意味もある。

前を向いて、ともかくも歩き出すには十分なはずだった。

総会は、顧問弁護士による講演へと移り、国籍・戸籍への復帰手続きや、運転免許証・保険証などの再発行手続きなどが、配付資料とともに詳しく説明された。本人の同一性確認については、近親者の証言で事足りるはずだが、場合によってはＤＮＡ鑑定も必要だろうとのことだった。参考に挙げられたのは、難航した中国残留孤児の身元確認時の例で、その他、海外の類例として、９・11アメリカ同時多発テロやスマトラ沖地震の津波の死者が、後に「生きていた」と判明した際の逸話なども紹介された。

徹生が気にしている生命保険の返金問題は、資料に記載されているだけで特には触れられなかった。

講演は、一時間弱に亘《わた》って行われ、最後には十五分ほど質疑応答の時間が設けられた。翌日にも、個別相談の時間が組んであったが、質問は活発だった。

最初にマイクを握ったのは、二年前の台風で、飛んできた消費者金融の看板が頭に当たって死んだという男で、遺族が寺に200万円もの大金を包んでつけさせた戒名を、払い戻し出来るかどうか、という質問だった。会場は、看板のところでまず一度ざわめき、200万円という戒名代でまたざわめいた。

弁護士は民法95条の錯誤無効を根拠に、恐らく可能だろうとしつつも、法律問題とはせず、寺の評判を楯に、むしろ生き返った「祝い」にと返金を促す方が賢明ではないかと助言した。その実際的な図々しさのススメに、場内には、この日初めて笑いが起こった。続いて、五十代で脳梗塞で死んだという男が、不仲だった次男に渡った遺産を取り戻せるかを尋ねた。

三人目の質問者が起立すると、木下は、「おわっ、美人だなァ。あんな人が死んでたのか。モッタイナイ！」と、徹生に同意を求めた。

二十代後半くらいの目鼻立ちのはっきりした女だが、そういう顔立ちによくあるように、やや下膨れの輪郭で、「美人」かどうかは意見が分かれそうだった。徹生は、自分があまりピンと来ないだけに、木下はこういう顔が好きなのかと、その趣味の一端に触れた感じがした。

女は、死因は語らず、死ぬ前に働いていた銀行への復職を、赤く潤んだ目で切々と訴えた。明らかに、これまでの質問者とは違っていた。言葉が閊《つか》える度に、マイクを握る右手が震え、気にするように素早く周囲を見渡した。会場の静寂には、その少し、いや、普通じゃない様子を看《み》て取った雰囲気があった。

徹生は、堂島製缶で安西部長から復職を断られた時、自分があんなにあっさり引き下がったことを、今更ながら不思議に感じた。この人みたいに、何が何でもという必死な気持ちが、なぜ自分には起きなかったのか。――会社を出た時、彼は確かに失意を覚えていたが、振り返って思い出すのは、むしろ安堵だった。意識しなかったことだが、顎を上げて、気管を大きく開いて、彼は深い深呼吸をしていた。その時に見上げた空の青さが、彼の心を離れなかった。

講演後、一旦休憩となり、宿泊予定の者は、スタッフから部屋の鍵を渡された。徹生はどうするかを決めていなかったが、ラドスワフさんとは話をしたかったし、弁護士との個別相談も希望していたので、一先ず今晩は泊まることにした。木下は、「どうせヒマだから」と、最初から二泊三日ですべてのプログラムに参加する予定だった。開会式だけでもう帰ってしまう者らもいた。

宿泊棟は六階建てで、5階の徹生の部屋は、庭に面した流水プールの真上である。カーテンを開くと、ゴルフコースやテニスコートといった施設の全体が一望され、緑の木々の彼方には、銀貨のように小さく太平洋が覗いている。

「一人じゃ勿体《もったい》ないような部屋だなぁ。千佳たちも連れてくれば良かったかな。」

徹生は、晴れ晴れとした気持ちでそう独り言《ひとりごと》ちた。あの広い芝生の上を璃久と思いきり駆け回ったら、どんなに楽しかっただろう？　もう勘弁してくれというくらい引っ張り回されて。リニューアル・オープンしたら、家族で泊まりに来ようか。プールもあることだし、夏がいい。璃久は少しは泳げるんだろうか？　バリ島では恐がって泣いてばかりだったが。……

写真付きのメールを千佳に送ると、徹生は、クイーンサイズのベッドに大の字に寝転がった。部屋も掃除が行き届いていて、とても廃業したホテルとは思えない。明るい光の中で、微かに舞い上がったベッドの埃《ほこり》が、ゆっくり落下しながら煌《きら》めいている。

次のプログラムは、四十名ずつ三つのグループに分かれて、参加者が各々の体験を語り合うというもので、開始予定時刻までには、まだ四十分ほどあった。

寝ないようにしないとと思いつつ、彼は目を瞑《つむ》った。ホテルの周囲は静かで、ただ蟬の鳴き声ばかりが盛んである。

カツン、ジジジ、カツン、ジジジ、……と窓を打つハエの音がした。いつの間に紛れ込んだんだろう？　一瞬、意識が遠退いた隙に、その羽音が急に近くなり、額の端に擽《くすぐ》るように留まった。首を振ると、一旦飛び立って、すぐにまた戻って来た。

『――せっかく、人がいい気持ちでいる時に、……』

舌打ちして起き上がると、徹生はそのハエを手で払って、窓を開けに行った。蒸し暑い外気が、クーラーの効いた部屋に無言で流れ込んでくる。ハエはしばらく天井の隅に張りついていたが、やがてまた鋭く円を描くように飛び始めて、徹生に執拗に纏《まと》わりついた。

『アー、もう、外はそっちだよ、ほら。出てけ、早く。』

忙しなく手を動かして、やっと飛んで行ったのを目で追うと、彼は、窓を閉めてやれやれと息を吐いた。そして、振り返って、ドアの下に差し込まれている一通の茶封筒に気がついた。「何だアレ？」

拾い上げると、表には手書きで〈土屋徹生〉とある。どこかで見た字のような気がした。中を覗くと、裸のままのＤＶＤが一枚入っている。

セミナーの前に見ておけということか？　徹生は時計を見て、念のためにと持ってきたノート型パソコンを引っぱり出した。

大きな鏡の前の机に移動すると、パソコンを立ち上げてDVDを挿入した。再生を待つ間、徹生は、何度か鏡の中の自分と目を合わせた。妙な錯覚だったが、ほんの少しだけ、向こうの方が先にこちらを見ていた気がした。

高速でディスクが回転する澄んだ音がして動画が始まった。長さは10分強である。非常口らしいドアが映っている。ヴォリュームを上げたが、無音である。画質は粗く、カラーだが明度に斑《むら》がある。画面の上には（5/16 15:08:07）と日時が表示されている。

5月16日。――徹生は、俄《にわ》かに表情を固くした。「これ、……」

たまたま肘を突いたその姿勢のまま動けなくなった。

『俺が死んだ日の会社の屋上だ。防犯カメラ。……しかも、丁度その時間の……』

カウンターは、秒単位で、正確にその時に迫ってゆく。徹生は、壊れた腕時計が示していた15時14分という自分の死亡時刻を思い出した。――あと、6分弱しかない。

突然、画面の左下からグレーのスーツを着た男が一人、姿を現した。まっすぐドアに歩み寄ると、立ち止まって右手の人差し指で鼻の頭を掻《か》いた。そして、ノブを摑んで、そのまま固まったようにじっとしている。——あの日の自分だった。

徹生は、そのステンレス製のノブの感触を、急にありありと思い出した。そして、これまでどうしても行方がわからなかった、あの死の直前の記憶が、空白にその断片をちらつかせ始めた。

ドアの磨《す》りガラス越しに見た、あの眩《まぶ》しい光。

『そうだ、……確かに立ってた、ここに。……それで、眩しさに驚いて、……』

画面の中の彼は、その記憶の通りに、パッとノブから手を離して後退《あとずさ》った(15:10:28)。それから、周囲を見回してうろうろし始めた。立ち止まっては首を傾《かし》げ、また歩き出す。——約30秒間そうしていた。その後、丁度カメラの真ん中に立った時、彼は右手で顔の半分を摑むように覆った(15:11:42)。それは、新生児が何かに苦しがって顔を掻き毟《むし》ってしまう時の様子に似ていた。強く首を横に振った(15:12:02)。左手は固く握り締められている。やがて右手が離れた時、彼の表情は、奇妙に穏やかだった(15:12:47)。

次の瞬間、眥《まなじり》を決して再びノブを摑むと、ドアを大きく開け放った。画面が明るさに包まれる(15:13:01)。その光を、徹生は覚えていた!

『ダメだ! 止《や》めろ!』

声にならない叫び声を上げた。

画面の中の彼には、しかしその声は届かない。彼は屋上の溢れんばかりの光の中に吸い込まれてゆく。そして、それきり姿を消してしまった（15:13:09）。

徹生は、床を踏み鳴らした。開け放たれたドアが、重たく揺れ、その度に、外から差し込む光が、床の上で大きくなり、小さくなった。人影はない。やがて、最後の風の一吹きで、バァァアン！と音がしそうな勢いでドアが閉ざされると、屋上は完全に隔絶された。画面はまた最初と同じ状態に戻った（15:13:31）。

誰も、彼を追ってくる者などいなかった。そして、（15:14:00）。……

頭から真っ逆さまになった。重力の群が一斉に彼に取り縋《すが》って、激突までの刹那《せつな》に呑み込んだ。宙を突き破る！　底が抜ける！　恐怖に鳩尾《みぞおち》を押し潰されて、彼は必死で叫んだ！

『――落ちる！』

……カウンターの表示は、それが既に済んでしまっていることを示していた。そうして、永遠に終わることのない彼の死後の時間は、開始されてもう数十秒が経過していた。

自分が死んだ直後の世界。——徹生はそれを、放心したように眺めた。彼自身の時計は、既に壊れて止まっている。しかし、その無人の場所には、磨りガラスに漉《こ》された、やわらかな午後の陽射しが、何事も無かったように垂れ落ちている。その微睡《まどろ》むような静謐。ビルの真下には、爆音と共に破裂した自分の血塗《ちまみ》れの死体が横たわっている。その周りで、驚いて飛び出してきた社員らが、絶句したり、悲鳴を上げたりしている。……

動画はそのまま終了し、ようやくカウンターの時間が止まった。

徹生は、パソコンにかけた手を机に落とすと、ゆっくりと体を起こした。

自殺だった。——誰に殺されたわけでもない。あの日彼は、自分で自分を殺したのだった。それをはっきり自覚すると、そんなことはもう、ずっと前から知っていた気がした。

椅子の背に崩れるようにして凭《もた》れかかると、彼は鏡の中の自分と向かい合った。

その男こそが、三年前に土屋徹生を殺した犯人だった。そして、その理由を問い詰めようとする彼に、男はただ、打ち拉《ひし》がれて、無力な眸《ひとみ》を震わせているだけだった。

23　死後の世界

徹生は、そのＤＶＤの動画を続けて三度再生した。しかし、一度目以上に何かを発見することも、何かを新たに思い出すこともなかった。

彼はただ、まともに考えることも出来ないままに、なぜだろう？と繰り返していた。なぜ俺は自殺したんだろう？　なぜ？　そのうちに、その言葉の意味自体も抜け落ちて、虚しく音だけを唱えていた。

パソコンを閉じると、彼はしばらく、ぼんやりとした目をしていた。それから、とにかくセミナーに参加しなければと考えた。時間が押し流してくるものを、見送りかけて、なんとなく引き留めたような感じだった。大きな衝撃のあとで、よく人が、何か些事《さじ》への関心に拠《よ》り所《どころ》を求めようとするように、徹生はほとんどてきぱきした調子で、部屋を出る準備をして、念のためにトイレにも行った。

そうして初めて、彼は、一体誰がこのＤＶＤを持ってきたのかを考えた。その人間こそ、自分の死の前後の空白について知っているに違いない。

ドアを開ける前に、覗き穴から一度廊下を見てノブを回した。誰もいなかった。部屋を出て、エレベーター乗り場に向かうと、木下がぽつんと立っていた。

「丁度ボクも行くとこだったんですよ。土屋さんの部屋、眺め良さそうですね。こっちは最悪ですよ。真下は道路で、高台を削ってる角だから、十階建てくらいの高さはあるけど、単に高くてもねえ。替えてもらおうかな、どうせガラガラなんだし。」

徹生は、数秒間、何も言わずに木下を見ていた。そして、一緒にエレベーターに乗り、2階まで下りたところで、違う、と感じた。——この男のはずがない。

ドアが開くと、廊下は、セミナー会場の部屋を探す復生者たちで溢れ返っていた。皆、案内を見ながら右往左往している。

「これが全員、一回死んで生き返った人間っていうんですからね。自分のことは棚に上げて、なんかやっぱ、気色悪いな。ゾンビですよ、ゾンビ。」と木下は苦笑した。

徹生は、「……ええ、」とやや遅れて相槌を打った。その「ゾンビ」の中に、自分の過去を携えてきた誰かがいるはずだった。

二人は、同じ〈鳳凰の間〉のセッションに参加することになっていた。和やかに、という気遣いなのか、入口でスタッフからリンゴの飴玉を二個手渡された。

参加者は、聞いていたよりもやや少ない三十人ほどである。徹生と木下は、中ほどの並びの席に座った。左端には、あのラドスワフさんの姿も見える。こんな〃聖人〃のような人と、自分に話をする資格があるんだろうかと、徹生は急に気後れを感じた。

　テーブルは片づけられ、椅子だけが馬蹄状に並んでいる。真ん中には、カウンセラー資格を持っているという女性スタッフが座り、進行役を務めた。

　最初にマイクを渡されたのは、香川出身の五十代の男で、劇症肝炎で急死した後、二年で生き返って、また元の工務店で働き始めたのだという。

　徹生は、しばらく話に耳を傾けていたが、気がつけば、先ほどのＤＶＤのことを考えていた。

　とにかく、わからないのは、自殺の動機だった。あの腐ったキャットフードのクレーム処理で、比賀と惨めな口論をした時のように、何かきっかけがあって、「死にたい」と思いつめるようになったのか？――そんな馬鹿な、と彼は直ちに否定した。もしかしたら、そういう言葉が頭を過《よぎ》ったことも、一度や二度あったかもしれない。しかし、ただ軽く冗談半分でそう口にするのと、「死ぬ」と決断して、本当にビルの屋上から飛び降りるのとでは、訳が違った。軽くじゃなかったとしても、だ。それは、誰かを憎んで「殺してやりたい」と思うのと、本当に相手を「殺す」のとが違うのと一緒だった。人間には感情を抑える意志の力があるのだから。

そもそも、自分に自殺する〝勇気〟があるとはとても思えなかった。死ぬことは恐い。それが、偽らざる正直な気持ちだった。その上更に、あんな高いところから真下を見て飛び降りるだなんて。何かよほどのことがあったのか？　屋上に向かう直前には会議室にいた。とすると、やはり安西部長と喋ってたのか？……

「――悩みですか？　悩みは家内です。家内は、私の死後、どうも私のことを無意識に非常に美化していたようでして、また一緒に暮らし始めてからというもの、現実の私に対する不満が絶えません。挙げ句の果てに、『あなた、本当に主人なの？　主人になりすましたニセモノじゃないの？』なんて言い出す始末です。ほとほと参ってます。……」

耳を劈《つんざ》くようなマイクのハウリングのせいで、徹生は、会場のやりとりに連れ戻された。そして、その言葉の断片に頷いた。

考えてみれば、徹生は母から、父についての悪い話を一度も聞いたことがなかった。母の語る言葉こそが、徹生にとっては父そのものだったが、その母の言葉は、多かれ少なかれ、きっと美化されているのだろう。――今、享年三十六歳の父が、自分と同じように復生して、目の前に現れたならば、その男は、想像とはまるで違っているのかもしれない。自分はその父を、うっかり「ニセモノ」と判断しはしないだろうか？　いや、母こそ、その父を「ニセモノ」と間違うことはないだろうか？
『千佳も最初は、俺が俺だと信じられなかった。——けど、俺の場合は美化じゃない。死に方が、俺のすべてを台なしにしているんだから。……』

　何かよほどのことがあったのか、とさっき自問した。しかし、一見尤《もっと》もらしい想像ながら、これほど違和感のある考え方もなかった。

　よほどのこと？　何が起きれば、人は「もう死のう」などと考えるのだろう？　いや、人はどうだっていい。この俺が、だ。大体、自殺するというのは、家族と永遠に縁を切るということだ。千佳とも、璃久とも、母親とも！　どういう理由で、そんな決断が？　もしそれほどの何かがあったなら、当然、周りの人間も知っているはずである。しかし、誰もそんなことは言わなかった。隠しているのか？

　病気なのだろうか、自分は？と、徹生は初めて冷静に考えた。そんな自覚は微塵《みじん》もないし、人から指摘されたこともない。

　例えば、酒に酔って、何か思いがけないことを口走ったり、したりする。あとで人から教えられてもまったく覚えがない。酒の強い徹生は、あまりそんな経験もないが、それと似た話なのだろうかと一応は考えてみる。しかし、それにしたって限度はある。幾ら酔っぱらったからといって、何もない人間が、居酒屋の窓から次々と飛び降りたりするはずがない。何かなければ。……何か。……

これまで断乎《だんこ》として、自分は殺されたと訴え続けてきた。取り分け千佳には。彼は、俯いて固く目を瞑った。

『みんな内心、わかってたんだろうか？　秋吉さんも、秋吉さんの奥さんも、気が済むまでと、不憫に思いながら見守ってくれていたのか？　血眼《ちまなこ》になって、佐伯の実家まで訪ねようとしたりして。馬鹿か、俺は？　誕生日の夜に、秋吉さんがあんな厳しい言葉で諭《さと》したのは、流石《さすが》にもう見るに見かねて、ということだったのか。権田さんにしろ、心の奥底では自殺だと感じていたからこそ、あんなにムキになって佐伯が犯人だと主張していた。自分が追い詰めてしまったのではと、罪悪感に苦しみながら。……俺は、なんて滑稽《こっけい》な人間なんだ？　恥ずかしい、……このまま消え入ってしまいたいほど。……』

「――命は尊い。決して粗末に扱うことは出来ません。復生して、私が今思うことは、これに尽きます。」

話を終えた男に、参加者らは共感を込めて拍手を送った。

「大丈夫ですか？」と、息苦しそうに襟元を広げた徹生に、隣の木下が声をかけた。

「ああ、……ええ。」

「蒸し暑いですね、最初は寒かったのに。空調が古いのかな。」

徹生は、椅子に座り直すと、額から垂れ落ちてくる汗を腕で拭った。

会場のマイクは、次に、あの交通事故で死んだ、有名な仙台の少女に渡った。

いつものように、両親に付き添われている。父親は黒いポロシャツ、母親は紺のワンピースで、娘は、水色のボーダーのシャツの上に、白いパフスリーヴのブラウスを重ね着している。胸の名札には、〈野本こいし〉とある。

「あの日は部活で6時くらいまで学校にいました。夏休み前で、外はまだ明るかったです。」

極普通の出で立ちだったが、徹生は三人の雰囲気が、どことなく以前とは変わったような気がした。そして、首から下がっている、揃いの水晶のネックレスに目を留めた。

「信号待ちしてたら、いきなり車が突っ込んできて、目の前に虹色の光が、ぱあっと広がって。そしたら、急に周りが真っ暗になって、どこからか、銀色の鳥の羽根が一本、落ちてきました。」

会場は、水を打ったように静まった。しばらく止まっていた空調が、また唸りを上げながら、冷気を吐き出し始めた。徹生は、何の話だろうと、訝《いぶか》りつつ少女を見つめた。

「そしたら、その鳥の羽根がスッと立って、足許に円を描いたんです。ビックリして後退ったんですけど、そしたら鳥の羽根が円の中に落ちていって。……下を覗き込んだら、自分が病院のベッドに横たわってて、お父さんとお母さんが泣いてました。」

「お母さんが、黄色のエプロンつけたままだったの、見えたのよね？」

母親が、娘の横から顔を覗き込むように口を挟んだ。少女は頷いた。

「天国は、ものすごく眩しくて、でもなんか、その光が、あったかい毛布みたいにやわらかくて、目を閉じなくても平気で、……上を向いてるのに、またあの円が見えて、お父さんとお母さんが、毎日泣いてる姿が見えました。そしたら、どこかから『まだいけない。元の世界にお戻り。』って聞こえてきて。……」

「男の人の声？それとも女の人の声かしら？」と進行役が微笑んで尋ねた。

少女が返答に窮すると、母親が、「男の人よね？」と促した。少女は、皆の注視を気にするように、すぐに「男の人でした。」と言った。「……そしたら、あの、どこかから銀色の鸚鵡《おうむ》が飛んできて、嘴《くちばし》でわたしの服の首のところを銜《くわ》えたんです。体がふわっと軽くなって、穴の向こう側に連れて行ってくれて。……それで、気がついたら、家の前に立ってました。」

『……この子は、いつからこんなことを言うようになったんだろう？』

徹生は愕然とした。彼は、復生してまだ間もない頃、テレビで目にした彼女の正直さに、自分がどれほど慰められたかを思い返した。あの時は、辿々《たどたど》しいながらも、あんなに素直に、自分の経験したことを語っていたのに。

「生き返るまでに四年かかってるけど、その間ずっと、さっき言った眩しい場所にいたの？」と、進行役は首を傾げた。

「時間は、……わかりませんでした。多分、天国には時間がないんだと思います。」

「思います、じゃなくて、ないの、実際。」

馬蹄の端から、低い濁声《だみごえ》が聞こえた。皆が一斉に振り返ると、額に大きなホクロのある金縁眼鏡の男が、足を組んだまま、少し顎《あご》を上げて続けた。

「この子が見たのは、天国じゃなくて、そのまだ大分手前。山で言ったら二合目か、三合目か。本当に天国まで行ってしまったら、生き返れるはずないんだから。」

男の微塵も疑わぬような口調に、徹生は眉を顰《ひそ》めた。参加者らも動揺を露《あらわ》にした。

やや間があって、「私はどうなんでしょうか？　私が見たのは、この子と違って、広ーい草原のような場所で、周りを奇妙な色合いの青い山に囲まれてたんですが。」と五十代後半くらいの実直そうな男が、額のしわを山にして質問した。

金縁眼鏡の男は、まだ言い終わらないうちから、ふんふんと何度も頷いた。

「死んですぐの世界が、色々違っとるのは当たり前のこと。俗に言う〝天国〟に向かう途中では、一人一人が違った道を辿るんですよ。色んなものを見る方が正しい。現世の業《ごう》を浄化するために、魂がそれぞれの旅をするんですから。ああ。過酷な長い旅、楽な短い旅。全部、人生と一緒。人生には、いいですか、一つとして同じものがないでしょうが？　だったらどうして、死後の世界だけ一通りしかないと思うの？　この世界よりも死後の世界の方が狭いと思いますか？　大変な心得違いですよ。」

「なんで、そんなこと言えるの？　見たんですか？」

突然、男の話を遮《さえぎ》るように、例の元銀行勤務の〝美人〟が立ち上がった。隣で木下が、オッ、と声を上げた。

「みんな見とるよ。そういう研究もちゃんとある。」

「何それ？　研究？　わたし、死後の世界なんて見てないですけど。」

「それはあんたが、天国じゃない方に堕ちたからよ。気の毒だけど。」

「ちょっと、すいません、」と進行役が割って入ろうとするのと同時に、女は悲鳴のような声で叫んだ。

「なんでわたしが地獄に堕ちるのよ！　あんたこそ地獄に堕ちなさいよ、そんなオカルト！　あんた、ニセモノの復生者でしょう？　本当は死んだことないんでしょう？　それに、」と仙台の少女を睨《にら》みつけながら、「あんたもよ！　大人をバカにするのもいい加減にしなさい！　何が銀色の鸚鵡よ！　ウソつき！」

興奮する女に、進行役が慌てて近づいた。少女は、痩せた小柄な体を恐怖で強張らせた。隣の母親が、

「ちょっと、何なんですか、あなた？　人の子供に。」と険しい口調で言った。

「大丈夫ですよ、大丈夫。少し向こうの部屋で休みましょう。」

進行役が、スタッフに合図をして、号泣する女を二人がかりで廊下に連れ出した。会場はざわめいて、皆が不安げに頭を巡らせている。金縁眼鏡の男は独り平然としていた。

徹生は、一連のやりとりを黙って聞いていた。彼が一番、加わりたくない話題だった。しかし、退場する彼女の様子を見ていると、あんまり可哀相で、腹が立ってきた。

「地獄に堕ちるだなんて、酷いじゃないですか。言って良いことと悪いことがありますよ。何の証拠があってそんなこと言うんですか？　みんなが不安な気持ちでいると

ころに、そんなこと。俺だって、死んだあとのことなんて何にも覚えてないですよ！」

突然立ち上がった徹生を、皆が驚いて振り返った。木下も隣で目を丸くしている。仙台の少女の両親は、敵意のある目で徹生を睨んだが、少女はただ戸惑っているだけだった。批判された金縁眼鏡の男は、顎で徹生を指しながら、

「論外よ、あんた。物質主義に精神が冒されとるんよ。よぉく思い出してみなさい。忘れとるだけだから。夢だってそうでしょうが。全部は覚えとらんよ。」

「夢は、この頭が見てるんでしょう？　死んで一体、何が死後の世界を見るんです？」

「霊魂に決まっとるじゃない。」

金縁眼鏡の男は、冷笑しながら言った。徹生はカッとなったが、努めて冷静になろうとした。

「なんでそんなこと、当たり前のように言えるんです？」

「見たからですよ、実際に。」と、突然、斜め前の別の青年が、うんざりしたような顔で言った。

徹生は、意表を突かれて彼を見た。

「自分が忘れてるからって、決めつけは良くないと思いますよ。経験したっていう人

たちがいるんですから。あなたの経験が絶対なんですか？　わたしも見ましたよ。」

続けて若い女が諭すように言った。金縁眼鏡の男は、透《す》かさず語を継いだ。

「忘れとるのは、大体、死に方に問題がある人よ。お宅は、どうやって亡くなったの？」

皆の眼差しが、熱風のように徹生に集まった。「自殺」という言葉が胸を過って、彼を硬直させた。金縁眼鏡の男は、その反応から、何かを見透かしたらしい狡猾そうな目で、「人に言えんような死に方か？」といよいよ傲岸《ごうがん》に尋ねた。

ラドスワフさんも、こちらを見ている。

「そんなの、……あなたに関係ないじゃないですか。……事故ですよ、会社の工場での。」

徹生がそう誤魔化した直後、背後で、詰まった鼻を、苦しそうにピーと鳴らす音が聞こえた。記憶の暗い奥底を、不快な何かが、ネズミのように駆け抜けていった。

「はい、みなさん、すみません、一度休憩を入れましょう！　そうですね、十五分ほどしてまた戻って下さい。」

慌てて戻ってきた進行役の一声で、会場の緊張は一旦緩んだ。しばらくは誰もその場を離れようとしなかったが、やがて耐えかねたように、一人また一人と席を立って、話し声も漏れ始めた。徹生は、所在なげに、すとんと腰を下ろした。

「案外大胆なんですね、土屋さん。ま、実際にあの世を見たって人もいるんですし、いいんじゃないですか？――それより、あの美人は、どうしたかな？　慰めに行こうかな。」

木下は、そう笑いながら伸びをして立ち上がった。

金縁眼鏡の男は、人に囲まれて、足を組んだまましたり顔で喋っている。しかし今、徹生が気になっているのは、彼ではなかった。

徹生は、椅子の背に腕をかけて、ゆっくりと先ほどあの息の音がした方を振り返った。

肥満体の、顔だけは窶《やつ》れたような無精髭の男が、こちらをじっと見ている。

徹生は、身動《みじろ》ぎもせずに彼を見つめた。

『――佐伯、……』

24　千佳の「秘密」？

佐伯が立ち上がって部屋から出て行くのを、徹生は十秒間ほど、ただ見ていた。そして、その背中を見失いそうになってから、ようやく慌ててあとを追った。過去が、遠ざかって行こうとしている。どんなかたちであれ、あの男が、彼の空白の一部であることは間違いなかった。椅子を掻き分けて廊下に出ると、「ちょっといいですか？」と、先ほどの徹生の発言に一言物申したそうな女が、詰難するような目で近づいてきた。徹生はそれを、手で制して取り合わなかった。

人の背中越しに、窓際のベンチに向かう、デニムのシャツを着た佐伯の姿が見える。

徹生の感情は混乱していた。自分は、この男に殺されたのではなかった。むしろこの男こそが、自分が自殺したことを、最初に確認した人間なのだ。……

佐伯の肩を掴んで振り向かせはしたものの、言葉が出てこなかった。

「――なんで、ここにいる？」

佐伯は、息苦しそうに口で呼吸しながら鼻を歪めた。三年前と比べても、甚《いた》く荒廃した風貌だった。髪が耳に掛かるほど伸び、無精髭の根には、赤い吹き出物が幾つも出来ている。

佐伯は、蔑むような目で徹生を見ると、

「何ですか、あなた？　いきなり人に尋問するみたいに。病的ですね。」と言った。

ここにいるということは、この男も、復生者なのだろうか？　この男も、一度死んでいる？

徹生は手を離した。緑に覆われた大きなガラス窓には、休憩中の復生者らが、こちらを窺っている様が映っている。佐伯は、皮肉めいた笑みを浮かべて言った。

「事故死ねえ。はあ、どうして堂々と自殺だって言わないんです？　DVD、見ましたか？」

「お前なのか！」

「リアルタイムでも見ましたけどね、警備員室で。この人、何してるのかなと思ってたら、しばらくして、バァァン！ですから。」

「それで、……第一発見者に？」

「脳ミソが飛び出して、見る見る血が、こう広がって。警備員なんてのは、まあ、面白くも何ともない仕事でしたけど、ああいうこともあるんですねえ。それでせっかくだからダビングしたんですよ。ちょっと見られるものじゃないですから、これから自殺しようとしてる人間なんて。何度も見ましたよ。あなた、鼻なんか掻きながら、案外ケロッとしてましたね、こうやって。」

佐伯は映像の中の徹生の真似をして、右手の人差し指で、鼻の頭を掻いてみせた。

徹生は、反射的に目を背けた。

「そしたら、あなた、生き返ったっていうじゃないですか。しかも自分は殺されたと思い込んで、犯人捜しをしてるって。警備会社の昔の同僚が、あの権田って偏屈な工場長が血相変えて乗り込んできたって、私に教えてくれましてね。笑いましたよ、さすがに。」

「あの日、俺に何があったか、知りたいんだ。頼む、知ってることがあったら、何でもいいから教えてくれ！　なんで俺はあんなことに、……」

徹生は、まさか佐伯にこんなことを懇願するとは思ってもいなかった。佐伯も、呆《あっ》気《け》に取られたような目をした。

「覚えてないんですか、何も？」

「……覚えてない。」

佐伯は、首を振った徹生の表情をしげしげと見つめて、吹き出した。

「それで、私に殺されたと思ってたんですか？　バカですねえ。てっきり、生き返ってバツが悪いから、私に濡れ衣を着せてるんだと思ってましたよ。」

「違う！　いや、お前じゃないのか、俺を殺したのは？」

徹生は、今更口にするつもりもなかったことを、咄嗟《とっさ》にどうしても確かめたくなった。

佐伯は、徹生の中の何か重たいものを、ゆっくり引き上げようとするかのように言った。

「私を殺そうとしたのは、あなたの方じゃないですか。車の中で首を絞めて。あなたこそ、こっそり私を屋上に呼び出して、突き落とそうとでも考えてたんじゃないですか？」

「なんで俺が、……違う！」

徹生は、顔を真っ赤にして否定した。思わず摑んだズボンのポケットの中で、紙の潰れる音がした。彼は、ハッとしたように、受付で不審がられた例の招待状を引っぱり出した。

「これも、お前が寄越したのか？」

「人の親切を、よくそんな言い方が出来ますね。あなたの人格は欠陥だらけですね。興奮しやすいところも相変わらず……」

「お前のせいだよ！　俺の妻にしたこと、よく胸に手を当てて考えてみろ！」と、徹生は押し殺した声で言った。「お前が俺を、イライラさせてるんだよ！」

徹生は、体の奥深くに無数の針を刺し込まれたかのように、強張る度に、全身に微かな、鋭い痛みを感じた。佐伯は、傍らのベンチに腰を下ろした。

「私がしたこと？　ああ、仕事の紹介ですか。あれも私の親切ですよ。奥さんに生きる術《すべ》を与えてやっただけのことです。奥さんは、あなたの自殺のせいで、それはそれは暗い面持ちで、毎日を過ごしてましたからね。未亡人として。——社会というのは残酷ですよ。あの女は、夫が自殺したってのに、毎日、快活に過ごしてる。そんなことを知ろうものなら、どんな恐ろしい仕打ちが待ってると思います？　あの女はきっと、夫が死んで清々してるんだろう。元々、夫婦仲も良くなかったらしい。セックスレスだった。さもなくば、どっか人間らしい感情が欠落してるに違いない。自分たちみたいな、繊細で、心優しい人間とは違って。もしかすると、あの女が殺したんじゃないか？　保険金もたんまり貰ったっていうし。」

「止《や》めろ！」と、徹生は堪《たま》らず制した。

「私に止めろなんて言ったってしょうがないでしょう、世間がそう言うんですから。——一体、自殺者の遺族には笑う権利もないんですかね？　え？　あなたは、こんな世界に嫌気が差して、奥さんと子供を放っぽり出して、さっさと自殺したんでしょう？　ああ、母親も早くに未亡人になってたとか。葬式でワーワー泣き喚いてましたよ。けど、私は自殺するのも、あなたの自由だと思いますよ。人がとやかく言うことじゃないですから。」

徹生は、無力感に組み伏せられそうになるのに必死で抵抗した。

もし、過去と現在との間のフェンスを乗り越えることが出来るなら、彼は絶対に、あの日の自分の腕を摑んで離さなかった。もし止めることが出来るなら、絶対に自殺などさせない！ 自殺する自由？ そんなものは、これまで一度として求めたことがなかった。

徹生は死後、クリック一つで、好きな時に好きなだけ、自分が佐伯にあの自殺前の数分間を演じさせられていたことを想像した。それは、自分の遺体を弄《もてあそ》ばれるような屈辱だった。

「世間は、傷ついた人の心がすっかり癒《い》えてしまうことなど、絶対に許しませんからね。グジュグジュ、グジュグジュ、いつまでも膿んだままで、一生苦しみ続けるべきだと、まあ、呆れるほど陰湿に思い込んでますよ。表面上、明るく振る舞っているならかわいげもある。けど、本当に明るく生きるだなんて以ての外だ。なんて薄情な女なんだ。自分にも責任があるとは思わないのか、とね。――震え上がりますね、私みたいに気の弱い人間は。自分だったらきっと、一生傷ついたままのはずだなんて、あの気持ちの悪い妄想は何なんですか？ そんな境遇にはなったこともないクセに。結局人間は、自分よりも不幸な誰かがどうしても必要なんですよ。さもなくば、不安で気が狂いそうになりますからね。」

徹生は、握っていた拳を静かに開いた。あの夜、駐車場の車中で語りかけられた時と同じだった。彼は、この陰気で、無気力で、卑屈な男の言葉に、時折、不用意に心を動かされてしまう自分に当惑した。そして気がつけば、この男の言葉を、まるで自らが発したかのように何度も心の中で繰り返している。……

徹生は、そういう自分に激しい嫌悪を感じて、霞みつつあった憎悪を蘇らせた。

「お前だって散々妻を傷つけただろう？　なぜなんだ？　なぜあんな惨いことを言った？」

「私はただ、そんな世間の価値観に馬鹿正直に従ってみても、ますます不幸になるだけだと教えてあげたんですよ。社会の方が、形振《なりふ》り構わず不幸にさせたがっているんですから。私みたいな、世間の潮に、絶えず汚らしい漂流物を打ち上げられている人間には、それがよくわかります。——けど、奥さんは、その不幸な檻の中に留まり続けることに、ふしぎなくらい執着してましたね。なぜでしょうね、それは。」

「あの仕事のことはもういい！　妻が傷ついたのは、俺が生前、家族を重荷に感じて、憎んでたなんてお前から聞かされたからだろう！　いつ俺が、お前にそんなことを言った？　俺がいつ、お前にそんな相談なんかした！」

佐伯は、何かに強く押し潰されたあとのような目で、怪訝《けげん》そうに徹生を見上げた。

そして、

「いつも相談してたじゃないですか。」と言った。

「するわけないだろう！」と、徹生はあまりの不可解さに目を剝《む》いた。「人間はハエと同じで、ただ繁殖するためだけの存在だとか何とか、全部、お前が俺に言ったことだろう！」

「私じゃないですよ。あなたが、そう言ったんです。私に、会社の庭でハトを蹴り殺しているところを見咎められたあとに。」

「俺がなんでハトを蹴り殺すんだよ！　ハトを殺したのは、お前だろう！」

徹生は到頭、大声で怒鳴りつけた。気がつけば、休憩時間も終え、周りから人の姿はなくなっている。

頭がおかしくなりそうだった。この男は、何を言ってるんだろう？　わざと混乱させるために言ってるのか？　それとも、自分の言動と、相手の言動との区別がつかなくなっている？　記憶が壊れているのか？――誰の？　どっちの？……

『この男は、そもそも何者なんだ？　いいや、違う！　デタラメを言ってるんだ。ハトを殺したのはこいつだって、権田さんも知ってるじゃないか!』

佐伯は、無人の廊下に目を遣って、

「どいてもらえますかね。私は、一度死んで生き返った人間が、どんなトンマな戯言《たわごと》を言うのか、楽しみにしてきたんですから。あの眼鏡のペテン師とあなたとのやりとり、なかなか見物でしたよ。思わずあなたに加勢したくなりましたけど。」と両膝に手を突いた。

そして、背負い込まされた自分自身の体に、酷く苦労しながら立ち上がった。

窓の外は、木々の緑に覆われ、その光溢れる葉叢《はむら》には、アブラゼミの声が染み渡っている。

徹生は、蹌踉《よろ》めくようにして一歩後退った。佐伯は、傍らを過ぎ様に呟いた。

「私は、奥さんを強姦しようと思ったこともあるんですよ。——けど、私は人が納得しないことは、どうしても強要したくない人間なんです。私は、もっと心から奥さんと融け合えそうな気がしてましてね。〝親密な世界〟の中での受精を、いつも夢見てましたよ。奥さんは、そういう私を蔑んでましたが。……いいです。私は、人の好き嫌いには絶対に干渉しない人間です。だから、私を毛嫌いする権利は尊重します。しかし、蔑むなんてのは尊大じゃないですか? 私は、自分が愛されない人間だってことくらいよくわかってます。けど、奥さんの仕打ちには、私こそ深く傷つきました。それがなぜか、土屋さん、あなたにわかりますか？」

徹生は、ゆっくり振り向いて、黙ったまま彼を凝視した。

「奥さんには何か、あなたが知らないまま死んだ秘密がありますよ。」

「秘密？」

徹生の眉は、子供の頃から、よく死んだ父に生き写しと言われた通り、大きく翼を広げた鷹のように反って佐伯に迫った。「秘密」というその言葉が潜り込んでいった先には、復生後、徹生自身が折々感じてきた一つの憶測が潜んでいた。千佳には何か――まだ何か、隠しごとがあるのではないか、と。

「何なんだ、それは？ そのせいでお前が傷ついたって、どういう意味だよ？」

「奥さんは、私と同じ種類の人間ですよ、きっと。」

「ふざけるな！」と徹生は、吐き捨てるように言った。「千佳のその秘密と、俺が自殺したこととは、何か関係があるのか？」

徹生は混乱したまま尋ねた。佐伯は、肩越しに目だけ振り返ると、

「わからないのなら、あなたが奥さんという人間を理解してない証拠ですよ。直接、奥さんに訊いたらどうです？」と言った。

そして、〈鳳凰の間〉に戻りながら、

「まあ、いいじゃないですか。明日、みんなわかりますよ。」と、わざとのように謎めいたことを言った。

徹生はその日、セミナーの残りには参加せず、夕食までの時間を部屋で独りで過ごした。

静寂が、耳に冴えて仕方がなかったので、見るともなしに小さな音でテレビをつけていた。

それにしても、よく蟬の鳴く土地だった。太陽は傾きかけていたが、むしろ鳴き残した今日の一日分を、どうにか鳴ききってしまおうとしているかのようだった。その中の何匹かに一匹は、明日になれば、もう生きてはいないのだろう。夜のうちに、地面に転がってしまって。

子供の頃には、よく素手で木に留まっている蟬を捕まえたものだった。その時のジイジイ、……と、全身を力強く震わせる感触が、汗ばんだ右手に蘇ってきた。音が籠もり、鉤《かぎ》のある足が、懸命に掌を掻いている。

『……本当に蟬を握ってる？』

徹生は妙な感触に驚いて、右手を見ようとした。――腕を上げたつもりが、肘から先がない。しかも見ている目の前で、二の腕までもが朽木のように崩れ落ちてしまった。

声が出ない。蟬は猶《なお》もけたたましく鳴いていたが、やがて腐った指の隙間から次々と脱出し始めた。一匹ではない？　目の前に飛んできたのは、蟬ではなく、無数のハエだった！

徹生は、何が起きたのかと、周囲を見渡した。いつの間にか、ホテルは埃だらけのじめついた廃墟と化していて、そこに彼は、ぽつんと死体のまま横たわっている。首元を何かが這っていったが、それさえ見ることが出来ない。

『今度は、死体のまま目覚めてしまった！　それもこんなところで！　ここじゃ、誰にも見つけられないじゃないか！』

体を動かそうとする度に、少しずつ全身が崩れてゆく。痛みはないが、その分、脆さの感覚が余計に不快だった。

先ほどのハエが額に留まって、卵を産みつけようとしている。

『バカ！　俺は生きてるんだぞ！』

徹生は、恐慌に陥った。窓にはすべてフェンスが設置されていて、その網目にもハエが群がっている。

『このハエどもは、フェンスを自由に行き来してるんだ！　あいつらは、向こうにいる俺にも群がって、メチャクチャにしようとしている！』

呻き声を漏らす彼の傍らで、突如、携帯電話が鳴った。助かる！　この電話にさえ出られれば！　ここがどこかを伝えられれば！　徹生は、最後にあらん限りの勢いで左腕を持ち上げた。その腕が、肩からボロリと捥《も》げ落ちそうになった瞬間、――彼はようやく目覚めた。

また、悪夢だった。息を切らしたまま、彼は携帯電話を手探りした。救い出してくれたのは、千佳からの着信だった。


（下巻につづく）

|著者|平野啓一郎　1975年、愛知県生まれ。京都大学法学部卒業。'98年、大学在学中に文芸誌「新潮」に投稿した作品『日蝕』が巻頭掲載され、話題を呼ぶ。翌'99年、同作により第120回芥川賞を受賞。2002年、2500枚の長編『葬送』を刊行。'09年、『ドーン』でBunkamuraドゥマゴ文学賞を受賞。主な著書に、『一月物語』『高瀬川』『顔のない裸体たち』『滴り落ちる時計たちの波紋』『決壊』『かたちだけの愛』『私とは何か 「個人」から「分人」へ』『ショパンを嗜む』『透明な迷宮』『「生命力」の行方　変わりゆく世界と分人主義』などがある。

著者公式ホームページ
http://k-hirano.com
著者公式Twitterアカウント
https://twitter.com/hiranok

空白《くうはく》を満《み》たしなさい(上)
平野啓一郎《ひらのけいいちろう》

2015年11月13日第1刷発行
2021年7月2日第11刷発行

発行者——鈴木章一
発行所——株式会社　講談社
東京都文京区音羽2-12-21　〒112-8001
電話　出版（03）5395-3510
　　　販売（03）5395-5817
　　　業務（03）5395-3615

Printed in Japan

講談社文庫
定価はカバーに表示してあります

KODANSHA

デザイン——菊地信義
本文データ制作—講談社デジタル製作
表紙印刷——豊国印刷株式会社
カバー印刷—大日本印刷株式会社
本文印刷・製本—株式会社講談社

ISBN978-4-06-293248-6

講談社文庫刊行の辞

二十一世紀の到来を目睫に望みながら、われわれはいま、人類史上かつて例を見ない巨大な転換期をむかえようとしている。

世界も、日本も、激動の予兆に対する期待とおののきを内に蔵して、未知の時代に歩み入ろうとしている。このときにあたり、創業の人野間清治の「ナショナル・エデュケイター」への志を現代に甦らせようと意図して、われわれはここに古今の文芸作品はいうまでもなく、ひろく人文・社会・自然の諸科学から東西の名著を網羅する、新しい綜合文庫の発刊を決意した。

激動の転換期はまた断絶の時代である。われわれは戦後二十五年間の出版文化のありかたへの深い反省をこめて、この断絶の時代にあえて人間的な持続を求めようとする。いたずらに浮薄な商業主義のあだ花を追い求めることなく、長期にわたって良書に生命をあたえようとつとめるところにしか、今後の出版文化の真の繁栄はあり得ないと信じるからである。

同時にわれわれはこの綜合文庫の刊行を通じて、人文・社会・自然の諸科学が、結局人間の学にほかならないことを立証しようと願っている。かつて知識とは、「汝自身を知る」ことにつきていた。現代社会の瑣末な情報の氾濫のなかから、力強い知識の源泉を掘り起し、技術文明のただなかに、生きた人間の姿を復活させること。それこそわれわれの切なる希求である。

われわれは権威に盲従せず、俗流に媚びることなく、渾然一体となって日本の「草の根」をかたちづくる若く新しい世代の人々に、心をこめてこの新しい綜合文庫をおくり届けたい。それは知識の泉であるとともに感受性のふるさとであり、もっとも有機的に組織され、社会に開かれた万人のための大学をめざしている。大方の支援と協力を衷心より切望してやまない。

一九七一年七月

野間省一

東野圭吾　天空の蜂
東野圭吾　どちらかが彼女を殺した
東野圭吾　名探偵の掟
東野圭吾　悪意
東野圭吾　私が彼を殺した
東野圭吾　嘘をもうひとつだけ
東野圭吾　時生
東野圭吾　赤い指
東野圭吾　流星の絆
東野圭吾　新装版 浪花少年探偵団
東野圭吾　新装版 しのぶセンセにサヨナラ
東野圭吾　新参者
東野圭吾　麒麟の翼
東野圭吾　パラドックス13
東野圭吾　祈りの幕が下りる時
東野圭吾　危険なビーナス
東野圭吾作家生活25周年祭り実行委員会　東野圭吾公式ガイド〈読者1万人が選んだ東野作品人気ランキング発表〉
東野圭吾作家生活35周年実行委員会 編　東野圭吾公式ガイド〈作家生活35周年ver.〉
平野啓一郎　高瀬川

平野啓一郎　ドーン
平野啓一郎　空白を満たしなさい(上)(下)
百田尚樹　永遠の0《ゼロ》
百田尚樹　輝く夜
百田尚樹　風の中のマリア
百田尚樹　影法師
百田尚樹　ボックス!(上)(下)
百田尚樹　海賊とよばれた男(上)(下)
平田オリザ　十六歳のオリザの冒険をしるす本
平田オリザ　幕が上がる
東直子　さようなら窓
蛭田亜紗子　凜
樋口卓治　ボクの妻と結婚してください。
樋口卓治　続・ボクの妻と結婚してください。
樋口卓治　もう一度、お父さんと呼んでくれ。
樋口卓治　「ファミリーラブストーリー」
樋口卓治　喋る男
平山夢明　魂《たま》豆《どう》腐《ふ》〈大江戸怪談どたんばたん(土壇場譚)〉
東川篤哉　純喫茶「一服堂」の四季

東山彰良　流《りゅう》
東山彰良　女の子のことばかり考えていたら、1年が経っていた。
樋口直哉　偏差値68の目玉焼き〈星ヶ丘高校料理部〉
平田研也　小さな恋のうた
日野草　ウェディング・マン
藤沢周平　新装版 春秋の檻〈獄医立花登手控え(一)〉
藤沢周平　新装版 風雪の檻〈獄医立花登手控え(二)〉
藤沢周平　新装版 愛憎の檻〈獄医立花登手控え(三)〉
藤沢周平　新装版 人間の檻〈獄医立花登手控え(四)〉
藤沢周平　新装版 闇の歯車
藤沢周平　新装版 市塵(上)(下)
藤沢周平　新装版 決闘の辻
藤沢周平　新装版 雪明かり
藤沢周平　義民が駆ける〈レジェンド歴史時代小説〉
藤沢周平　喜多川歌麿女絵草紙
藤沢周平　闇の梯子
藤沢周平　長門守の陰謀
船戸与一　新装版 カルナヴァル戦記
藤田宜永　樹下の想い

松本清張 新装版 紅刷り江戸噂
松本清張 大奥婦女記〈レジェンド歴史時代小説〉
松本清張他 日本史七つの謎
松谷みよ子 ちいさいモモちゃん
松谷みよ子 モモちゃんとアカネちゃん
松谷みよ子 アカネちゃんの涙の海
眉村卓 ねらわれた学園
眉村卓 なぞの転校生
麻耶雄嵩 翼ある闇〈メルカトル鮎最後の事件〉
麻耶雄嵩 痾《あ》
麻耶雄嵩 メルカトルかく語りき
麻耶雄嵩 神様ゲーム
町田康 耳そぎ饅頭
町田康 権現の踊り子
町田康 浄土
町田康 猫にかまけて
町田康 猫のあしあと
町田康 猫とあほんだら
町田康 猫のよびごえ

町田康 真実真正日記
町田康 宿屋めぐり
町田康 人間小唄
町田康 スピンク日記
町田康 スピンク合財帖
町田康 スピンクの壺
町田康 スピンクの笑顔
町田康 ホサナ
舞城王太郎 煙か土か食い物〈Smoke, Soil or Sacrifices〉
舞城王太郎 世界は密室でできている。〈THE WORLD IS MADE OUT OF CLOSED ROOMS〉
舞城王太郎 好き好き大好き超愛してる。
舞城王太郎 イキルキス
舞城王太郎 短篇五芒星
真山仁 虚像の砦
真山仁 新装版 ハゲタカ(上)(下)
真山仁 新装版 ハゲタカII(上)(下)
真山仁 レッドゾーン(上)(下)
真山仁 グリード〈ハゲタカIV〉(上)(下)
真山仁 ハーディ〈ハゲタカ2・5〉(上)(下)

真山仁 スパイラル〈ハゲタカ4・5〉
真山仁 シンドローム〈ハゲタカ5〉(上)(下)
真山仁 そして、星の輝く夜がくる
真梨幸子 孤《こ》虫《ちゅう》症《しょう》
真梨幸子 深く深く、砂に埋めて
真梨幸子 女ともだち
真梨幸子 えんじ色心中
真梨幸子 カンタベリー・テイルズ
真梨幸子 イヤミス短篇集
真梨幸子 人生相談。
真梨幸子 私が失敗した理由は
松本裕士 兄弟〈追憶のhide〉
円居挽 丸太町ルヴォワール
円居挽 烏丸ルヴォワール
円居挽 今出川ルヴォワール
円居挽 河原町ルヴォワール
円居挽 原作 福本伸行 カイジ ファイナルゲーム 小説版
松岡圭祐 探偵の探偵
松岡圭祐 探偵の探偵II

講談社文庫　目録

宮城谷昌光　湖底の城〈呉越春秋〉六
宮城谷昌光　湖底の城〈呉越春秋〉七
宮城谷昌光　湖底の城〈呉越春秋〉八
宮城谷昌光　湖底の城　九
水木しげる　コミック昭和史1〈関東大震災〜満州事変〉
水木しげる　コミック昭和史2〈満州事変〜日中全面戦争〉
水木しげる　コミック昭和史3〈日中全面戦争〜太平洋戦争開始〉
水木しげる　コミック昭和史4〈太平洋戦争前半〉
水木しげる　コミック昭和史5〈太平洋戦争後半〉
水木しげる　コミック昭和史6〈終戦から朝鮮戦争〉
水木しげる　コミック昭和史7〈講和から復興〉
水木しげる　コミック昭和史8〈高度成長以降〉
水木しげる　総員玉砕せよ！
水木しげる　敗走記
水木しげる　白い旗
水木しげる　姑《クー》娘《ニャン》
水木しげる　決定版　日本妖怪大全〈妖怪・あの世・神様〉
水木しげる　ほんまにオレはアホやろか
宮部みゆき　新装版　震える岩〈霊験お初捕物控〉
宮部みゆき　新装版　天狗風〈霊験お初捕物控〉
宮部みゆき　ICO《イコ》—霧の城—(上)(下)
宮部みゆき　ぼんくら(上)(下)
宮部みゆき　新装版　日暮らし(上)(下)
宮部みゆき　おまえさん(上)(下)
宮部みゆき　小暮写眞館(上)(下)
宮部みゆき　ステップファザー・ステップ〈新装版〉
宮子あずさ　看護婦が見つめた人間が死ぬということ
宮子あずさ　看護婦が見つめた人間が病むということ
宮子あずさ　ナースコール
宮本昌孝　家康、死す(上)(下)
三津田信三　忌《い》館《かん》〈ホラー作家の棲む家〉
三津田信三　作者不詳〈ミステリ作家の読む本〉(上)(下)
三津田信三　蛇《じゃ》棺《かん》葬《そう》
三津田信三　百《ひゃく》蛇《じゃ》堂《どう》〈怪談作家の語る話〉
三津田信三　厭魅《まじもの》の如き憑くもの
三津田信三　凶鳥《まがとり》の如き忌むもの
三津田信三　首無《くびなし》の如き祟るもの
三津田信三　山魔《やまんま》の如き嗤《わら》うもの
三津田信三　水魑《みづち》の如き沈むもの
三津田信三　密室《ひめむろ》の如き籠《こも》るもの
三津田信三　生霊《いきだま》の如き重《だぶ》るもの
三津田信三　幽女《ゆうじょ》の如き怨むもの
三津田信三　シェルター　終末の殺人
三津田信三　ついてくるもの
三津田信三　誰かの家
三津田信三　忌《い》物《ぶつ》堂《どう》鬼《き》談《だん》
道尾秀介　カラスの親指〈by rule of CROW's thumb〉
道尾秀介　水の柩
深《み》木《き》章《あき》子《こ》　鬼畜の家
湊かなえ　リバース
宮内悠介　彼女がエスパーだったころ
宮乃崎桜子《みやのさきさくらこ》　綺《き》羅《ら》の皇女《ひめみこ》(1)
宮乃崎桜子　綺羅の皇女(2)
三國青葉　損料屋見鬼《けんき》控え　1
宮西真冬　誰かが見ている
村上　龍　愛と幻想のファシズム(上)(下)
村上　龍　村上龍料理小説集